Ullstein

ÜBER DAS BUCH:

Arthur Drake ist verschwunden – und Mitchell Drake, ein junger New Yorker Professor und Arthurs Bruder, verfolgt seine Spuren bis nach Mexiko. Dort fahndet schon José Manuel Madero nach ihm, ein gepflegter, aber zu klein geratener Indio, ein außergewöhnlicher Detektiv und Strickprofi. Auch er wollte wissen, was mit Arthur Drake passiert war. Doch dabei bleibt es nicht – bald finden sich weitere schillernde Persönlichkeiten ein, die nicht nur an Drake, sondern auch an dem Schatz interessiert sind, auf dessen Spuren sich der Verschwundene offensichtlich befindet.

DER AUTOR:

Unter dem Pseudonym Geoffrey Homes schrieb der amerikanische Journalist und Drehbuchautor Daniel Mainwaring (1902–1977) zwischen 1936 und 1947 zwölf Romane, die, so der Krimiautor Bill Pronzini, »einige der besten und lebendigsten Passagen der Kriminalliteratur« enthalten.

Geoffrey Homes

Mariachimelodie

Aus dem Amerikanischen
von Sabine Schmidt

Ullstein

Kriminalroman
Ullstein Buch Nr. 10766
im Verlag Ullstein GmbH,
Frankfurt/M – Berlin
Titel der amerikanischen
Originalausgabe:
The Street of the
Crying Woman

Deutsche Erstausgabe

Umschlaggestaltung:
Theodor Bayer-Eynck
Umschlagillustration:
Agentur Irmeli Holmberg/ Zimienski

Printed in Germany 1995
Gesamtherstellung:
Ebner Ulm
ISBN 3 548 10766 4

April 1995
Gedruckt auf alterungs-
beständigem Papier mit
chlorfrei gebleichtem Zellstoff

Vom selben Autor
in der Reihe
der Ullstein Bücher:

Aller bösen Dinge sind drei (10598)
Goldenes Gift (10604)
Der Doktor starb zur Dämmerstunde (10655) *Paperback*
Der Selbstmord-Mann (10661) *Paperback*
Der Mann, den es nicht gab (10684) *Paperback*
Ein Mörder für Goliath (10702)
Der Selbstmord-Mann (10712)
Der Doktor starb zur Dämmerstunde (10714)
Dem Glücklichen schlägt auch die Stunde (10725)
Der Mann, den es nicht gab (23151)
Blutiges Erbteil (23152)
Der Tod der Schwiegermutter (23153)

Die Deutsche Bibliothek –
CIP-Einheitsaufnahme

Homes, Geoffrey:
Mariachimelodie / Geoffrey Homes.
Aus dem Amerikan. von Sabine
Schmidt. – Dt. Erstausg. –
Frankfurt/M ; Berlin : Ullstein, 1995
(Ullstein-Buch ; Nr. 10766 :
Kriminalroman)
ISBN 3-548-10766-4
NE: GT

Für Kelly Browne
und Mitchell Rawson

1

Eines Tages werde ich wieder nach Mexiko reisen. Ich werde die lange gerade Straße südlich von Laredo entlangfahren, die hinunter in den Dschungel von Tamazanchale führt und dann höher und höher über die Berge bis zu dem breiten Tal, wo Kakteen in graugrünen Reihen über die Ebene marschieren. Zur Linken werde ich die Weiße Frau im Nebel schlummern sehen und dahinter den weißen Kegel des Rauchenden Berges. Ich werde Säulenkakteen sehen, in deren Schutz kleine Hütten stehen. Ich werde Männer, Frauen und Kinder sehen, die mit ihren unglaublichen Lasten die Straßen entlangtrotten. Ich werde den Staub, die Sonne und den Wind spüren und auf einem Feld eine Herde weißer Ziegen grasen sehen.

Oh, ich kenne das alles sehr gut, denn ich bin dort geboren. Ich kenne das Gefühl, den Geruch und die Wärme. Ich kenne die vielen Stimmen Mexikos.

Eines Tages werde ich wieder die schmalen, zerfurchten Straßen von Mexico City entlanglaufen, am Alameda vorbei, am Haus der Blauen Kacheln vorbei, über den *zócalo* und um den Palast herum zu den überfüllten Märkten. Kinder werden an meinen Ärmeln zupfen und leise um einen klitzekleinen Penny bitten. Alte Frauen werden mir Lotterielose entgegenstrecken, während mich ihre dunklen Augen anflehen, ihnen ein paar davon abzukaufen. Ich werde einen kompakten, kleinen Mann sehen, der einen *sarape* trägt und an einer Socke strickt, während er die Straße entlangschlendert. Und etwas außerhalb, Richtung San Angel, werde ich auf einen Mann treffen, der sein fettes Schwein zum Markt bringt und unter einem Pfefferstrauch ein Nickerchen macht.

Ich werde über die Straße durch das ausgedehnte Weideland fahren, und von den Klippen hinter Tepozitlan werde ich sehen, wie die Gewitter durch das schmale Tal fegen. Und ich werde der kurvigen Straße nach Süden folgen und die roten Dächer von Taxco erblicken und das scheppernde Gehämmer der Silberschmiede hören. Dann wird es weiter nach Süden gehen, durch Zuckerrohrfelder und Melonenplantagen, durch Schluchten und über kleine Hügel, bis ich wieder den blauen Halbkreis der Bucht von Acapulco sehe.

Ja, ich werde wieder zurückgehen. Doch nicht so bald, nicht bis einige der Wunden geheilt sind, nicht bis die Zeit ihren traumartigen Schleier über die Vergangenheit geworfen hat, nicht bis ich diese Tage des Schrekkens, der Verwirrung und des plötzlichen Todes vergessen habe – falls das jemals möglich ist.

Es begann alles mit einem Brief. Ich fand ihn eines Morgens Anfang Oktober auf meinem Schreibtisch; es war ein kühler und trüber Morgen ohne Sonne. An der Handschrift auf dem Umschlag erkannte ich sofort, daß er von meinem Bruder war, doch ich öffnete ihn nicht gleich. Die Briefmarke und der Stempel brachten die Vergangenheit zurück. Ich erinnerte mich an eine Stadt, die in der Sonne döste. Ich erinnerte mich an staubige Straßen, an die Wüste und an Berge, die die Wolken beiseite stießen. Ich erinnerte mich an kräftige Farben und sanfte Stimmen und an jemanden, der in der Dunkelheit sang.

Ich stand am Fenster, den Brief in der Hand, und vor mir lag eine andere Welt, die heiße, schillernde Welt meiner Jugend. Ich sah wieder die Hazienda auf dem Hügel hinter San Angel. Ich rannte durch die kühle Halle hinaus auf die sonnenüberströmte Veranda, wo meine Mutter auf mich wartete. Mein Bruder Arthur lag ausgestreckt auf den warmen Steinen und starrte in den Himmel.

»Wenn du mir die Haare bürstest, les' ich dir was vor«, sagte Mutter.

Ihre glänzenden Haare fielen schwer über ihre Schultern und reichten fast bis zu ihrer Hüfte. Ich nahm ihr die Bürste aus der Hand und machte mich ans Werk.

»Behutsam, Mitchell«, sagte Mutter.

»Er glaubt, daß er ein Pferd striegelt«, sagte Arthur.

»Warum machst du's dann nicht?« sagte ich.

»Du bist an der Reihe«, sagte Arthur.

Mutter öffnete das Buch und fing an zu lesen. Ihre Stimme war so weich wie die Fülle ihrer Haare unter meiner Hand. Ich stand hinter ihr und bürstete ihr Haar in langen, gleichmäßigen Strichen, während sie uns *Die Prinzessin und der Kobold* vorlas, und nach einer Weile hielt ich inne und hörte einfach nur zu.

Diese herrliche Welt verblaßte. Die Sonne war verschwunden. Über den Hügeln von Westchester hingen bleigraue Wolken, und ein kalter Wind fegte durch die Luft. Gute Zeiten, dachte ich, viel zu gut, um von Dauer zu sein. Ich schob die Vergangenheit beiseite, ging wieder zu meinem unaufgeräumten Schreibtisch zurück und riß den Briefumschlag auf. Der Papierbogen trug den Briefkopf des Mexikanischen Instituts für Anthropologie in Guadalajara, und das hatte er geschrieben:

Lieber Mitch,
heute habe ich Don Alfonso meine Kündigung eingereicht. Nein, ich habe ihm nicht meine Meinung gesagt, obwohl ich das vorhatte. Was hätte es auch genutzt? Er ist viel zu dumm, um zu merken, was für einen Miststall er aus diesem Büro gemacht hat. Ich glaube, er wollte mich sowieso feuern, um einen seiner unzähligen Verwandten auf meinen Posten zu setzen. Das ist jedenfalls seine Masche, seitdem Dr. Guittierez auf das falsche politische Pferd gesetzt hat und Don Alfonso sich auf seinem Stuhl wiederfand.

Ruiz, Ramirez, Orozco und Amaro – die Jungs, mit denen ich so lange zusammengearbeitet habe – und all die anderen guten Männer sind bereits vor die Tür gesetzt worden. Mein Name hätte als nächster auf der Liste stehen müssen.
Aber mach Dir keine Sorgen um mich. Es liegt was in der Luft, etwas so Großes, daß ich noch kein Wort darüber verlieren darf. Du weißt, wie das ist, wenn man zuviel über eine Sache redet oder davon träumt. Dann klappt es nicht. Alles, was ich Dir sagen kann, ist dies: Wenn alles gut geht, werden wir reich sein, und Du kannst Deinen albernen Job an den Nagel hängen und mit mir herumreisen. Wir werden durch die Anden nach Chile reisen und vielleicht nach Rio. Wir werden all die Dinge tun, die wir schon so lange tun wollten. (Es sei denn, die Welt geht vollends vor die Hunde, was sie mit bemerkenswerter Geschwindigkeit zu tun scheint.)
Ich habe jedenfalls alle meine Koffer gepackt und warte auf den Zug, der höchstens drei Stunden Verspätung haben wird. Ja, der Schienenverkehr ist immer noch der alte. Bis Du wieder von mir hörst, schreib mir c/o John Aldrich, Av. Madero 86, Mexico D. F. Ich habe vor, ein Haus zu mieten, und es wird auch für Dich ein Zimmer geben, wenn Du Dein wertvolles Ehrgefühl vergessen kannst und mit mir übereinstimmst, daß wir quitt sind. Vielleicht nächsten Sommer, ja?
Paß auf Dich auf, und gerate nicht in die Fänge Deiner weiblichen Schützlinge. Übrigens, Deine Arbeit über Zapata ist hervorragend. Sie macht mich stolz darauf, ein Drake zu sein. Oder habe ich Dir das schon gesagt? Alles Liebe –

Arthur

Ich legte den Brief beiseite und fühlte mich ein bißchen schuldig. Es waren Wochen vergangen, seitdem ich das letzte Mal an Arthur gedacht hatte, seitdem ich das letzte Mal überhaupt an irgend etwas anderes gedacht hatte als an mein eigenes beschränktes Leben und an meine eigenen unwichtigen Probleme. Doch ich hatte ihn nicht vergessen. Das könnte ich nie.

Wir sind beide in Mexico City geboren, Arthur und ich. Er hatte das Licht der Welt fünf Jahre vor mir erblickt und mich vom ersten Moment an geliebt. Mutter sagte, sie hätte erwartet, daß er eifersüchtig sei, als sie mich mit nach Hause brachte. Aber das war er nie.

Ich kann mich nicht mehr sehr gut an diese ersten Jahre erinnern. Ich erinnere mich nur an einen Esel, den wir hatten, der Pancho hieß, und an Dolores, die Indiofrau, die auf uns aufpaßte. Ich erinnere mich noch an den Trampelpfad, der von den Hügeln kommend an unserem Haus vorbeiführte und über den die Eselskarawanen vollgepackt mit Brennholz ins Dorf zogen. Ich erinnere mich an die in der Dunkelheit leuchtenden Feuer der Köhler oben in den Bergen und an den gut duftenden Rauch. Ich erinnere mich an Vater, wenn er von seinen langen Reisen in den Süden zurückkehrte, und daran, wie gut es war, ihn wiederzusehen.

Vater arbeitete als Bergwerksingenieur für die mexikanische Regierung, und die meiste Zeit war er irgendwo unterwegs. Manchmal begleiteten wir ihn. Dann lud er uns alle in einen alten Reo, und wir rumpelten die holprige Straße über die Berge nach Cuernavaca entlang, damals eine ganze Tagesreise. Und dann war es noch einmal eine ganze Tagesreise bis nach Taxco, wo die Silberminen waren. Einmal sind wir sogar mit dem Rucksack hoch in die Hügel geklettert, wo ein kleines, seit Jahrhunderten vergessenes Dorf lag, haben dort an einem Fluß gezeltet und mit anderen kleinen Jungs gespielt, die kein Spanisch verstanden und sich in einer merkwürdigen Sprache unterhielten, die ich noch nie zuvor gehört hatte.

Aber am meisten erinnere ich mich an Mexico City und an San Angel. In San Angel haben wir für eine Weile eine katholische Schule besucht. Später sind wir dann in ein Haus in der Nähe der Stierkampfarena in Mexico City gezogen, weil unsere Mutter wollte, daß wir mit Kindern zusammen waren, die Englisch sprachen. Es war ein gutes Leben. Und ich wäre wahrscheinlich immer noch dort, wenn Vater und Mutter nicht 1927 nach Acapulco gegangen wären.

Ich denke, die Zeit ist wirklich eine gute Sache. Nach einer Weile kann man ohne allzu großen Schmerz zurückblicken. An jenem Morgen erhielten wir einen Brief von Mutter. Sie hatten ein kleines Haus oben auf den Klippen, wo jetzt das Hotel El Mirador steht. Jeden Tag gingen sie hinunter durch das Dorf zum Strand. Manchmal mieteten sie ein Boot und fuhren hinaus hinter die Hafeneinfahrt zum Angeln. Mutter sagte, sie sei glücklich, doch sie würde uns sehr vermissen. Sie hoffte, daß wir brave Jungs waren. Und in einer Woche würde sie nach Hause kommen.

Eine Stunde nachdem wir den Brief erhalten hatten, sahen wir John Aldrich die Einfahrt zu unserem Haus hinaufkommen. Er war Vaters Anwalt, ein großer, rotgesichtiger Mann mit einem struppigen Schnäuzer, der hin und wieder zum Abendessen kam und immer Mexiko verfluchte. Damals mochte ich ihn nicht besonders. Er war zu laut und zu vertraulich, und er trank immer sehr viel.

An jenem Tag brauchte er uns nicht erst zu sagen, daß etwas Schlimmes passiert war. Wir wußten es. Wir wußten es in dem Moment, als er die Veranda betrat und uns, ohne ein Wort zu sagen, mit gerunzelter Stirn ansah.

»Also los«, sagte Arthur. »Erzähl uns, was passiert

ist.« Und er erzählte es uns. In der Bucht von Acapulco war ein plötzlicher Sturm aufgekommen. Mutter und Vater waren beide tot.

Ich war damals sechzehn, und Arthur war einundzwanzig. Gott weiß, was ohne ihn aus mir geworden wäre. Er schluckte seinen Schmerz hinunter, krempelte die Ärmel hoch, brachte Ordnung in Vaters verwickelte Angelegenheiten und machte es möglich, daß wir beide weiterhin zu essen hatten und studieren konnten. Und es war Arthur, der 1933 das nötige Geld zusammenkratzte, damit ich an der Universität von Columbia studieren konnte, und der mir immer wieder Geld schickte, bis ich an der Westchester Academy of Fine Arts eine Anstellung als Lehrer für englische Literatur, amerikanische Geschichte und Spanisch fand.

Als ich an jenem Oktobermorgen mit seinem Brief am Schreibtisch saß, war mir bewußter denn je, daß ich meinem Bruder eine Menge schuldig war. Ich fragte mich, ob er sich in den paar Jahren wohl sehr verändert hatte. Als ich ihn das letzte Mal gesehen hatte, war er ein Riese von einem Mann, neben dem ich wie eine Bohnenstange wirkte, ein gigantischer Kerl voller Humor mit einer ungeheuren Vorliebe für Tequila. Er sagte, es sei das beste Gesöff der Welt. Er sagte, man bräuchte eine Zitrone, etwas Salz und eine Flasche Tequila. Vor dem ersten Schluck müsse man die Zitrone auslutschen, etwas Salz auf die Zunge streuen und dann aus der Flasche trinken. Nach dem ersten Schluck könne man die Zitrone und das Salz weglassen.

Die Neun-Uhr-Glocke läutete zum Unterricht. Ich legte seinen Brief in meinen Schreibtisch, sammelte meine Unterlagen zusammen und ging hinunter durch den Korridor zu meinem Klassenzimmer, und zum ersten Mal seit Wochen spürte ich, daß ich wirklich lebte.

Es war im Dezember, um Weihnachten herum, als ich anfing, mir Sorgen um Arthur zu machen. Obwohl ich seinen Brief beantwortet hatte, war keine weitere Nachricht von ihm eingetroffen, was an sich nichts Außergewöhnliches war. Manchmal schrieb er jeden Monat, manchmal vergingen sechs bis acht Monate, bevor mich einer seiner Briefe erreichte. Sein Brief vom Oktober zum Beispiel war der erste seit fast einem Jahr.

Außerdem hatte ich andere Probleme. Eins davon war sehr hübsch. Ihr Name war Penny Gage.

Im vorangegangenen Semester hatte sie mein Büro in Beschlag genommen. Nach dem Unterricht kam sie immer herein, setzte sich in den abgewetzten Ledersessel, der in der Ecke stand, und unterhielt sich mit mir in holprigem Spanisch. Des öfteren wartete sie bis vier Uhr, um mich nach Hause zu fahren. Ich versuchte, sie als das Kind zu sehen, das sie noch war. Doch ich muß gestehen, daß ich hin und wieder mit dem Gedanken spielte, sie für den Rest meines Lebens in meiner Nähe zu haben.

Dann verlor sie plötzlich sämtliches Interesse an ihrem Studium, und nichts von dem, was ich tat, konnte ihr Interesse wiedererwecken. Wenn es sich dabei um jemand anderen als um Penny gehandelt hätte, wäre mir die ganze Sache ziemlich egal gewesen. Doch ihre bisherigen Fortschritte hatten sehr vielversprechend ausgesehen, und die plötzliche Veränderung in ihrer Haltung dem Studium und mir gegenüber empfand ich als sehr verletzend. Sie kam nicht mehr in mein Büro, und sie wartete nicht mehr, um mich nach Hause zu bringen.

Ich war gerade dabei, mir eine neue Methode zu überlegen, um dieses Problem zu bewältigen, als mir eine kurze Nachricht von John Aldrich einen ersten Hinweis darauf gab, daß mit Arthur irgend etwas nicht in Ordnung war. Aldrich teilte mir mit, daß er immer noch meinen letzten Brief an meinen Bruder aufbewahrte, und er wollte wissen, was er damit machen sollte.

Ich schrieb ihm sofort, daß er versuchen sollte, Arthur für mich zu finden. Ein paar Tage später dachte ich an einen alten Freund von uns, einen Zeitungsreporter namens Joe Briggs, der an dem Tag, an dem Vater und Mutter ertrunken waren, in Acapulco war und Aldrich damals die traurige Nachricht übermittelt hatte. Also schrieb ich auch ihm. Dann, am 17. Januar, kamen die Dinge ins Rollen.

An jenem Tag erhielt ich eine Nachricht von Joe Briggs:

Lieber Mitch,
haben sie Dich in Westchester schon ordentlich gemästet, und hast Du endlich gelernt, Deine Haare zu kämmen?
Ich war gerade in Acapulco, um ein bißchen zu fischen und um wie so oft über die herrliche Einfachheit des mexikanischen Wahlsystems nachzudenken, als ich Deinen Brief erhielt. Daher die Verspätung.
Ich habe Arthur nur kurz gesehen, als er letzten Oktober hierher zurückkehrte. Im Moment ist er nicht aufzufinden. Seit dem 8. November hat ihn niemand mehr gesehen, und ich mache mir höllische Sorgen. Nicht wegen seines Verschwindens, sondern weil er noch von jemand anderem gesucht wird, und ich meine nicht John Aldrich.
Der Typ, der Arthur nachspürt, ist ein gepflegter, zu klein geratener Detektiv, der sich José Manuel Madero nennt. Das ist nicht sein richtiger Name – er ist ein Indio, ein Zapoteke aus den Bergen hinter Oaxaca, also kannst Du Dir vorstellen, wie er wirklich heißt. Ein komischer, kleiner Kauz, der, wenn er es mit einem wirklich schwierigen Fall zu tun hat, nach Hause geht, einen dieser weißen Pyjamas anzieht, die die Indios tragen, in ein Paar *huaraches* schlüpft und sich im Schneidersitz in die Sonne setzt und strickt. In

seiner Bemühung herauszufinden, wo um alles in der Welt Arthur steckt, hat er schon eine ganze Socke gestrickt. Was er von Deinem Bruder will, sagt er allerdings nicht.

Die Sache gefällt mir überhaupt nicht, Mitchell. Irgend etwas ist an der ganzen Sache ziemlich faul. Madero kümmert sich nur um wichtige Fälle – Fälle, an denen die Jungs oben im Regierungspalast interessiert sind. Ich bin ihm zum ersten Mal vor ein paar Jahren bei einem Mordfall begegnet. Vielleicht erinnerst Du Dich noch an den Fall mit dem amerikanischen Mädchen, das im Palast ermordet worden war. Ein wichtiger und völlig unschuldiger Cardenas-Anhänger wäre beinahe dafür gehängt worden, wenn Madero nicht eingeschritten wäre. Seitdem liegt ihm das ganze Land zu Füßen.

Das einzige, was ich mit Sicherheit weiß, ist, daß Arthur ein Haus in der Avenida Santa Maria gemietet hat – die Straße, die sie auch die Straße der Furie nennen. Das war im letzten Oktober. Er hat eine Woche oder so dort gewohnt und ist dann verschwunden.

Weißt Du vielleicht irgend etwas, das Licht in die ganze Sache bringen könnte? In der Zwischenzeit halte ich weiterhin die Augen offen und tu mein Bestes, um Señor Josés unerklärliches Schweigen zu brechen. Liebe Grüße –

Joe

Zwei Tage nachdem Briggs' Brief eingetroffen war, erhielt ich Besuch. Er wartete im Korridor draußen vor meinem Büro, als ich vom Mittagessen zurückkam, ein großer, dunkelhaariger Mann, dessen Nase leicht nach links geknickt war. Seine Augen waren groß und wirkten sehr traurig.

»Dr. Drake?« fragte er, als ich meinen Schlüssel hervorzog und ins Schloß steckte. Ich nickte.

»Mein Name ist Magnin«, sagte der Mann. Sein Gesicht hatte etwas Merkwürdiges; sein Unterkiefer war irgendwie verdreht, so daß seine Mundwinkel leicht herabgezogen wirkten. Die Nase und der Kiefer machten sein Gesicht noch auffälliger. Auf den ersten Blick schien er in den mittleren Jahren zu sein, denn sein schwarzes Haar war grau meliert. Doch ein näherer Blick auf sein Gesicht verriet mir, daß er um die Dreißig sein mußte.

Ich winkte ihn herein, deutete auf den Sessel in der Ecke und setzte mich hinter meinen Schreibtisch. »Was kann ich für Sie tun?« fragte ich.

Er lächelte. Das Lächeln vertrieb etwas von dem asketischen Gesichtsausdruck. Beim Anblick dieses Lächelns hätte eine Frau ihn als süß bezeichnet. »Ich habe gehört, Sie sind so etwas wie eine Autorität im Fachgebiet Mexiko.«

»Ich habe dort gelebt und habe ein paar Bücher drüber geschrieben. Aber ich bin kein –«

Er unterbrach mich mitten im Satz. »Ich hab' Ihre Zapata-Biographie gelesen. Das war gute Arbeit.« Er drückte seine Bewunderung mehr durch seinen Ton als durch seine Worte aus.

»Danke«, sagte ich. Es gefiel mir, für meine Arbeit gelobt zu werden.

»Ich habe auch geschrieben«, sagte Magnin.

In dem Moment wußte ich, wer er war. Jacques Magnin. *»Blutiger Herbst«*, sagte ich und starrte ihn an. Das war doch nicht möglich. Dieser dünne, freundliche Mann mit der tiefen, sanften Stimme konnte doch nicht Magnin sein – der Revoluzzer, der Organisator, der Saboteur. Wie hatte dieser zerbrechliche Körper die monatelange Folter von Nazis überstehen können? Doch in ihm brannte ein Feuer, es glühte hinter seinen Augen, er schien voller Kraft. Jetzt konnte ich es sehen. Und die krumme Nase und den schiefen Kiefer hatte er gewiß nicht seit seiner Geburt. Sie waren Andenken an seine Arbeit in Deutschland, Frankreich und Amerika.

»Sie haben es gelesen?« Er wirkte angenehm überrascht.

»Ja. Ich hätte gleich wissen müssen, wer Sie sind.«

»Warum?« Er lächelte wieder, und diesmal war es kein nettes Lächeln. »Woher hätten Sie es wissen sollen? Ist Ihnen klar, daß in den Zeitungen nie ein Bild von mir erschienen ist?«

Ich gab zu, daß ich noch nie ein Bild von ihm gesehen hatte. Ich fragte nicht, warum. Ich konnte mir denken, warum. Außerdem erzählte er es mir.

»Ich erlaube keine Bilder von mir in den Zeitungen«, sagte Magnin. »Allerdings nicht aus Bescheidenheit, sondern aus Angst, Dr. Drake. Ich stehe Todesängste aus.« Seine Worte klangen leicht und humorvoll. Er wirkte mit Sicherheit nicht ängstlich. »Verstehen Sie?«

Ich nickte. Immerhin hatte ich sein Buch gelesen, und in diesem Buch gab er einer Menge Leute genügend Gründe, ihn umbringen zu wollen. Ich dachte an Trotzki und an das, was schließlich mit ihm passiert war.

»Man hat mir gesagt, daß ich Ihnen vertrauen kann«, sagte Magnin.

»Wer hat Ihnen das gesagt?«

»Miss Gage.«

Ich nahm an, er würde sich auf Pennys Tante und Beschützerin, Miss Molly Gage, berufen. Doch wie ich ein paar Tage später herausfand, meinte er Penny. »Ich bin froh, daß sie so über mich denkt.«

»Ich gehe nach Mexiko City«, fuhr Magnin fort. »Ich wollte fragen, ob Sie mir helfen können.«

»Wie?«

»Sie wissen, wie es ist, wenn man in eine fremde Stadt kommt.«

Es kam mir in den Sinn, daß Magnin in seinem Leben eine Menge fremder Städte gesehen hatte. Wie auch immer, ich verstand, was er wollte. In jenen Tagen hatte er überall Leute, die er aufsuchen konnte. Jetzt hatte er niemanden.

»Miss Gage sagt, daß Sie Verwandte in Mexiko City hätten.«

»Ich habe einen Bruder«, sagte ich, wobei ich einen Moment lang vergessen hatte, daß ich seinetwegen seit zwei Tagen in Aufruhr war.

»Kennen Sie sonst noch jemanden gut genug, um mir ein Schreiben mitzugeben?« Er sagte das sehr zaghaft, als wäre es ihm peinlich. »Eine Art Empfehlung. Ich spreche kein Spanisch. Ich möchte irgendwo außerhalb der Stadt ein kleines Haus mieten. Ein ruhiges Quartier, wo ich arbeiten kann.« Er lächelte. »Ungestört«, fügte er hinzu. Er sagte es so leichthin, dennoch hatte es einen unheilverkündenden Unterton.

»Es gibt dort ein paar Männer, die ich ziemlich gut kenne«, antwortete ich, wobei ich an John Aldrich und Joe Briggs dachte. »Ich kann Sie zu ihnen schicken. Doch eigentlich werden Sie niemanden brauchen. Heutzutage ist es in Mexiko nicht mehr unbedingt nötig, daß man Spanisch spricht. In neun von zehn Fällen kommt man mit Englisch prima zurecht.«

»Ich würde es trotzem sehr zu schätzen wissen.«

»In Ordnung«, sagte ich. Ich nahm einen Stift und schrieb zwei kurze Briefe. Und ich tat es nicht nur für Pennys Tante, die zum Verwaltungsrat der Westchester Academy gehörte und immer sehr gut zu mir gewesen war, sondern ich tat es auch für den freundlichen Mann mit den traurigen Augen, der da vor meinem Schreibtisch saß. Ich versuchte nicht, meine Gefühle für ihn zu analysieren. Mag sein, daß er mir leid tat. Für das, was er durchgemacht und verloren hatte. Seinen Glauben. Ich wußte aus seinem Buch, daß er ihn verloren hatte. Und ich denke, daß sein Verlust des Lebensinhalts mein Mitgefühl verdiente.

Magnin dankte mir, wobei er mir fast die Hand zerquetscht hätte, lächelte wieder und verließ mein Büro. Ich dachte – zugegebenermaßen mit Bedauern –, daß ich ihn zum ersten und zum letzten Mal gesehen hätte. Ich irrte mich.

Eines Abends Ende Januar – ich glaube, es war der 28. – ging ich zu einem Fakultätsessen. Es war schon spät, fast Mitternacht, als ich leise die Tür zu dem Haus aufschloß, in dem ich ein Zimmer gemietet hatte, und die Treppe hinaufstieg. Meine Hauswirtin Mrs. Huntting war ziemlich streng mit ihren Gästen, wie sie ihre Untermieter zu nennen pflegte, und schimpfte mit jedem, der den Frieden und die Ruhe des Hauses störte. Also schlüpfte ich leise ins Bett, unterdrückte einen Wutanfall, als meine Füße wie immer über das Ende des Bettes hinausragten – das Bett war ein bißchen zu kurz für einen Mann, der es fast auf einen Meter neunzig brachte –, und schlief ein, ohne auch nur einmal das Licht angeknipst zu haben.

Beim Frühstück warf mir Mrs. Huntting einen mißbilligenden Blick zu.

»Sie sind noch ziemlich spät ausgegangen, nicht wahr, Professor?«

»Ja, es ist ein bißchen spät geworden«, sagte ich. »Ein Fakultätstreffen.« Dann sah ich sie mit gerunzelter Stirn an. »Ausgegangen?«

»Ja. Ich hab' gehört, wie Sie gegen halb zehn reingekommen sind. Und eine halbe Stunde später sind Sie wieder gegangen.«

»Ich habe nichts dergleichen getan«, sagte ich mit angemessener Schärfe.

Der Blick, den sie mir zuwarf, sagte, daß ich ein Lügner sei. Ich beeilte mich mit meinem Frühstück und versuchte nicht einmal, meinen Ärger über diese Sache zu verbergen. Ich war schon auf meinem Weg nach draußen, als mir in den Sinn kam, daß die ganze Angelegenheit etwas sehr Merkwürdiges an sich hatte. Ich fand heraus, wer es war. Jemand hatte sehr gründlich und sehr vorsichtig all meine Sachen durchsucht. Es fehlte nichts. Doch Arthurs Brief, den ich mit Sicherheit in den Umschlag zurückgesteckt hatte, befand sich nicht mehr in seinem Umschlag. Statt dessen lag er ordentlich auf dem Stapel von Briefen in meiner linken Schreibtischschublade, und der Umschlag lag darunter.

Jeden Tag wartete ich auf einen Brief von John Aldrich, und jeden Tag wurde ich enttäuscht. Ich schrieb ihm noch einen Brief und versuchte, mir keine Sorgen zu machen. Joe Briggs schickte ich auch noch einen. Dann hatte bereits die zweite Februarwoche begonnen, und ich hatte kaum Zeit, mir Sorgen zu machen, denn die Zwischenprüfungen standen vor der Tür.

In Westchester benutzten wir das »Ehrensystem«, das auch nicht schlechter war als die anderen, denn es trug dazu bei, daß selbst manch kleines Licht die Akademie mit Auszeichnungen absolvierte. Um zwei Uhr an jenem Nachmittag überließ ich die Schüler meines Spanischkurses ihrem Gewissen und ging nach draußen.

Es war ein herrlich klarer Tag, beißend kalt, und ich lief schnellen Schrittes über das Universitätsgelände, wobei ich den Hauch von Freiheit spürte, der mich immer am Ende eines Semesters überkam. Vor uns lag eine vergleichsweise ruhige Woche. Der Winter würde bald zu Ende sein. Im Klassenzimmer würden mich neue Gesichter anstarren, und neue Stimmen würden mir Fragen stellen. Vielleicht würde es unter den neuen Studenten ein oder zwei vielversprechende Talente geben. Darauf freute ich mich immer am meisten. Ich blickte zu den nackten Bäumen hoch und wußte, daß sie bald wieder ausschlagen würden. Auch der Rasen würde wieder grüner werden.

Dort, wo die Mädchen ihre Wagen parkten, stand ein roter Packard Cabriolet am Straßenrand. Und als ich ihn sah, wurde mir ganz warm ums Herz, denn es war Penny Gages Wagen. Ich stand da, starrte auf den Wagen und erinnerte mich an den Tag, an dem sie mich nach Boston gefahren hatte. Es war ein herrlicher Tag gewesen. Dann merkte ich, daß ich nicht alleine war. Ein Mann in einem blauen Kamelhaarmantel und mit einem blauen Hut lehnte ein paar Meter entfernt an einem Baumstamm und beobachtete mich – ein Mann mit einem Engelsgesicht.

»Farbenfroh, nicht wahr?«

Ich nickte, und es war mir peinlich. Ich fragte mich, ob er Penny kannte und wußte, welcher Art mein Interesse an dem Wagen war.

»Würde mir nichts ausmachen, wenn's meiner wäre«, sagte der Mann.

»Mir auch nicht«, antwortete ich, nickte ihm noch einmal zu und überquerte die Straße, die nach Woodland führte. Im Dorf gab es einen Biersalon – ein äußerst respektables Lokal –, den ich ansteuerte.

Emil Waller, der Barmann mit den rosigen Wangen, war alleine in dem holzgetäfelten Raum. »Hallo, Coc«, sagte Emil. »Schwänzen Sie heute die Schule?«

»Klausurtag«, erklärte ich ihm.

»Passen Sie denn nicht auf die Küken auf?« fragte Emil.

»Ich überlasse sie ihrem Ehrgefühl.«

»Da, wo ich zur Schule gegangen bin, hat es so was nicht gegeben. Wenn sie das damals auch so gemacht hätten, hätte ich jetzt bestimmt ein Diplom in irgendeiner Sache.«

»Meinen Studenten würde es nie einfallen zu mogeln.«

»Wer's glaubt, wird selig. Nehmen Sie ihnen vorher die Bücher weg?«

»Damit sie denken, daß ich ihnen nicht vertraue?«

»Vertrauen Sie ihnen denn?« fragte Emil.

»Nein«, sagte ich. »Wie wär's mit einem Bier?«

»Es ist zu kalt für ein Bier«, sagte Emil. »Das ist das richtige Wetter für einen Whiskeypunch. Ich mache einen sehr guten Whiskeypunch. Ich mache auch einen sehr guten Whiskey Sauer mit einer Rumschicht obendrauf.«

»Ich muß an meinen guten Ruf denken.«

»Schade. Der Whiskey Sauer ist wirklich phantastisch.«

»Na, gut. Dann mach mir einen.«

Er grinste und machte sich an die Arbeit. Ich stützte meine Ellbogen auf den Tresen und entspannte mich. Die Rückwand der Bar war verspiegelt, und als ich mich selbst betrachtete, kam mir in den Sinn, daß der Dekan möglicherweise recht hatte, vielleicht sollte ich meine Haare wirklich öfter schneiden. Meine Haare waren strohblond und gaben mir etwas von einer Vogelscheuche. Dann sah ich im Spiegel, daß wir Gesellschaft bekamen. Der junge Mann mit dem Engelsgesicht kam durch die Tür und setzte sich auf einen Barhocker zu meiner Rechten. Er nahm seinen Hut ab und strich sich mit den Fingern durch sein schwarzes, lockiges Haar.

Emil drehte sich um und nickte. »Hallo, Engel.«

»Mein Name ist Paul«, sagte der Mann.

»Der Typ gestern abend hat Sie Engel genannt«, sagte Emil.

»Zur Hölle mit ihm«, sagte der Mann. »Einen Canadian Club pur.« Auf dem Tresen befand sich ein Aschenbecher und eine Streichholzschachtel. Der Mann nahm sechs Streichhölzer aus der Schachtel und fing an, damit herumzujonglieren.

»Nein, heute nicht«, sagte Emil, während er meinen Whiskey Sauer vor mir auf den Tresen stellte. Ich probierte ihn. »Gut?« wollte Emil wissen.

»Phantastisch«, sagte ich.

»Nur ein Spiel um einen Drink.« Der Mann, der sich selbst Paul nannte, hielt Emil drei Streichhölzer hin.

»Ich bin ein Trottel, Doc«, sagte Emil. »Ich war schon immer einer.« Er nahm die Streichhölzer. »Passen Sie auf, Doc.«

»Wenn Sie ein Doktor sind, was empfehlen Sie gegen einen Kater?« fragte Paul. Er versteckte seine Hände hinter seinem Rücken. Emil tat das gleiche.

»Er ist nicht so ein Doktor«, sagte Emil. »Er unterrichtet die Mädels an der Akademie. Ich wünschte, ich hätte ein Diplom, damit ich seinen Job übernehmen könnte.« Er stieß einen Pfiff aus und legte seine geschlossene Faust auf den Tresen. »Sie fangen an.«

Paul legte seine geschlossene Faust neben Emils. »Drei«, sagte Paul.

»Vier«, sagte Emil und öffnete seine Hand. Auf seinem Handteller lagen zwei Streichhölzer.

»Ein Punkt für mich«, sagte Paul und zeigte Emil ein Streichholz.

»Ein komisches Spiel«, sagte ich und rückte ein bißchen näher.

»Sie nennen es das Streichholzspiel«, sagte Paul.

»Ich glaube, er bestreitet seinen Lebensunterhalt damit«, sagte Emil und versteckte wieder seine Hände hinter dem Rücken. Paul tat das gleiche. Diesmal tippte Emil auf drei Streichhölzer.

»Keins«, sagte Paul und hatte recht. Beide Hände waren leer.

»Was hab' ich gesagt?« sagte Emil. »Nach gestern abend hätte ich's besser wissen müssen. Gestern abend hat er mich um sieben Drinks und vier Dollar erleichtert.«

»Noch eins?« fragte Paul.

»Nicht mit mir«, sagte Emil. »Vielleicht hat der Doc Lust, mit Ihnen zu spielen.«

Ich lehnte dankend ab.

»Wie wär's dann mit einem Drink?« fragte Paul.

»Nein, danke.«

»Ein andermal, vielleicht?« sagte Paul.

»Vielleicht ein andermal«, antwortete ich, bezahlte meinen Whiskey Sauer und ging zurück zur Akademie. Und während ich unter den blassen Sonnenstrahlen zurückspazierte, konnte ich den Gedanken nicht loswerden, daß mir dieser Mann namens Paul zum Biersalon gefolgt war. Aber warum?

Als ich mein Büro erreichte, fand ich die Nachricht, daß Molly Gage angerufen hatte und mich um Rückruf bat. Ich nahm den Hörer ab und gab der Vermittlung ihre Nummer.

»Möchten Sie heute abend zum Abendessen kommen?« fragte Miss Gage.

Ich sagte, daß es mich sehr freuen würde. Ihre Stimme klang sehr warm am Telefon.

»Soll ich einen Wagen schicken?«

»Ich kann laufen.«

»Damit Sie noch dünner werden?« Ich hörte ihr leises Lachen. »Kommt gar nicht in Frage.«

»Also gut.«

»Um sieben«, sagte Molly Gage und legte auf.

Ich saß da, starrte aufs Telefon, dachte an Pennys Tante und daran, wie gut sie immer zu mir war. Einer der netten Menschen dieser Welt – eine Frau mit einem guten Herz. Und ich dachte immer noch an sie, als jemand an meine Tür klopfte.

»Herein«, sagte ich. Die Tür ging auf. Ich nahm meine Brille ab und kam hinter meinem Schreibtisch hervor, denn es war Penny Gage, die da im Türrahmen stand.

Bis zu diesem Moment war mir nicht klar gewesen, warum ich, jedesmal, wenn ich Penny sah, an die Stelle im *Sommernachtstraum* denken mußte, an der es hieß: »Ich kenne ein Ufer, wo der wilde Thymian wächst.«

Jetzt wußte ich es. Sie gehörte in einen Zauberwald. Sie hatte etwas Wildes und Freies – ein schlankes, blondes Mädchen mit goldenen Punkten in ihren Augen. Sie hatte die Anmut der barfüßigen Indiomädchen, die man in der Nähe von Tepozitlan die Gebirgspfade entlanglaufen sieht. Und ich glaube, es war diese Anmut, die Bernal Diaz vor vier Jahrhunderten dazu inspiriert hatte, so verzückt von ihnen zu erzählen. Mit Sicherheit ist das das einzig Schöne an ihnen. Penny bewegte sich auf dieselbe stolze Art. Nur war ihr Gesicht nicht flach und ihre Haut nicht braun.

»Guten Tag«, sagte Penny. »Darf ich mich setzen?« Sie schien nervös.

»Natürlich, Penny«, sagte ich.

Sie setzte sich in den Sessel, der in der Ecke stand, und zog die Füße hoch. Wir sahen uns an. Ich merkte, daß ich meine Brille mit meinen Fingern putzte, also setzte sich sie wieder auf und fummelte statt dessen mit dem Brieföffner herum.

»Wie ist die Klausur gelaufen?«

»Ich weiß nicht«, sagte Penny.

»War sie zu schwer?«

»Ziemlich.«

»Ich hab' extra versucht, es nicht zu schwer zu machen.«

»Es ist meine eigene Schuld«, sagte Penny, während sie auf ihre Hände starrte. »Ich hab' nicht genug gelernt.«

»Nächstes Semester kannst du dich besser vorbereiten.«

Dann sah sie zu mir hoch. »Ich möchte Sie etwas fragen.«

Ich rammte den Brieföffner in die Schreibtischkladde. »Ja?«

»Tante Molly will Sie heute zum Abendessen einladen.«

»Sie hat vor einer Weile angerufen.«

»Es ist meinetwegen«, sagte Penny.

»Deinetwegen?«

»Sie macht sich um meinen Geisteszustand Sorgen«, sagte Penny.

»Ich kann ihr versichern, daß –« Ich fragte mich, was ich ihr versichern konnte.

»Nein«, sagte Penny. »Das brauchen Sie nicht. Ich will weggehen. Ich will woanders hingehen, und sie will mit Ihnen darüber reden.«

»Warum?«

»Ich möchte gern nach Mexico City gehen«, sagte Penny. »Ich möchte, daß sie mich dorthin begleitet. Und ich werde zum nächsten Semester nicht zurückkommen.«

Es ergab überhaupt keinen Sinn. Ich saß da und rammte immer wieder den Brieföffner in die Kladde.

»Sie glaubt, Mexiko könnte gefährlich sein«, fuhr Penny fort. »Sie ist auch der Meinung, daß ich weiter aufs College gehen sollte. Aber ich will nicht mehr. Würden Sie ihr sagen, daß Mexiko ein guter Ort für mich wäre, daß ich dort mein Spanisch vertiefen könnte und all die Orte sehen würde, über die wir gelesen haben? Würden Sie das für mich tun?«

»Ich schätze, es würde dir nicht schaden«, sagte ich.

Sie lächelte. Es war, als hätte man ein Licht angeknipst. »Vielen Dank.«

»Aber vielleicht sollte ich erst mal drüber nachdenken.«

»Nein, bitte. Bitte sagen Sie ihr, daß es eine gute Idee wäre.«

Ich zuckte die Achseln. Warum nicht? »Geht in Ordnung.«

Sie glitt aus dem Sessel, kam zum Schreibtisch, streckte ihren Arm aus und tätschelte meine Hand. »Ich danke Ihnen tausendmal. Ich soll Sie heute abend abholen. Ich bin um sieben bei Ihnen.«

Ich stand auf. ich wollte ihre Hand nehmen und sie drücken, aber es schien nicht das Richtige zu sein. Ich fühlte mich jung und kam mir ein bißchen dumm vor.

»Noch eine Sache.« Sie stand da und sah mich an. Ihre Augen ließen mich vergessen, daß sie – zumindest für mich – noch ein Kind war. Ihre Lippen waren leicht geöffnet, und sie hob die Hand und schob eine Haarsträhne aus ihrem Gesicht.

»Ja«, sagte ich.

»Wenn sie irgend etwas über Mr. Magnin sagt, erzählen Sie ihr bitte nicht, daß Sie ihn getroffen haben.«

In dem Moment fing ich an zu verstehen. Aber es war ein bißchen zu spät. Bis ich meine Sinne wieder beisammen hatte, war Penny Gage verschwunden.

2

Im Osten hing ein Fetzen Mond tief am Himmel, und es wehte ein leichter Wind. Die Sterne waren gründlich poliert worden und strahlten hell und kalt. Penny hatte sich ein paar Minuten verspätet, also setzte ich mich auf die wacklige Bank vor der Haustür und sah zu, wie die Nacht hereinbrach und wie das Licht in den Häusern entlang der Straße gelblich durch die Fenster schimmerte. Ich hätte über Arthur nachdenken sollen. Ich hätte versuchen sollen herauszufinden, warum Magnin zu mir gekommen war. Doch alle meine Gedanken kreisten um Penny, und ich wußte jetzt schon, wie sehr ich sie jeden Tag vermissen würde.

In dem Moment kam ein Wagen auf der Straße näher und hielt direkt vor dem Haus. Es war Pennys Packard. Sie öffnete mir die Tür und sah zu, wie ich versuchte, meine langen Beine unter dem Armaturenbrett zu verstauen.

»Soll ich den Sitz zurückschieben?«

»Es geht schon.«

»Es ist eine wundervolle Nacht«, sagte sie ein bißchen

außer Atem. Man merkte ihr an, daß sie aufgeregt und glücklich war.

»Vielleicht solltest du wirklich erst die Schule zu Ende besuchen, Penny«, sagte ich, ohne sie anzusehen.

Sofort nahm sie den Fuß vom Gaspedal. »Sie würden doch nicht –«

»Nein«, sagte ich. »Vergiß es.«

Sie drückte meinen Arm, legte den Gang ein und bog auf die Straße. Hinter uns blitzten ein Paar Scheinwerfer auf, doch sie überholten uns nicht. Im Rückspiegel sah ich, daß etwa dreißig bis vierzig Meter hinter uns ein Wagen herfuhr. Er behielt denselben Abstand bei.

Um zum Haus der Gages zu gelangen, mußte man einfach nur der Straße folgen, in der ich wohnte, doch Penny nahm einen anderen Weg. Plötzlich bog sie nach rechts, raste zwei Blocks weiter und bog nach links, dann umkreiste sie einen ganzen Block, raste eine halbe Meile lang über eine kleine Seitenstraße und schoß wieder zurück auf die Hauptstraße. Ich warf ihr einen fragenden Blick zu.

»Ein kleines Spiel«, sagte Penny.

Ich blickte in den Rückspiegel. Der Wagen war nicht mehr hinter uns.

Penny und ihre Tante lebten in einem großen, ganz und gar berankten Ziegelhaus, das nördlich der Stadt an einem Hügel stand. Man verließ den Highway, fuhr unter den Bahngleisen hindurch und folgte einer schmalen Straße durch einen Wald und über einen kleinen Bach. Dann fuhr man den Hügel hinauf, bis man zu einem Eisentor kam, das ständig offenstand, und bog auf die Kieszufahrt zum Haus.

Die Haushälterin, eine plumpe, grauhaarige Frau, die immer nach Zimt roch, öffnete uns die Tür.

»Wo sind Sie die ganze Zeit gewesen?« wollte sie wissen. »Wir haben Sie ja seit Ewigkeiten nicht gesehen.«

»Martha!« Penny versuchte, streng zu sein. »Manchmal bist du entschieden zu vertraulich.«

»Warum sollte ich es nicht sein?« antwortete Martha und deutete mit dem Kopf zum Wohnzimmer.

Molly Gage saß vor dem Kamin und las ein Buch. Als sie uns hörte, legte sie das Buch beiseite und stand auf.

Als junges Mädchen mußte Pennys Tante verwirrend schön gewesen sein. Sie war immer noch sehr attraktiv, eine große, junonische Frau mit sehr wenig Grau in ihren Haaren, obwohl sie bereits über fünfzig sein mußte. Die einzigen Falten, die sie hatte, waren die Lachfalten an ihren Augen. Jedesmal, wenn ich sie sah, fragte ich mich, warum sie nie geheiratet hatte. Und der einzige Grund, den ich mir vorstellen konnte, war, daß sie ihre Freiheit genoß. Sie besaß die fröhlichsten Augen, die ich je gesehen hatte – braune Augen mit goldenen Sprenkeln.

»Hallo, Mitch.« Sie kam auf mich zu und nahm meine Hand. »Sie sehen abgespannt aus. Machen Ihnen die verwöhnten Gören zu schaffen?«

»Wir sind keine verwöhnten Gören«, sagte Penny.

»Ich weiß nicht, wie er das aushält«, sagte Molly Gage. »Eine von euch ist schon schlimm genug. Warum hängen Sie den Job nicht an den Nagel, Mitch? Und machen was Anständiges, wie Gruben graben.«

»Hab' ich auch schon dran gedacht«, antwortete ich.

»Sie brauchen einen Drink«, sagte Molly Gage. »Wie wär's mit einem doppelten Martini?« Auf dem niedrigen Tisch neben dem Sessel standen eine Karaffe und ein paar Gläser. Sie füllte drei Gläser, nahm Oliven von dem Teller neben der Karaffe und ließ sie in die Gläser plumpsen. »Es sind gefüllte, Mitch. Ich hoffe, es macht Ihnen nichts aus. Ich kann Oliven nicht ausstehen, wenn sie nicht gefüllt sind.«

Ich nahm mein Glas und setzte mich ans Ende des Sofas. Penny setzte sich ans andere. Wie immer fühlte ich mich ganz wie zu Hause. Ich war seit Monaten nicht in diesem Zimmer gewesen, doch das spielte keine Rolle. Molly Gage besaß die seltene Gabe, jemandem das Gefühl zu geben, daß man zur Familie gehörte.

»Wir haben Sie vermißt«, sagte Molly Gage. »Nicht wahr, Penny?«

»Ich sehe ihn jeden Tag«, sagte Penny.

»Ich habe Sie auch vermißt«, sagte ich.

»Schreiben Sie noch?« fragte Pennys Tante.

Ich schüttelte den Kopf. »Keine Zeit.«

»Sie meinen, keine Lust?«

»Vielleicht ist es das.«

»Sie dürfen nicht aufhören zu schreiben«, sagte Pennys Tante. »Sie dürfen nicht zulassen, daß die Schule Sie zermürbt. Ihr Buch über Zapata war das beste, was ich seit langem in Händen hatte.«

»Es ist ihm peinlich«, sagte Penny. »Du darfst ihn nicht so loben, denn dann wird er immer rot.«

Ich wechselte das Thema. »Was machen die Hunde?« fragte ich.

»Millie bekommt Junge«, sagte Pennys Tante. »So wie's aussieht, bestimmt nicht weniger als zehn. Bisher waren es immer zehn.«

»Irgendwann möchte ich auch eins davon«, sagte ich.

»Aber nicht aus diesem Wurf«, sagte Pennys Tante. »Der Vater ist ein Straßenköter, halb Scotchterrier, halb Cockerspaniel, ohne das geringste Verantwortungsbewußtsein. Haben Sie Hunger?«

»Riesigen Hunger.«

»Dann schlag' ich vor, daß wir jetzt essen.«

Nach dem Abendessen setzten wir uns vor den Kamin. Pennys Tante und ich mit dem Schachbrett zwischen uns. Sie spielte sehr gut, obwohl sie eine ausgefallene Meinung über das Spiel hatte – eine Meinung, die ihre Persönlichkeit widerspiegelte. Wie sie sagte, tat es ihr weh, daß alle Figuren, die Dame eingeschlossen, ihr Leben aufs Spiel setzten, um den faulen König zu verteidigen. Ihrer Meinung nach wäre es angebrachter, wenn die Dame und der König die Plätze tauschten. Ich hatte sie mal gefragt, ob sie damit meinte, daß Frauen beschützt werden sollten. »Gott behüte«, war ihre Antwort gewesen.

Es war Molly Gages Idee gewesen, Schach zu spielen. Und es geschah auch auf ihren Vorschlag hin, daß Penny mit einem Arm voller Bücher das Haus verließ, um sie zur Stadtbücherei in Woodland zurückzubringen. Sie war nicht freiwillig gegangen. Als sie hinausging, warf sie mir einen Blick über ihre Schulter zu, und ich wußte, daß sie ihr Schicksal völlig in meine Hände legte.

Miss Gage bewegte ihren Läufer. »Passen Sie auf Ihre Dame auf.«

Ich setzte meinen Springer vor meine Dame.

Sie schien sich ganz auf das Schachbrett zu konzentrieren, doch ihre nächste Bemerkung offenbarte, daß nicht alle ihre Gedanken um das Spiel kreisten. »Es tut mir leid, daß sie sich so verändert hat«, sagte sie. Ich sagte nichts.

»Eine Heldenverehrerin«, fuhr Miss Gage fort. »Zuerst Sie. Ein Jahr lang hatte ich Sie zum Frühstück und zum Abendessen hier.« Sie bewegte einen ihrer Bauern und ließ ihre Dame ungeschützt.

»Ich nehm's, wie's kommt«, sagte ich.

»Ja, das werden Sie wohl.« Sie stellte den Bauern wieder zurück.

»Sie ist noch sehr jung.« Es war das einzige, was mir einfiel.

»Sie sind auch noch sehr jung.«

»Ich fühle mich nicht jung.«

»Jetzt ist es Jacques Magnin«, sagte Miss Gage. »Wissen Sie, wer er ist?«

»Ja.« Ich starrte auf die Elfenbeinfiguren.

»Ich halte nicht viel davon.« Sie rochierte, dann schob sie ihre Haare zurück und lächelte mich an. »Es geht mich eigentlich nichts an. Ich hab' mein Leben gelebt. Und ich sollte mich nicht in Pennys Leben einmischen. Sie hat ihn im letzten Sommer in Maine kennengelernt. Er hat in einem Schuppen auf der anderen Seite des Hügels gewohnt. Er hat ihr das Manuskript von *Blutiger Herbst* zu lesen gegeben. So hat's angefangen. Dann ist das Buch auf dem Markt erschienen, und er ist nach New York gezogen und hat sie angerufen. Seitdem denkt sie an nichts anderes mehr.«

Ich wollte gerade sagen, daß ich Penny keine Vorwürfe machte und daß ich Magnin für einen charmanten Mann hielt, aber ich erinnerte mich gerade noch rechtzeitig an mein Versprechen. Ich sagte: »Ich wußte, daß irgend etwas passiert sein mußte.«

»Sie ist nicht mehr dieselbe, stimmt's?«

Ich schüttelte den Kopf.

»Sie hat Sie schlecht behandelt, nicht wahr?«

»Nein, das hat sie nicht.«

Sie runzelte die Stirn. »Doch, das hat sie. Ich weiß es. Sie hat Sie seit Wochen, seit Monaten nicht mehr zu uns eingeladen.«

»Warum sollte –«

Sie schnitt die Frage mitten im Satz ab. »Warum sollte sie nicht? Mir gefällt das alles nicht. Ich mag Magnin nicht.«

»Sie können zur Einwanderungsbehörde gehen und dafür sorgen, daß er abgeschoben wird«, schlug ich vor. »Ich bezweifle, daß er amerikanischer Staatsbürger ist, und sein Paß könnte gefälscht sein.«

»Mitch«, sagte sie entsetzt. »Das sieht Ihnen überhaupt nicht ähnlich.« Dann kicherte sie. »Aber ich hab' auch schon dran gedacht. Doch das ist jetzt nicht mehr nötig. Er hat vor zwei Wochen aufgehört, sich mit ihr zu treffen.«

»Dann brauchen wir uns ja keine Sorgen mehr zu machen.«

»Doch, um Penny. Sie ist verzweifelt, oder zumindest sagt sie das. Ich könnte ihr sagen, daß man über so etwas hinwegkommt, aber das würde nicht viel nützen. Das tut es nie. Und ich mach' ihr deswegen keine Vorwürfe. Magnin ist faszinierend. Er hat Mut, und – ich schätze, man könnte sagen – er hat Integrität. Er ist ein witziger Typ. Voller Humor. Aber seine Vergangenheit – die gefällt mir überhaupt nicht.«

»Er hat die Vergangenheit hinter sich gelassen.«

»Aber die Vergangenheit hat ihn nicht hinter sich gelassen«, sagte Miss Gage. »Verteidigen Sie ihn bloß nicht. Ich will ihn nicht als angeheiratetes Familienmitglied.« Sie neigte ihren Kopf und musterte mich mit wohlwollender Ernsthaftigkeit. »Aber Sie. Gegen Sie hatte ich nie irgendwelche Einwände.«

»Tja, ich habe leider keine Vergangenheit.«

»Vielleicht sollten Sie eine haben.«

»Ist sie in ihn verliebt?« Ich versuchte, unbefangen zu klingen.

»Sie glaubt, daß sie's ist.« Ihre Hand schwebte über dem Schachbrett, dann stieß sie hinab und griff den Turm. »Sie hat auch mal geglaubt, daß sie in Sie verliebt wäre. Es tut mir leid, daß sie ihre Meinung geändert hat. Sie müssen nicht rot werden, Mitch.«

Ich versuchte, meine Verlegenheit zu verbergen. »Sie ist drüber hinweggekommen. Sie wird über Magnin hinwegkommen.«

»Ja. Deswegen fahre ich mit ihr weg. Ich nehme sie mit nach Mexiko. Meinen Sie nicht auch, daß es das beste ist?«

»Ja«, stimmte ich ihr zu.

»Würden Sie gerne mit uns fahren, Mitch?«

»Ich?«

»Sie«, sagte Miss Gage. »Ich kann unbezahlten Urlaub für Sie erreichen. Schach.«

Ich setzte meinen schwarzen Springer dazwischen. »Ich glaube nicht, daß ich wegkann.«

»Es würde Ihnen guttun.« Ihr Blick streifte mein Gesicht. »Irgendwie kommen Sie mir vor wie ein unglücklicher, junger Mann. Und ich kann es Ihnen kaum verdenken. Sie sind eigentlich kein Lehrertyp.«

»Ich weiß«, sagte ich. »Aber von irgendwas muß man schließlich leben.«

»Im Wagen ist genug Platz für Sie.«

»Danke. Ich werd's mir überlegen. Es ist nett von Ihnen, daß Sie mich dabeihaben wollen.«

»Ich brauche jemanden, mit dem ich Schach spielen kann. Überlegen Sie's sich gut. Außerdem verlieren Sie Ihre Dame, also denken Sie auch darüber nach.«

Es war bereits nach zehn, als ich nach Hause kam. Penny war um kurz vor neun zurückgekehrt und hatte uns beim Schachspielen zugesehen, ohne ein Wort zu sagen. Sie spielte auch Schach und wußte, daß man keine Kommentare über Schachzüge abgab. Sie fuhr mich nach Hause, und erst als wir vor dem Haus ankamen, machte sie den Mund auf. Sie nahm meine Hand und hielt sie fest.

»Sie sind ein Schatz.«

»Danke.«

»Sie halten mich für durchtrieben.«

»Nein.«

»Doch, das tun Sie.«

»Nein«, sagte ich. »Ganz bestimmt nicht, Penny.«

»Versuchen Sie, mich zu verstehen.«

»Sicher.«

»Ich werde Sie vermissen«, sagte Penny.

»Ich dich auch«, sagte ich.

»Auf Wiedersehen, Dr. – Mitchell.« Sie drückte noch einmal fest meine Hand. Ich stieg aus. Sie lächelte und winkte, und ich stand am Tor und sah ihr hinterher. Dann drehte ich mich um und ging über den vereisten Weg zum Haus. Ich fühlte mich einsam und verloren. Leise schloß ich die Haustür auf. Unter meiner Zimmertür war ein Brief durchgeschoben. Auf dem Umschlag stand John Aldrich als Absender.

Ich riß ihn auf und stand in der Mitte des schäbigen Zimmers, während ich ihn las. Dann hörte ich auf, an Penny zu denken. Denn Aldrich schrieb, daß ich sofort nach Mexico City kommen sollte. Er sagte, er sei sicher, daß Arthur etwas zugestoßen sei. Wenn ich Geld brauchte, solle ich ihm ein Telegramm schicken, und er würde es mir zukommen lassen.

Zwei Tage später saß ich im Flugzeug. Mein Ziel war der Flughafen inmitten des ausgetrockneten Sees, den die Azteken Texcoco nannten.

3

In der Calle Uruguay Ecke Avenida Cinco de Febrero hatte es einen Verkehrsstau gegeben. Die Männer saßen hinter dem Steuer ihrer Autos, legten die Hände auf die Hupe und ließen sie dort. Das entwirrte zwar nicht den Verkehr, aber es machte eine Menge Krach, und das schien die Hupfanatiker irgendwie zu beruhigen.

Es war ein herrlich klarer Tag mit wenig Wind, und dort, wo die Sonnenstrahlen auf das Pflaster fielen, war es warm. Ich verließ das Hotel Ontario, stand einen Augenblick lang in der Sonne und fühlte mich fremd und ein bißchen verloren. Die Stadt hatte sich verändert. Ich merkte es sofort, als ich an jenem ersten Morgen aufwachte. Zum einen hörte ich keine Glocken. Früher war es das erste gewesen, was man morgens in Mexico City hörte – überall läuteten die Glocken. Und es gab zu viele

Autos, zu viele Neonschilder, zu viele Ampeln und zu viele Radioläden, deren Radios vor dem Fenster aufgebaut waren und auf voller Lautstärke vor sich hin plärrten.

Ich lief zur Straßenecke und sah die Ursache des Staus. Ein Wagen parkte auf den Straßenbahnschienen, die an dieser Stelle nah am Gehsteig entlanggelegt waren, und die Straßenbahn schaffte die Biegung nicht.

Niemand war verärgert. Niemand war besonders aufgeregt. Die Autofahrer saßen gelassen in ihren Wagen, rauchten und drückten auf die Hupe. Zwei Polizisten lehnten an der Fassade eines Eisenwarengeschäftes und beobachteten das Chaos durch eine Rauchwolke. Der Straßenbahnfahrer saß auf dem Trittbrett seines Führerhäuschens und gähnte hin und wieder. Um den geparkten Wagen herum hatten sich jede Menge Männer und Jungs angesammelt, und ein paar alte Frauen und kleine Mädchen bahnten sich ihren Weg durch die Menge, um Lotterielose zu verkaufen.

Nach einer Weile gesellte sich der Straßenbahnfahrer zu den Leuten und hielt einen Vortrag darüber, wie man die Situation am besten bewältigen könnte. Anscheinend war der Besitzer des Wagens nirgendwo aufzufinden. Dann setzten sich die Polizisten in Bewegung und gesellten sich ebenfalls zu der Menschenmenge. Ich folgte ihrem Beispiel, und zum ersten Mal fühlte ich mich wieder wie zu Hause. Es war das Aroma der mexikanischen Zigaretten, der Geruch von Rauch und Staub und der Klang dieser sanften Stimmen.

»Vielleicht sollten wir den Wagen wegschieben«, schlug der Straßenbahnfahrer vor.

»Aber der Besitzer«, protestierte einer der Männer, »er könnte was dagegen haben.«

»Dann hätte er ihn nicht hier stehenlassen sollen«, sagte einer der Polizisten.

»Woher sollte er wissen, daß diese Straßenbahn hier entlangkommt?«

»Da sind schließlich die Schienen«, sagte der Polizist.

»Aber die werden so selten benutzt.«

Der Polizist dachte eine Weile über dieses Argument nach und warf dann dem Straßenbahnfahrer einen vorwurfsvollen Blick zu. Der zuckte die Achseln und sagte: »Ich kann nichts dafür. Die haben mich auf diese Strecke geschickt.«

»Hebt den Wagen beiseite und stellt ihn dann wieder zurück«, schlug einer der Schaulustigen vor.

Alle grinsten und nickten. Zwanzig oder dreißig Männer hoben den Wagen hoch und stellten ihn auf den Gehsteig. Der Straßenbahnfahrer stieg wieder in seinen Wagen und fuhr vorbei. Dann stellten die Männer den Wagen wieder auf seinen ursprünglichen Platz, und alle lachten gut gelaunt.

Ich stand da und lächelte ihnen zu. So etwas konnte nur in Mexiko passieren. Die Stadt mag sich verändern, aber die Menschen nicht. Nichts konnte sie verändern oder hatte sie jemals verändert. Eine kleine, schmutzige Hand zupfte an meinem Hosenbein. Ein zartes Stimmchen verkündete von dem Reichtum, der meiner wäre, wenn ich auch nur ein winziges Lotterielos kaufen würde. Ich gab dem Mädchen fünfzig Centavos, steckte das Los in meine Tasche und lief auf der Calle Uruguay Richtung Westen. Mir kamen zwei Männer entgegen, die ein Bett auf ihren Köpfen balancierten. Auf einem Fensterbrett saß ein Truthahn und pickte Maiskörner. Sein rechtes Bein war an einen Nagel gebunden, der im Holzrahmen steckte. Ich ging bis zur Ecke, wo eine alte Frau Tacos auf einem Holzkohlegrill zubereitete, und bog nach links. Als ich zur Avenida Madero kam, lief ich wieder Richtung Westen und befand mich kurze Zeit später vor dem Haus Nummer 86. Joe Briggs wartete in dem Eingang des alten Gebäudes auf mich.

»So dünn wie eh und je«, sagte Joe. »Oder noch dünner, falls das überhaupt möglich ist.«

»Hallo, Joe«, sagte ich. Er hatte sich kaum verändert. Seine sandfarbenen Haare zeigten immer noch nicht die leiseste Spur von Grau, und er war so beweglich wie ein Zwanzigjähriger. Er war über fünfzig. Ich wußte das, weil ich ihn für alt gehalten hatte, als ich ihm 1925 zum ersten Mal begegnet war. Ich kann mich nicht erinnern, ihn jemals gefragt zu haben, wie lange er schon in Mexiko war. Aber ich wußte, daß er Villa interviewt hatte, als der von Pershing gejagt wurde, und er war auch in der Stadt gewesen, als Villa und Zapata Seite an Seite in die Stadt geritten kamen, und er war in Vera Cruz gewesen, als die Marine dort landete.

»Schön, dich zu sehen, Mitch. Tut mir leid, daß ich gestern abend nicht da war.«

»Ich hätte dir ein Telegramm schicken sollen. Irgendwas Neues?«

Er zuckte die Achseln. »Nichts.«

Ich erzählte ihm von Aldrichs Brief. »Deswegen hab' ich mich so beeilt herzukommen.«

»Hast du ihn schon getroffen?«

»Nein, aber ich hab' gestern abend mit ihm telefoniert.«

»Weswegen macht er plötzlich so einen Aufstand?« fragte Joe. »Ich hab' ihn erst letzte Woche gesehen, und da war er überhaupt nicht aufgeregt.«

»Ich weiß es nicht. Er hat's mir nicht gesagt. Gehen wir rein und fragen ihn.« Ich führte ihn durch das Treppenhaus zu dem alten Fahrstuhl. Rechts neben dem Fahrstuhlschacht befand sich eine Tür. Sie stand offen, und dahinter saß eine Frau an einem Tisch und nähte. Sie lächelte uns zu.

»Dritte Etage«, sagte ich zu dem Fahrstuhlführer.

Joe drückte meinen Arm. »Eine verdammt lange Zeit«, sagte er. »Sechs oder sieben Jahre, stimmt's?«

»Acht. Wie ging's Arthur, als du ihn zum letzten Mal gesehen hast?«

»Prächtig. Er hat mächtig Speck angesetzt.«

»Glaubst du, daß ihm irgendwas zugestoßen ist, Joe?«

»Ich wüßte nicht, was ihm zugestoßen sein sollte. Mach dir mal keine Sorgen, Junge.«

Wir stiegen aus dem Fahrstuhl, gingen den Flur entlang und öffneten eine Tür, an der John Aldrichs Namensschild befestigt war. Es war immer noch dasselbe Büro wie zu meiner Kindheit. Ein Raum mit riesigen Fenstern und einer sehr hohen Decke, und am Schreibtisch vor einem der Fenster saß noch derselbe verschrumpelte, kleine Mann namens Ramon de Silva.

Ramon stand auf, kam um den Schreibtisch herum und beäugte mich durch seine dicke Brille. »Er ist es«, sagte er und gab mir seine Hand. »Der Dünne von beiden. Der, den sie Mitchell nennen, stimmt's?«

»Ja«, sagte ich.

»Es ist so lange her«, sagte Ramon. »So, so lange her.« Er schüttelte eifrig meine Hand, führte uns zu der Tür zu Aldrichs Büro, öffnete sie und trat dann beiseite.

John Aldrich stand sofort von seinem Schreibtisch auf und kam strahlend auf uns zu, ein großer, stämmiger Mann mit einem dünnen, graumelierten Schnäuzer. Er erinnerte mich immer an die englischen Majore in den Kipling-Romanen: ein Roastbeef-und-Yorkshirepudding-Typ. Doch er war kein Engländer und mochte es auch nicht, wenn er für einen Engländer gehalten wurde. Wie immer wirkte er gut genährt, wohlhabend und als steuere er auf einen frühen Schlaganfall zu. »Mitch«, donnerte er. »Bei Gott, Mitchell. Du siehst aus wie dein Vater. Eine Bohnenstange. Eine Vogelscheuche. Aber du hast ja schon immer so ausgesehen. Bist nur älter geworden. Bist ein bißchen rumgekommen. Erinnerst du dich noch, wie du bei deinen Spielen das ganze Büro hier auf den Kopf gestellt hast?«

»Ja, daran kann ich mich noch erinnern. Du siehst gut aus.«

»Mir geht's auch gut. Mir ist es immer gutgegangen. Das macht das Essen. Es ist so schlecht, daß man nicht viel davon ißt. Stimmt's, Joe?«

»Stimmt«, sagte Joe. Er setzte sich und steckte sich eine Zigarette an. Ich setzte mich rittlings auf einen Stuhl, stützte meine Arme auf die Rückenlehne und versuchte, nicht mürrisch zu wirken, als Aldrich ohne Unterbrechung über Vater und Mutter und über die alten Zeiten schwafelte, die guten, alten Zeiten unter Don Porfirio Diaz.

Es war Joe, der ihn schließlich unterbrach. Joe mochte Diaz genausowenig wie ich. Der einzige mexikanische Präsident, an den sich Joe gerne erinnerte, war Juarez, und Joe sagte immer, daß er ihm wahrscheinlich genauso unsympathisch gewesen wäre, hätte er zu seinen Zeiten gelebt. »Was ist mit Arthur passiert?« Joe quetschte die Frage dazwischen, als Aldrich eine Pause machte, um sich seine Pfeife anzustecken.

»Ach, natürlich«, sagte Aldrich. »Tut mir leid, Mitch. Du machst dir bestimmt große Sorgen. Es ist eine Frau.«

»Eine Frau?« wiederholte Joe.

Aldrich nickte. »Eine Tänzerin aus dem El Toro. Sie ist Arthurs Mädchen.«

»Welche?« fragte Joe.

»Die Amerikanerin«, sagte Aldrich. »Die Blondine – Dorothy Allen.«

»Ich hab' sie gesehen«, sagte Joe.

»Was ist mit ihr?« Ich stand auf und stützte mich auf Aldrichs Schreibtisch.

»Sie und Arthur wollten heiraten«, sagte Aldrich mit ernster Miene. »Die Hochzeit sollte am 5. Februar stattfinden. Ich hab' grade erst davon erfahren. Und so, wie sie sich aufführt, bin ich verdammt sicher, daß irgend etwas Ernsthaftes passiert ist.«

»Hat sie ihn gesehen?«

»Nicht seit November.«

»Wie hast du das rausgefunden?« fragte Joe. Er saß auf der Kante des Ledersofas und sah Aldrich mit gerunzelter Stirn an.

»Sie ist zu mir gekommen.«

»Wann?«

»An dem Tag, an dem ich Mitch geschrieben habe. Ich glaube, es war Freitag.«

»Warum hat sie so lange gewartet?« fragte Joe. »Warum ist sie nicht früher gekommen?«

Aldrichs Augen wirkten nachdenklich und besorgt. »Sie hat gesagt, daß sie nicht wußte, an wen sie sich wenden sollte, als Arthur nicht auftauchte, um sie zu heiraten. Dann ist ihr plötzlich eingefallen, daß Arthur hin und wieder von mir gesprochen hatte, also ist sie zu mir gekommen. Sie sagt, daß sie sich vorher keine Sorgen gemacht hätte, weil sie erst im Dezember einen Brief von ihm erhalten hatte.«

»Einen Brief?« fragte ich.

»Aus Vera Cruz.« Aldrich öffnete eine Schreibtischschublade, holte ein Stück blaues Notizpapier heraus und gab es mir. Es war von Arthur. Daran bestand kein Zweifel. Ich kannte seine Handschrift zu gut, um die Echtheit des Briefes in Frage zu stellen. Ich las:

28. Dezember

Dorothy Darling,

ich wäre Weihnachten gerne bei Dir gewesen, aber es war einfach nicht möglich, also wollte ich es wiedergutmachen, indem ich Dir dieses äußerst bescheidene Geschenk schickte. Nächstes Jahr wird es etwas größer und edler ausfallen – ich weiß, daß Du mich verstehen wirst.

Falls es Dir hilft, möchte ich Dir sagen, daß ich mich nicht amüsiere. Ich mochte Vera Cruz noch nie und werde es auch nie mögen. Aber ich muß noch eine Weile länger hierbleiben. Mit ein bißchen Glück müßte ich bis Mitte Januar zurück sein. Aber sei bitte nicht böse, wenn ich erst kurz vor unserem großen Tag auftauche – dem größten in unserem Leben. Ich habe den Tag in meinem Kalender rot umrandet. Und von jetzt an können wir El Cinco de Febrero genauso feiern wie die Mexikaner.

Ich habe noch niemandem von uns erzählt – nicht mal Mitch. Du weißt, daß ich meine Versprechen halte, Liebling. Es war eine große Versuchung, aber das weißt Du ja am besten.

Weißt Du überhaupt, wie sehr ich Dich liebe? Und wie sehr ich Dich vermisse? Doch die Tage vergehen schnell. Bald halte ich Dich in meinen Armen und werde Dich nie wieder loslassen. In Liebe –

Dein Arthur

Ich gab Joe den Brief. Er las ihn, stand dann auf und starrte auf das große Foto von den Pyramiden in Cholula. Nach einer Weile sagte er, ohne sich umzudrehen: »Vielleicht erklärt das sein Verschwinden. Vielleicht wollte er vor der Dame kneifen.«

»Nicht Arthur«, sagte ich. »So etwas würde er nicht tun. Wenn er sich entschlossen hätte, sie doch nicht zu heiraten, wäre er zurückgekommen, um es ihr zu sagen.«

»Ich schätze, du hast recht«, pflichtete mir Joe bei.

»An dem Tag, an dem ich dir den Brief geschickt habe, bin ich nach Vera Cruz geflogen«, fuhr Aldrich fort. »Keine Spur von ihm. Er muß bei Freunden gewohnt haben oder in irgendeiner miesen, kleinen Kaschemme, denn er war in keinem der Hotels.«

»Bist du zur Polizei gegangen?« fragte ich.

»Sie sind zu mir gekommen. Nicht in Vera Cruz. Hier.«

»Madero?« wollte Joe wissen.

Aldrich nickte. »Er ist schon zweimal hiergewesen.«

»Hast du ihm den Brief gezeigt?« Joe drehte sich um und sah uns an.

»Natürlich nicht. Hätte ich das sollen?«

»Nein«, sagte Joe. »Nicht, bis wir rausgefunden haben, was sie von Arthur wollen. Hast du irgendeine Ahnung, Johnny?«

»Nicht die leiseste – es sei denn –«

»Es sei denn, was?« fragte ich.

»Es sei denn, er hat irgendwas getan, das den Jungs im Palast nicht gefällt. Was meinst du, Joe?«

»Es muß etwas Ernstes sein, oder Madero hätte es mir gesagt«, antwortete Joe. »Er vertraute mir – er hat mir immer vertraut. Aber in dieser Sache krieg' ich nicht den geringsten Hinweis aus ihm raus. Mord kann es nicht sein, denn in letzter Zeit ist niemand von Bedeutung umgebracht worden. Das hab' ich schon rausgefunden. Und es hat auch nichts mit dem Institut für Anthropologie zu tun. Selbst der neue Chef in Guadalajara ist voll des Lobes für Arthur.«

Ich nahm Arthurs letzten Brief aus meiner Tasche und gab ihn Joe. »Vielleicht ist das die Antwort.«

Er las ihn und gab ihn dann Aldrich. »Mal sehen, was du davon hältst, Johnny.«

Aldrich blickte auf. »Wieso glaubst du, daß das die Antwort ist, Mitch?«

Ich erzählte ihnen von dem Abend, als irgend jemand mein Zimmer durchsucht hatte. »Wer immer das auch war, er hat den Brief gelesen.«

»Das ergibt überhaupt keinen Sinn für mich.« Aldrich klopfte seine Pfeife auf dem Rand des Papierkorbs aus und stopfte sie dann mit frischem Tabak.

»Er war irgendeiner Sache auf der Spur«, sagte Joe. »Ich schätze, wir sollten herausfinden, was es war.«

»Das ist nicht wenig.« Aldrich seufzte. Ich fand, daß er plötzlich sehr müde aussah.

Joe stand auf und schnippte seine halbgerauchte Zigarette aus dem Fenster. »Das hier bringt uns nicht weiter. Außerdem hab' ich eine Menge Arbeit zu erledigen. Ich muß mich mit Comacho treffen. Ich werd' heute nachmittag mal ein bißchen rumschnüffeln. Ich ruf' dich gegen sechs Uhr an, Mitch. Wir können uns zum Abendessen treffen.« Er grinste, und ich fühlte mich gleich viel besser. Es machte eine Menge aus, wenn man jemanden wie Joe an seiner Seite hatte, sollte man jemanden brauchen. Er war ausgesprochen fähig und zuverlässig, und er ließ sich von den Dingen nicht überrollen. Wenn es irgendeinen Weg gab, Arthurs Verschwinden auf den Grund zu gehen, würde Joe ihn finden, dessen war ich mir sicher.

»Meinst du, ich sollte zu Madero gehen?« fragte ich.

»Den wirst du noch früh genug sehen. Wahrscheinlich hat er sich schon an deine Fersen geheftet.« Joe lächelte wieder, und dann war er verschwunden.

»Ein feiner Kerl«, sagte Aldrich.

»Ein Prachtstück«, sagte ich. »Wo soll ich anfangen, John?«

»Du könntest mit Ruiz sprechen. Er wohnt im Regis. Du wirst zwar nichts Neues erfahren, denn ich und Joe, wir haben auch schon mit ihm geredet. Aber er ist Arthurs Freund, und es muntert dich vielleicht ein bißchen auf. Und du kannst zu dem Haus gehen, das Arthur gemietet hat. Weißt du, wo's ist?«

»In der Straße der Weinenden Frau«, sagte ich.

Er nickte. »Seine ganzen Sachen sind da, und du solltest sie besser mal durchsehen. Ich hab' es noch nicht getan. Ich hielt es nicht für angebracht. Ich wäre mir wie ein Eindringling vorgekommen.«

»Eindringling – Blödsinn«, sagte ich. »Trotzdem vielen Dank, John.«

»Wofür? Ich hab' nichts erreicht.«

»Du hast es versucht. Das ist eine Menge wert.« Wir schüttelten uns die Hände.

»Du solltest vielleicht auch das Mädchen aufsuchen«, fügte er hinzu. »Du findest sie im El Toro.«

»Das werd' ich tun«, sagte ich und ließ ihn alleine.

Ich ging hinunter und war direkt fröhlich. Es würde schon alles gut werden, dessen war ich mir sicher. Joe und John Aldrich hatten mir wieder Hoffnung gegeben. Aber als ich auf die Straße trat, schwand meine Hoffnung dahin. Auf der Avenida Madero ging ein Mann an mir vorbei, der einen Sarg auf der Schulter trug.

4

Das Hotel Regis hatte etwas ganz und gar Mexikanisches an sich. Seine glorreichen Tage waren genauso verblaßt wie die Blattgoldverzierungen in den Speisesälen, wo einst Generäle ihre .38er Kaliber in die Bilder an den Wänden geschossen hatten. Heutzutage geschah es nicht mehr sehr oft, daß die Füße der Mächtigen die Schlingen des Teppichs in der Empfangshalle abwetzten. Eine Ära war vergangen und mit ihr ein Teil des Glanzes dieses großen Hotels in der Avenida Juarez.

Als ich die Empfangshalle betrat, sah ich mich nach irgendwelchen bekannten Gesichtern um, doch ich entdeckte keins. Ich ging zum Fahrstuhl hinüber und wartete.

»Mister«, fragte mich eine Stimme auf englisch, »wollen Sie nach oben?«

Ein junger Page stand grinsend neben mir.

Ich antwortete auf spanisch. Natürlich wolle ich nach oben. Gäbe es irgend etwas dagegen einzuwenden?

Er strahlte. Natürlich nicht. Die oberen Stockwerke stünden ganz zu meiner Verfügung. Er versuche nur, mir zu erklären, daß der Strom abgestellt sei.

»Um elf stellen sie den Saft ab«, sagte er. »Um Punkt elf. Und erst um zwei wird er wieder angestellt.«

»Warum?«

Er zuckte die Achseln. »Sie sagen, wegen der Dürre. Sie sagen, wegen der Wasserrationierung.«

»Und das paßt dir nicht?«

»Schließlich bin ich es, der zwanzigmal am Tag sieben oder acht Treppen hochrennen muß. Würde Ihnen das passen?«

»Ich glaube nicht.«

»Sind Sie ein Tourist?«

»Nein.«

»Gut«, sagte der Page. »Ich mag keine Touristen, obwohl sie gute Trinkgelder geben. Besonders die Frauen, die immer schnattern wie die Enten. Lehrer.«

»Ich bin auch ein Lehrer.«

»Aber keine Frau«, sagte der Page. »Da drüben ist die Treppe.«

Wegen der Höhe stieg ich die sieben Treppen sehr langsam hinauf. Ich wußte, daß es einige Tage dauern würde, bis sich mein Herz und meine Lungen daran gewöhnt hätten. Ich fand Ruiz' Tür, klopfte und wartete.

»Herein«, sagte eine Stimme auf spanisch.

Ich öffnete die Tür und stand einem schlanken, kleinen Mann mit weißer Haut und einem ordentlich gestutzten, schwarzen Schnäuzer gegenüber.

»So eine Freude, Sie kennenzulernen«, sagte Ruiz, nachdem ich mich vorgestellt hatte. Er streckte seine sanfte, sorgfältig manikürte Hand aus. Sein Lächeln entblößte seine weißen Zähne, und er sprach Englisch ohne die geringste Spur eines Akzents.

»Es tut gut, Sie zu sehen«, sagte ich. »Arthur hat oft von Ihnen gesprochen.«

»Ein feiner Kerl, Arthur. Setzen Sie sich doch bitte.«

Ich setzte mich auf den einzigen Stuhl im Zimmer, und er setzte sich aufs Bett. Sein Zimmer lag auf der Straßenseite, und selbst bei geschlossenem Fenster hörte man den ständigen Lärm der Autohupen. Ruiz schien den Krach nicht zu bemerken. Ob es daran lag, daß er sich an den Lärm gewöhnt hatte, oder daran, daß sein Kopf mit wichtigeren Problemen beschäftigt war, konnte ich nicht sagen. Es kam mir jedoch so vor, als sei er sehr verzweifelt.

Ich zog Arthurs letzten Brief aus meiner Tasche und gab ihn Ruiz. Er las ihn mit ausdruckslosem Gesicht und gab ihn mir dann zurück.

»Sie kennen Ihren Bruder«, sagte er. »Immer voller Ideen – voller Pläne.« Dann lächelte er. »Ich schätze, wie wir alle. Ich glaube nicht, daß das hier« – er meinte den Brief – »irgendeine Bedeutung hat.«

»Er hat ihn geschrieben, kurz bevor er verschwunden ist«, gab ich ihm zu verstehen.

»Ihr Bruder« – er winkte mit der Hand –, »machen Sie sich keine Sorgen um ihn. Er ist nicht weit weg.«

»Das hoffe ich«, sagte ich, und dann fragte ich ihn wegen der Tänzerin Dorothy Allen. »Wußten Sie, daß die beiden heiraten wollten?«

»Mr. Aldrich hat's mir erzählt. Bis dahin wußte ich nichts davon. Ich muß zugeben, ich war überrascht. Und zuerst war ich auch ein bißchen verletzt, daß Arthur mir nichts davon erzählt hat.«

»Er hat mir auch nichts davon erzählt«, sagte ich.

»Ich schätze, er hatte seine Gründe dafür.«

»Das denke ich auch«, sagte ich. »Aus dem Brief ging hervor, daß einer dieser Gründe Miss Allen war. Offensichtlich wollte sie es geheimhalten.« Ich stand auf. »Ich muß jetzt gehen.«

»Falls ich irgendwas für Sie tun kann«, sagte Ruiz, während er heftig meine Hand schüttelte, »lassen Sie's mich wissen. Sehen Sie, ich mag Ihren Bruder sehr.«

»Danke«, sagte ich.

Draußen vor dem Hotel stieg ich in einen Bus. Er war vollgestopft, und ich mußte stehen und versuchen, meine Füße auf dem Boden zu halten, während der Fahrer den Bus über die Straße jagte, als hinge sein Leben davon ab, alle Rekorde auf dieser Strecke zu brechen. Die Frau, die vor mir saß, hatte ein Ferkel auf ihrem Schoß, das schlief. Ich schien der einzige im Bus zu sein, der nervös war, während der Fahrer um die Ecken schlingerte und sein Bestes tat, die anderen Busse von ihren Kotflügeln zu befreien. Schließlich hatte ich genug davon und stieg aus. Es würde mir guttun, die letzten Blocks zu Arthurs Haus zu Fuß zurückzulegen. Auf jeden Fall war es wesentlich sicherer.

Als ich die Puente de Alvarado überquerte, dachte ich an meine Kindheit zurück. Als wir noch Jungs waren, spielten Arthur und ich immer dasselbe Spiel, wenn wir an die Stelle kamen, wo Pedro de Alvarado auf seiner Flucht vor den Azteken seinen erstaunlichen – und wahrscheinlich übertriebenen – Sprung vollführt hatte. Arthur war immer einer von den Spaniern, manchmal Cortez, manchmal Alvarado, und ich war immer ein Indio. Er galoppierte auf einem imaginären Pferd vor mir her, ich folgte ihm und schoß imaginäre Pfeile auf ihn ab, aber es gelang ihm stets, mir zu entkommen. Wir setzten uns oft an die Stelle, von der wir dachten, daß sich dort einst der breite Kanal befunden hatte, und überlegten, was wohl mit dem Gold passiert war, das die Spanier auf ihrer Flucht verloren hatten. Arthur war sich immer sicher gewesen, daß es sich irgendwo unter uns befand und daß wir, wenn wir die Straße aufgraben würden, zumindest einen Teil von Moctezumas legendärem Schatz finden würden.

Ich fand es sehr passend – und ein bißchen sentimental –, daß sich Arthurs Haus in unmittelbarer Umgebung der Stelle befand, an der wir so oft dieses Spiel gespielt hatten. Santa Maria war auch eine Straße, die mir sehr vertraut war. Ich hatte die Legende immer geliebt, die die Leute den wirklichen Namen vergessen ließ und die Straße zur Straße der Weinenden Frau machte. Die Weinende Frau, der Geist von Dona Marina – La Malinche – Cortez' Geliebte, die die schmale Gasse heimsuchte, weinend, immer weinend. Zurückgekehrt aus der anderen Welt, um Buße zu tun, denn sie hatte ihr Volk, die Azteken, verraten. La Calle de La Llorana. Ein wunderschöner Name.

Das Haus war typisch für die mexikanische Mittelschicht: eine Mauer zur Straße hin und eine Tür, hinter der ein kleiner Weg zum Patio führte. Das Haus war mit Möbeln überladen. Im Wohnzimmer hingen zwei kitschige Bilder mit Engelchen, und in einer Nische in der Ecke stand eine Heiligenfigur aus Gips. Ein Mann und eine Frau – mehr Spanier als Indios – hatten mir die Tür geöffnet, und nachdem sie wußten, wer ich war, fingen sie an, um mich herumzuwuseln und mir *pan dulce* und *aguardiente* anzubieten. Die Frau hieß Juanita. Ihr Mann sagte, er sei Pablo Guzman, ein großes Trompetentalent.

»Ganz und gar nicht wie Ihr Bruder«, sagte Juanita. »Nicht die geringste Ähnlichkeit.«

»Warum auch?« wollte Pablo wissen.

»Sie sind Brüder.«

»Mein Bruder und ich, wir sind auch Brüder«, sagte Pablo. »Und sehen wir uns ähnlich? Kann er Trompete spielen?«

Nachdem ich eine halbe Stunde mit den beiden verbracht hatte, kam ich zu dem Schluß, daß Arthur ein schlechtes Gespür für Dienstboten hatte. Ich mochte die beiden nicht. Ich traute ihnen nicht. Selbst als ich alleine in seinem Schlafzimmer war, schienen die beiden in der Nähe zu sein, mich zu beobachten und mir nachzuspionieren. Dennoch konnte ich ihnen keine Vorwürfe machen. Immerhin war es ihre Aufgabe, sich um das Haus zu kümmern.

Meine Durchsuchung des Hauses blieb absolut ergebnislos. Seine Kleidung war da, seine Bücher waren da, seine Papiere und Unterlagen ebenso, doch sie gaben keinerlei Hinweise darauf, wo er sich zur Zeit befinden konnte. Auf seiner Kommode standen drei eingerahmte Fotos. Eins von Vater und Mutter, wie sie lächelnd in einer Kutsche saßen. Ich wußte, daß es das letzte Foto war, das sie von sich hatten machen lassen. Das andere war ein Schnappschuß von mir in Columbia. Und das dritte Foto, das sich in einem Silberrahmen befand, zeigte ein Mädchen in einer dahingeschmolzenen Pose mit langen, hellen Haaren, die nach hinten fielen, und einem Fetzen Chiffon über der Brust. »Für meinen Liebling, von Dorothy«, hatte sie in die untere Ecke geschrieben. Das also war Dorothy. Ihre Schönheit war nicht zu übersehen. Wenn sie in natura auch nur halb so schön war wie auf dem Foto, konnte man es Arthur kaum verübeln, daß er sie liebte. Plötzlich nagte die Angst in meinem Herzen. Wo war er? Was war mit ihm passiert? Und die Sorge trieb mich aus dem Zimmer und aus dem Haus.

Ich lief Richtung Osten über die Puente de Alvarado und fühlte mich hilflos und überflüssig. Es mußte doch irgend etwas geben, das ich tun konnte, um ihn zu finden. Irgendwo in dieser riesigen Stadt mußte es jemanden geben, der mir mit einem Hinweis helfen konnte. So wenig wie ich auszurichten vermochte, hätte ich genausogut in der Akademie bleiben können. Zumindest verdiente ich dort Geld.

Ich erreichte den *zócalo*, und als ich ihn überquerte, erinnerte ich mich daran, daß früher Bäume auf dem Platz gestanden hatten. Jetzt waren sie verschwunden. Es gab nur noch Busse und noch mehr Busse und Straßenbahnen und Leute, die langsam in der Sonne herumliefen. Die Kathedrale sah entsetzlich baufällig aus, als hätte sie den Kampf gegen den sinkenden Sand unter ihr und den Wandel der Zeit um sie herum aufgegeben. Ich ging zum Regierungspalast hinüber, passierte eine Gruppe von Soldaten und betrat den Innenhof. Vor mir führte eine Treppe nach oben, also stieg ich sie hinauf, lehnte mich gegen das Geländer und betrachtete das Wandgemälde von Rivera. Im Hinblick auf meine Gemütsverfassung war es eine gute Idee gewesen. Das Gemälde lenkte meine Gedanken von meinen eigenen Problemen ab und richtete sie auf die gewalttätige und blutige Vergangenheit Mexikos.

Eine sanfte Stimme unterbrach meine Gedanken. »Vielleicht kann ich Ihnen das Gemälde erklären?«

Neben mir stand ein kompakter, kleiner Mann mit aufmerksamen, braunen Augen. Er hatte hohe Wangenknochen und die Hautfarbe eines Indios. Sein glattes, schwarzes Haar war ordentlich zurückgekämmt. In der Hand hielt er einen perlgrauen Hut. Er trug einen grünen Gabardineanzug und einen grünen Schlips; aus seiner Brusttasche ragte ein grünes Taschentuch.

»Ich verstehe es sehr gut«, sagte ich gereizt.

»Dann bitte ich Sie um Verzeihung.«

»Ist schon gut.«

»Vielleicht haben Sie mich irrtümlicherweise für einen Fremdenführer gehalten?«

»Sind Sie denn keiner?«

»Ein Regierungsangestellter, ja. Ein Fremdenführer, nein. Wir müssen das Gemälde im Auge behalten. Vandalismus.« Er zeigte auf eine Stelle unten links, wo die Figur eines Priesters fast bis zur Unkenntlichkeit verwischt war. »Säure. Ein Fanatiker hat versucht, Riveras Werk zu zerstören.«

»Also werden Sie um Ihre Siesta gebracht«, sagte ich.

»Für diejenigen, die jetzt für die Regierung arbeiten, gibt es keine Siesta.« Er lächelte. »Die neue Ordnung.« Sein Achselzucken war sehr ausdrucksvoll. »Sie verstehen das also?« Mit einer Geste umschloß er das ganze Bild.

»Ja.«

»Und Sie billigen es?«

»Es ist Vergangenheit.«

»Nicht alles.« Der kleine Mann deutete mit dem Kopf zur oberen linken Hälfte. »Da hat Rivera ein bißchen spekuliert. Sind Sie zufälligerweise ein Student?«

»So was in der Richtung«, sagte ich.

»Sie leben hier?«

»Im Moment.«

»Es ist ein großartiges Land.«

»Ein schönes Land.«

»Eines Tages wird es noch großartiger sein. Ich glaube, im Moment sind wir ein bißchen verwirrt. Wir bewegen uns vorwärts, und dann fallen wir wieder ein Stück zurück. Haben Sie viel über uns gelesen?«

»Ziemlich viel.«

»Es hat hier sehr noble Männer gegeben – Hidalgo, Juarez.« Er zögerte. Dann fügte er noch einen anderen Namen hinzu: »Zapata – Emiliano Zapata.«

Die Erwähnung dieses Namens brachte das Eis zum Schmelzen. Ich lächelte ihn an, und kurze Zeit später befanden wir uns mitten in einer Diskussion über die mexikanische Politik, und jetzt benutzten wir auch seine Sprache. Zuerst etwas holprig, denn das Spanisch, das ich in der Akademie unterrichtete, war mehr kastilisch als mexikanisch. Dann setzte er seinen Hut auf und sagte, daß er jetzt gehen müsse.

»Dann vertrauen Sie mir also mit dem Gemälde?«

»O ja.«

»Ich hoffe, daß ich Sie wiedersehe«, sagte ich.

»Oh, das werden Sie.« Er strahlte mich an. »Das werden Sie mit Sicherheit. Guten Tag, Sir.« Und damit lief er schnell die Treppe hinunter und verschwand. Mir fiel ein, daß ich vergessen hatte, ihn nach seinem Namen zu fragen. Aber es dürfte keine Schwierigkeit sein, ihn zu finden, wenn er im Palast arbeitete. Ich verließ den Ort und sagte mir, daß ich zurückkommen müsse, wenn ich nichts anderes zu tun hatte. Die Unterhaltung mit dem kleinen Mann in Grün war ein Vergnügen, das einem nicht oft beschert wurde.

Vom Hotel aus rief ich Joe an, doch er war noch nicht da. Dann rief ich Aldrich an. Er hatte nichts Neues zu berichten. Also legte ich mich auf das lange, niedrige Bett, und in dem Moment merkte ich, wie müde ich eigentlich war. Das lag an der Höhe, die mir in den ersten paar Tagen immer zu schaffen machte. Ich schloß die Augen.

Das Telefon weckte mich wieder auf. Ich warf einen Blick auf meine Uhr und sah, daß es schon fünf war. Joe war am anderen Ende der Leitung.

»Kannst du in einer Stunde oder so zu mir kommen?« fragte Joe.

»Irgendwas Neues?«

»Ich weiß noch nicht. Ich treff' mich gleich mit jemandem. Dann weiß ich mehr.«

»Okay«, sagte ich, während ich versuchte, meine Aufgeregtheit zu unterdrücken. »In einer Stunde.«

Ich legte mich wieder zurück und schöpfte neue Hoffnung. Ich fragte mich, mit wem sich Joe wohl traf und warum. Vielleicht mit der Frau – Dorothy. Falls nicht, würde ich ihr heute abend einen Besuch abstatten. Vielleicht konnten wir das zusammen erledigen. Ich dachte an Joe und daran, wie sehr er versuchte, mir zu helfen, und der Gedanke erfüllte mich mit Wärme. Er war immer sehr gut zu mir und zu Arthur gewesen. Besonders nachdem Vater und Mutter gestorben waren. Damals hatte ich ihn erst richtig kennengelernt. Er hatte uns sozusagen unter seine Fittiche genommen. Er hatte uns mal gesagt, daß er uns in Gedanken adoptiert und zu seiner Familie gemacht hätte.

Ich ging unter die Dusche und wechselte meine Kleidung. Draußen vor dem Hotel blockierte mir ein Junge mit einem Schuhputzkasten den Weg. Er zeigte auf meine staubigen Schuhe.

»Schuheputzen, Boss?«

»Ja«, sagte ich. Ich lehnte mich gegen das Gebäude und stellte meinen Fuß auf den Kasten. »Du sprichst Englisch?«

»Sicher.«

»Hast du das in der Schule gelernt?«

»Nee«, sagte der Junge. »Von Bildern. Die, die sich bewegen.«

»Magst du Filme?«

»Klar.« Er klatschte Schuhcreme auf meinen Schuh. »Die Bum-bum-Filme. Ich mag Bogart. Ein harter Typ. Ein knallharter Typ.« Er imitierte das Geräusch eines Maschinengewehrs.

»So hart wie Pancho Villa?«

»Ach, der«, sagte der Junge abfällig. »Ein Bandit.«

Ich hörte dem Jungen zu und sah den vorbeigehenden Leuten hinterher. Der Himmel hatte sich bewölkt, und die Luft roch nach Regen. Aber es war nicht kalt. Ich war dankbar dafür, denn ich hatte genug von der Kälte.

»Zehn Cents«, sagte der Junge.

Ich gab ihm zehn Centavos, woraufhin er mich mißbilligend ansah. »Das sind nur zwei Cents.«

»Und du nennst Villa einen Banditen«, sagte ich auf mexikanisch.

Sein Gesicht erhellte sich. »Kein Tourist, Señor? Dann zeige ich Ihnen auch nicht die schmutzigen Fotos.«

Ich grinste zurück. »Das wäre auch ziemlich zwecklos.« Ich gab ihm noch fünf Centavos und lief dann die Straße hinunter.

Es war bereits nach sechs, als ich Joes Appartementhaus erreichte, ein neues Gebäude hinter den Frontonplätzen. Joe wohnte im ersten Stock. Ich stieg die Treppe hinauf, drückte auf die Türklingel und hörte es drinnen läuten. Doch keiner öffnete. Ich probierte die Tür. Sie war nicht abgeschlossen. Ich drehte den Türknauf und trat ein.

Dann wußte ich, warum Joe nicht an die Tür gekommen war. Er konnte nicht. Er war tot. Er lag mit dem Gesicht nach unten auf der Couch vor dem Fenster, das zur Straße hinausging. In seinem Rücken steckte ein Messer.

Eine Welle der Trauer und des Entsetzens überkam mich, und Joes Tod war nicht der einzige Grund dafür. Der Griff des Messers war wie ein Magnet, der mich näher und näher an die Couch heranzog, auf der Joes Leiche lag.

Das Messer war unverwechselbar, denn sein Griff war über und über mit grob gehämmerten Pesos bestückt. Ich hatte das Messer vor fünfzehn Jahren für meinen Bruder gemacht, und es war die Art von Waffe, die sich nur ein Junge hatte einfallen lassen können, der für H. Rider Haggard schwärmte und dessen großer Held Alan Quartermain war. Die Klinge war ein dünnes Stück Obsidian, das ich in der Nähe des Tempels von Quetzalcoatl gefunden hatte – eine Steinklinge, von der Arthur behauptet hatte, daß sie vor Jahrhunderten als Opfermesser benutzt worden war. Den Griff hatte ich aus Pesos gemacht und an den Steinschaft angepaßt. Wenn man ihn auf besondere Weise drehte, konnte man Griff und Klinge auseinanderziehen, und in den Hohlraum dazwischen hatte ich vorsichtig den Namen meines Bruders eingraviert. Damals war mir das sehr abenteuerlich vorgekommen – wie eine Geheimtür oder ein Geheimfach in einem alten Schreibsekretär.

Ich weiß nicht mehr, wie lange ich dort gestanden hatte. Die ganze Vergangenheit kam wieder hoch und wirbelte um mich herum, um das, was ich dort vor mir sah, unwirklich erscheinen zu lassen. Es kann nicht sein, sagte mir mein Verstand immer wieder. Es kann nicht sein. Es kann nicht sein.

Doch es war Wirklichkeit. Ich wußte es nur zu gut, als ich die Fußschritte hinter mir wahrnahm. Ich drehte mich um.

Vor mir stand der kleine Mann in Grün.

»Ich habe Ihnen ja gesagt, daß Sie mich wiedersehen werden«, sagte er. »Sie müssen wissen, ich bin José Manuel Madero.«

5

José Manuel Madero lehnte im Türrahmen und sah mich an, sein braunes Gesicht völlig ausdruckslos, und dort auf der Couch lag Joe mit einem Messer im Rücken, das ich aus einer Handvoll Pesos und einem nadelspitzen Stück Stein gebastelt hatte. Langsam und sanft brach die Nacht herein, und hin und wieder fielen ein paar Regentropfen.

»Ich hab' ihn nicht umgebracht«, sagte ich.

»Natürlich nicht«, sagte José Manuel Madero. »Natürlich haben Sie ihn nicht umgebracht.«

Ich mußte reden, um nicht weiter nachzudenken. Ich mußte Worte finden und sie zu Sätzen zusammenfügen, obwohl ich wußte, daß das, was ich sagte, dumm klang.

»Die Tür war auf, und ich bin hineingegangen«, sagte ich. »Wir wollten zusammen essen gehen, also bin ich raufgekommen und hab' geklingelt. Dann bin ich reingegangen und hab' ihn gefunden.«

Der kleine Detektiv ging von der Tür weg, durchquerte das Zimmer, blieb vor der Couch stehen und blickte auf Joes Leiche hinab. »Merkwürdig. Das Messer. Eine merkwürdige Waffe.«

Ich hätte ihm sagen können, daß ich das Messer selbst gebastelt hatte. Doch ich tat es nicht.

»So primitiv«, sagte Madero.

»Ja«, sagte ich.

Ich erinnerte mich daran, wie ich an der Werkbank gestanden hatte, um die Silbermünzen zurechtzuhämmern und sie zusammenzufügen. Ich erinnerte mich daran, wie ich den Metallsplitter in einem Geröllhaufen im Schatten der Pyramide von Teotihuacan gefunden hatte. Ich erinnerte mich an Arthurs freudiges Lächeln, als ich ihm das Messer überreichte.

»Fast wie die Arbeit eines Kindes«, sagte Madero. Er berührte Joes Wange mit den Fingern seiner rechten Hand, und die Geste war so zärtlich, daß sie fast wie eine Liebkosung wirkte. Dann holte er ein goldenes Zigarettenetui aus seiner Tasche und hielt es mir hin. Ich nahm eine Zigarette und steckte sie an, wobei ich versuchte, meine Hand ruhigzuhalten.

»Setzen Sie sich bitte«, sagte Madero.

Ich setzte mich. Doch der Sessel war der Couch zugekehrt, und ich wollte nicht zur Couch blicken. Also drehte ich ihn um.

»Warum ist er umgebracht worden?« fragte Madero.

Ich schüttelte den Kopf. »Ich weiß es nicht.«

»Jeder Tod hat einen Grund, Dr. Drake.«

»Ich weiß es nicht«, wiederholte ich.

»Wo ist Ihr Bruder, Dr. Drake?«

»Deswegen bin ich hier«, sagte ich. »Ich suche ihn.«

»Und er hat Ihnen dabei geholfen?« Er deutete auf Joes Leiche.

»Ja.«

Madero sah mich nicht an. Er starrte zum Fenster. Es war jetzt dunkel draußen, und man konnte das Denkmal der Revolution nicht mehr sehen. »Mr. Briggs hat mich kurz vor sechs angerufen und mich gebeten herzukommen. Er hat gesagt, daß er möglicherweise wüßte, wo Ihr Bruder ist.«

Ich füllte meine Lungen mit Rauch. Hinter mir lag Joes Leiche, und das Messer, das ich Arthur geschenkt hatte, steckte in seinem Rücken. Ich sagte nichts.

»Sie wissen natürlich, daß ich sehr daran interessiert bin, Ihren Bruder zu finden.«

»Joe –« der Name brachte mich zum Husten, und ich

mußte den Rest des Satzes unter großer Anstrengung herausquetschen, »– hat es mir gesagt. Er hat gesagt, daß er nicht wüßte, warum.«

»Nein, er wußte es nicht«, sagte Madero.

»Warum wollen Sie Arthur finden?«

Er ignorierte meine Frage. »Glauben Sie, daß Ihr Bruder Mr. Briggs umgebracht hat?«

»Nein«, schrie ich entsetzt. »Nein. Das glaube ich nicht.«

»Das Messer – haben Sie es schon mal gesehen?«

»Nein.«

»Es ist mir so vorgekommen«, sagte er leise. »Als ich den Raum betrat, standen Sie dort und schienen auf das Messer zu starren.«

»Ich habe auf Joe gestarrt«, sagte ich. »Ich habe versucht, mir selbst einzureden, daß es nur ein böser Traum ist.«

»Erzählen Sie mir alles, was Sie wissen, Dr. Drake.«

Ich verbrannte mir meine Finger an der Zigarettenkippe. Ich stand auf, ging zum Tisch hinüber und drückte sie in dem Aschenbecher aus. Als ich vor dem Tisch stand, konnte ich weder die Couch noch Madero sehen. Ich sagte: »Ich habe seit letztem Oktober nichts mehr von meinem Bruder gehört. Dann hat mir John Aldrich geschrieben und wollte wissen, wo er war. Ich schrieb Aldrich und Joe, daß sie versuchen sollten, Arthur zu finden. Doch sie hatten keinen Erfolg. Ich hatte ein paar Recherchen hier unten zu erledigen, und ich machte mir Sorgen um Arthur, also bin ich hergekommen. Das ist alles, was ich weiß.«

»Das ist nicht sehr viel.«

»Nein. Das ist es wirklich nicht.«

»Haben Sie heute abend mit Mr. Briggs gesprochen?«

»Ja, um fünf. Er hat angerufen und gesagt, daß ich ihn hier abholen soll.«

»Ist das alles, was er gesagt hat?«

»Er hat gesagt, daß er sich vorher mit jemandem treffen würde.«

»Er hat nicht gesagt, mit wem?«

»Vielleicht meinte er Sie.«

»Mich hat er bestimmt nicht gemeint«, sagte Madero.

»Wen dann?«

»Vielleicht Ihren Bruder.«

Ich wirbelte herum. »Arthur hat ihn nicht umgebracht. Arthur und ich haben dasselbe für Joe empfunden. Nein. Arthur war nicht hier.«

»Woher wissen Sie das?«

»Ich weiß es nicht.« Meine Stimme klang laut und durchdringend. Sie schien überhaupt nicht aus meiner Kehle zu stammen. Ich starrte durch das Zimmer auf den kleinen Mann in Grün, auf die ausdruckslose Maske, die sein Gesicht war, und dann erinnerte ich mich daran, was Joe über ihn gesagt hatte, daß er sich wie ein Indio kleidete und sich gegen eine Wand lehnte und strickte. »Was hat Arthur getan?« fragte ich. »Sie können es mir doch sagen.«

»Nein«, sagte Madero. »Noch nicht.«

»Aber das hier hat er nicht getan. Ich sage Ihnen, daß er so etwas nie tun könnte.«

»Sie können jetzt gehen«, sagte Madero. »Sie sind durcheinander. Morgen früh werden wir drüber reden.«

»Gut«, sagte ich. »Ich bin im Hotel Ontario.«

»Ja«, sagte Madero. »Gute Nacht.«

»Gute Nacht«, sagte ich und ging hinaus. Zwei Blocks weiter kam ich an einem Laden vorbei, von dem aus man telefonieren konnte. Ich ging hinein und rief Aldrichs Büro an, doch dort war keiner mehr zu erreichen. Dann sah ich im Telefonbuch nach, fand seine Nummer und rief ihn zu Hause an.

»Joe ist tot«, sagte ich ihm, als er den Hörer abnahm. Ich fühlte mich taub und kalt. »Joe ist ermordet worden.«

»O mein Gott«, sagte Aldrich.

»Madero ist jetzt dort. Er glaubt, daß Arthur was damit zu tun hat.«

»Das ist ja lächerlich.«

»Joe ist mit Arthurs Messer umgebracht worden«, sagte ich.

»Nein, nein.« Aldrich schien sich selbst davon überzeugen zu wollen, daß es nicht stimmte.

»Doch.«

»Weiß Madero, daß es Arthurs Messer ist?«

»Nein. Ich hab's ihm nicht gesagt. Ich hab' ihm so wenig wie möglich erzählt.«

»Wie wenig?«

Ich wiederholte die Geschichte, die ich auch Madero erzählt hatte. Ich hörte, wie der Anwalt tief Luft holte. »Erzähl ihm nicht mehr, als du unbedingt mußt«, riet er mir. »Wenn Arthur was damit zu tun hat, müssen wir ihm helfen.«

»Ich weiß.«

»Du glaubst doch nicht –«

»Nein, das glaube ich nicht«, sagte ich. »Es ist mir egal, was Arthur getan hat.«

»Mir auch«, sagte Aldrich. »Rede so wenig wie möglich. Geh Madero aus dem Weg, wenn du kannst. Wahrscheinlich wird er auch mit mir reden wollen. Ich werd' ihm das gleiche erzählen wie du. Und jetzt geh was essen und danach ins Bett.«

»Ich will zuerst zu dem Mädchen gehen«, sagte ich.

»Na, gut. Sei vorsichtig. Sie haben dir bestimmt ein paar Männer hinterhergeschickt, um dich zu beobachten.«

»Ich paß' schon auf«, sagte ich.

Ich hätte nichts essen können. Ich ging ins Henry's und warf einen Blick auf die Speisekarte, aber bei dem Gedanken an Essen wurde mir schlecht. Also trank ich einen Martini und ging wieder hinaus. Ein paar Türen weiter stand ein Mann vor einem Aushang und sah sich die Lotterielose an; als ich Richtung Juarez lief, folgte er mir. Ich bog Richtung Osten. Als ein paar Blocks weiter ein Taxi neben mir sein Tempo verlangsamte, stieg ich ein und sagte dem Fahrer, daß er mich zum Hotel bringen sollte. Es regnete immer noch leicht, doch es war warmer Regen.

Ich bat den Mann an der Rezeption, mich am nächsten Morgen um sieben Uhr dreißig zu wecken, nahm meinen Schlüssel und fuhr mit dem alten Fahrstuhl nach oben. Aber ich blieb nicht in meinem Zimmer. Ich knipste das Licht an und ging wieder hinunter. Der Mann, der mir gefolgt war, saß in der Empfangshalle auf einer Couch und las Zeitung. Ich machte kehrt, ging am Fahrstuhl vorbei und verschwand durch eine Tür, die in einen Hausflur führte, der nach draußen auf eine schmale Zufahrtsstraße mündete. Schnell lief ich zwei Straßenzüge Richtung Süden, nahm einen Bus Richtung Westen und stieg an der Haltestelle San Juan de Letran wieder aus. Einen halben Block weiter blieb ich stehen, kaufte eine Schachtel Zigaretten und vergewisserte mich, daß ich meinen Schatten abgehängt hatte. Dann überquerte ich die Straße zur Avenida Aranda und lief sie entlang, bis ich das El Toro fand. Über dem Eingang hing eine Leuchtreklame mit einem Stier, der einen Matador jagte.

Die Mitglieder des Orchesters trugen Charro-Kostüme und spielten *Indian Love Call* mit mexikanischem Touch. Es war gräßlich. Ein Kellner, der aussah wie Carranza, wollte mir einen Tisch in der Mitte des kleinen, überfüllten Raumes zuweisen, doch ich ignorierte ihn und setzte mich an einen freien Tisch in der Ecke.

»Wieskie?« fragte der Kellner. »Ich hab' in Detroit für Miester Ford gearbeitet. Wie gefällt Ihnen Mexico City, häh? Wollen Sie ein Mädchen?«

»Nein«, sagte ich. »Bier.«

»Okay«, sagte der Kellner. »Bier. Okay.« Er eilte von dannen.

Das Lokal war fast voll, und die meisten Gäste waren Touristen, die verzweifelt versuchten, sich zu amüsieren. Es erinnerte mich an all die pseudo-mexikanischen Lokale in New York. Ich nahm ein Stück Papier aus meiner Tasche und schrieb eine Nachricht für Dorothy Allen, und als der Kellner mit dem Bier zurückkam, gab ich ihm den Zettel zusammen mit fünfzig Centavos.

»Geben Sie das bitte Miss Allen«, bat ich ihn auf mexikanisch. Er ging wieder, und kurze Zeit später sah ich, wie er mich zu einer Tür winkte, die hinter die Bühne führte. Ich stand auf, durchquerte den Raum, trat durch die Tür und befand mich in einem Flur, der nach billigem Parfüm und Zwiebeln roch.

»Da drinnen«, sagte der Kellner und zeigte auf eine Tür. »Sie hat gesagt, daß Sie gleich reinkommen sollen.«

Es war ein winziger Raum mit einer Couch, einem Stuhl und einem Schminktisch. Sie stand vor dem Tisch, groß und schlank und wunderschön. Sie hatte nicht sehr viel an. Sie streckte mir beide Hände entgegen, und ich nahm sie, wobei ich versuchte, sie nicht allzusehr anzustarren, denn ich wollte sie nicht in Verlegenheit bringen. Dann kam mir in den Sinn, daß Tänzerinnen daran gewöhnt waren, ihren Körper zu zeigen, also versuchte ich, das Ganze etwas nüchterner zu sehen.

»Also Sie sind Mitchell.« Ihre Stimme klang tief und angenehm rauchig. Ich sah, daß ihre Augen die Farbe von Topas hatten und sehr, sehr groß waren.

»Ja«, sagte ich.

»Sie sehen überhaupt nicht aus wie Art. Doch, warten Sie. Der Mund ist der gleiche, wenn Sie lächeln.« Sie setzte sich hin und runzelte etwas die Stirn. »Ich hab' furchtbare Angst, Mitchell.«

»Ich auch«, sagte ich.

»Ich liebe ihn sehr«, sagte Dorothy Allen. »Was ist mit ihm passiert, Mitchell?«

»Ich weiß es nicht.«

»Wir müssen ihn finden. Ich halte es nicht länger aus. Ich bin so froh, daß Sie hier sind. Ich wußte nicht, was ich tun sollte, wirklich.«

»Ich kann Sie verstehen«, sagte ich und versuchte zu lächeln.

»Aber jetzt, wo Sie hier sind, ist es schon viel besser.« Sie lächelte zurück. Ich sah, wie lang ihre Wimpern waren.

»Nein, das ist es nicht«, sagte ich. »Es ist viel schlimmer.«

Ihr Lächeln verschwand. »Ist ihm etwas zugestoßen?«

»Nein, ihm nicht. Aber Joe Briggs.«

»Wer?«

»Ein Freund von Arthur und mir. Ein Zeitungsreporter.«

Sie fuhr sich mit der Hand an den Mund.

»Er ist heute abend umgebracht worden«, sagte ich.

Ihre Hand erstickte einen Schrei.

»Und ich fürchte, die Polizei denkt, daß Arthur was damit zu tun hat.«

»Das würde er nicht. Oh, das könnte er nicht.«

»Ich weiß, daß er so was nicht tun könnte. Aber sie glauben es nichtsdestotrotz.«

»O mein Gott«, sagte Dorothy Allen. Ihr blonder Kopf sank auf ihre Arme, und sie fing an zu weinen.

»Bitte nicht.« Ich stand auf und stellte mich unbeholfen neben sie, ohne zu wissen, was ich tun sollte. »Bitte, Miss Allen, weinen Sie nicht.«

»Ist schon gut.« Sie setzte sich auf und atmete tief ein. »Tut mir leid. Erzählen Sie mir, was passiert ist.«

Ich erzählte es ihr. Doch die Sache mit dem Messer ließ ich aus. Ich wußte, daß Madero sie schließlich finden würde, und ich wollte nicht, daß sie wußte, daß ich das Messer für meinen Bruder gemacht hatte. Ich wußte, daß er es aus ihr herausbekommen würde.

»Glauben Sie, daß der Mord was mit Arthur zu tun hat?«

Ich nickte. »Es scheint so.«

»Würde es etwas nützen, wenn ich mit der Polizei rede?«

»Sie warten besser«, sagte ich. »Sie wissen noch nichts von Ihnen. Nur Aldrich und Ruiz wissen Bescheid.«

Sie schob ihre Haare zurück. Es erinnerte mich an die Maisbündel, die man im Herbst an den Rändern der *milpas* sah. »Es ist alles meine Schuld. Ich hätte ihn im letzten Sommer heiraten sollen. Ich war so dumm. Ich war so furchtbar dumm.«

»Nein«, sagte ich.

»Doch, das war ich. Ich wollte noch warten. Er wollte mich schon damals heiraten. Er hatte nicht viel Geld, und ich hatte diesen Job hier und mußte Geld nach Hause schicken, also wollte ich noch etwas warten. Sie wollen keine verheirateten Frauen hier. Und ich wollte auch nicht, daß er irgend jemandem von uns erzählt.«

»Er hat's nicht mal mir erzählt.«

»Ich weiß. Er hat's mir versprochen. Er hält seine Versprechen immer ein. Was sollen wir jetzt tun, Mitchell?«

Ich wünschte, ich hätte die Antwort auf diese Frage gewußt. Doch das war nicht der Fall. Ich tappte im dunkeln ohne die geringste Ahnung, was ich tun oder wohin ich gehen sollte. Ich wußte nicht einmal, warum ich in Dorothy Allens Garderobe war. Außer, daß ich mich Arthur beim Anblick des Mädchens, das er liebte, ein bißchen näher fühlte. »Warum ist er nach Vera Cruz gegangen?«

»Er hat gesagt, es wäre geschäftlich.«

»Hat er gesagt, was für Geschäfte?«

Sie schüttelte den Kopf.

»Wissen Sie, was seine Pläne waren, nachdem er im Institut gekündigt hatte?«

Wieder schüttelte sie den Kopf. »Er war – wie soll ich sagen – sehr geheimnisvoll.«

»Hat er irgendwas von einer Menge Geld erwähnt?«

»Ja.«

»Aber er hat nicht gesagt, wie er an das Geld herankommen wollte?«

»Nein.«

»Ich brauche irgend etwas, woran ich mich halten kann«, sagte ich. »Zuallererst einen Ort. Ich muß rausfinden, wo er ist und wer Joe umgebracht hat, und ich weiß nicht, wie ich es anstellen soll.«

Sie machte eine Geste der Hilflosigkeit, drehte sich um, blickte einen Moment lang in den Spiegel und begann dann sehr mechanisch, sich zu schminken. Ihr Rükken war zierlich und gerade und sehr weiß, und ihre Schultern neigten sich leicht nach vorne. Auf ihrem rechten Schulterblatt hatte sie ein winziges Muttermal. Ich mochte die Art, wie ihre Haare über ihren Nacken fielen. Dann sah ich im Spiegel, wie sie die Stirn runzelte.

»Da war irgend etwas mit einem Buch«, sagte sie. »Mit einem sehr alten Buch.«

Ich wartete und beobachtete sie. Es schien richtig zu sein, daß ich mich in ihrer Garderobe aufhielt, und es kam mir so vor, als gehöre sie zur Familie, als säße ich mit Arthurs Frau in einem Zimmer.

»Es war in Guadalajara«, sagte Dorothy Allen. »Dort haben wir uns kennengelernt. Im Frühjahr haben wir uns kennengelernt, und er hat mir etwas von einem alten Buch erzählt. Ich hab' dort in einem Club getanzt. Abends kam er immer vorbei, und ich setzte mich zu ihm an den Tisch, wenn ich nicht arbeiten mußte. Damals kannte ich ihn noch nicht sehr gut, und ich habe ihn gefragt, was er macht, und er hat gesagt, daß er hinter einem alten Buch herjagt.«

»Welches Buch?«

»Das hat er nicht gesagt. Ich hielt es für einen Witz. Später hat er mir gesagt, daß er das Buch gefunden hätte und daß es sehr wertvoll sei.«

»Versuchen Sie, sich an mehr zu erinnern«, sagte ich. Es war angenehm, dazusitzen und zuzusehen, wie sie ihr Make-up auflegte, und die kleinen Bewegungen ihrer Schultermuskeln zu beobachten. Das Parfüm, das sie benutzte, erinnerte mich an den Garten meiner Mutter. Sie hatte ein ganzes Beet mit Gartennelken bepflanzt, die im Frühling die Luft mit ihrem würzigen Duft erfüllten.

»Einmal hat er was von einer Karte erzählt«, sagte Dorothy Allen, während sie sich mir halb zuwandte. Sie hatte Mascara auf den Wimpern, und jetzt wirkten sie noch länger als zuvor. »Hat er Ihnen jemals was von einem Buch oder einer Karte geschrieben?«

»Nein«, sagte ich. »Er hat mir nur geschrieben, daß er mit irgend etwas eine Menge Geld machen würde, das war alles.«

»Vielleicht mit dem Buch. Manchmal sind alte Bücher sehr viel wert, oder nicht?«

»Manchmal. Es hängt davon ab, was für Bücher.«

»Ich hätte ihn fragen sollen. Nur, daß man Arthur solche Dinge nicht fragt. Man wartet, bis er es einem erzählt. Und er hat es mir nie erzählt.«

Ich wußte nur allzu gut, daß das stimmte. Arthur war immer sehr verschwiegen gewesen, was seine Arbeit und seine Pläne betraf. Er brach das Schweigen erst dann, wenn er wirklich bereit war, es einem zu erzählen. Es nützte nichts, ihn mit Fragen zu bombardieren. Ich fragte mich, ob die Sache mit dem Buch von Bedeutung war. Es schien sehr unwahrscheinlich. Erstens wußte Arthur sehr wenig über Bücher, weder über moderne noch alte. Zweitens war die Sorte von alten Büchern, die man in Mexiko fand, nur für Wissenschaftler wertvoll.

Und Karten? Wie konnte man mit einer Karte ein Vermögen machen? Wahrscheinlich hatte sie den Enthusiasmus eines Archäologen mißverstanden. Was wertvoll war und was nicht, war für diese Menschen sehr relativ. Ein alter Stein mit ein paar eingeritzten Figuren mochte für sie unbezahlbar sein.

Ein Klopfen an der Tür unterbrach meine Überlegungen. Eine Stimme teilte Miss Allen mit, daß sie gleich an der Reihe sei. Ich stand auf.

»Gute Nacht«, sagte ich.

»Gehen Sie noch nicht, Mitchell.«

»Aber Sie müssen arbeiten.«

»Setzen Sie sich an einen Tisch. Ich setze mich zu Ihnen, wenn ich mit meiner Nummer fertig bin.«

Ich sagte, es sei mir ein Vergnügen, und ging wieder zurück ins Lokal. Der Kellner strahlte derart, daß ich alle seine Zähne sah. Die Tatsache, daß ich Miss Allen persönlich kannte, schien ihn sehr zu beeindrucken. Ich bestellte noch ein Bier und trank es sehr langsam. Ich war froh, daß sie mich gebeten hatte, noch zu bleiben. Ich wollte nicht in mein Hotel zurückkehren, denn ich wußte, daß ich sowieso nicht einschlafen würde. Es gab zu viele Dinge, über die ich nachdenken mußte. Meine Gedanken kreisten größtenteils um Joe Briggs. Ich sah ihn immer wieder vor mir, wie er da auf der Couch lag mit dem Messer im Rücken, das ich gemacht hatte, und fühlte mich für seinen Tod verantwortlich. Wenn ich ihm nicht geschrieben hätte – aber es hatte keinen Sinn, solche Spekulationen anzustellen. Ich hatte ihm geschrieben, er war in die Sache hineingezogen worden, und jetzt war er tot. Ich wußte, daß Arthur ihn nicht umgebracht hatte. Und ich wußte auch, daß sein Tod und Arthurs Verschwinden ihre Wurzeln in demselben mysteriösen Sumpf hatten.

Dorothy Allen betrat die Bühne, und das Orchester fing an zu spielen. Es war nichts Außergewöhnliches an ihrem Tanz, doch sie war sehr anmutig und voller Rhythmus. Ihre Füße steppten über den polierten Boden, als wäre er eine große Trommel und ihre Fußsohlen die Trommelstöcke. Ich schaute ihr so aufmerksam zu, daß ich Jacques Magnin erst dann bemerkte, als er neben meinem Tisch stand. Er war in Begleitung eines anderen Mannes, eines gedrungenen, fettgesichtigen Mexikaners, der nach Parfüm roch.

»Ich hätte nicht erwartet, Sie hier zu finden«, sagte Magnin mit seinem merkwürdig süßen Lächeln.

»Ich hätte es selbst nicht erwartet, mich hier zu finden.« Ich deutete auf die freien Stühle. »Setzen Sie sich doch.«

»Danke«, sagte Magnin. »Darf ich vorstellen. Raul Amaro – Dr. Drake.«

Der fettgesichtige Mexikaner verbeugte sich. »Angenehm«, sagte er. »Drake. Sie sind der Biograph, nicht wahr?« Er sprach fließend englisch, dennoch klang es ein bißchen komisch. Die Worte schienen aus seinem Mund herauszurollen. Ich nickte, und seine weißen Zähne blitzten auf. »Ihr Bruder, er hat mit mir in Guadalajara zusammengearbeitet.«

»Er hat Sie des öfteren erwähnt«, sagte ich.

Daraufhin schüttelte er mir energisch die Hand. Amaro setzte sich und hörte nicht auf zu lächeln. »Wo ist Arturo?«

»Deswegen bin ich hier«, sagte ich. »Ich weiß es nicht.«

»Nein?«

»Ich versuche, ihn zu finden«, sagte ich.

»Seltsam.« Das Lächeln verschwand aus seinem Gesicht. »Sehr seltsam. Aber er wird wiederauftauchen.«

Der Schatten des Kellners fiel auf unseren Tisch. Wir bestellten unsere Drinks, und er ging wieder. »Wie klein die Welt doch ist«, sagte Amaro.

»Das habe ich auch grade gedacht«, pflichtete ihm

Magnin bei. »Dr. Drake gibt mir Briefe mit, und dann treffe ich ihn hier. Übrigens war es nicht nötig, die Briefe zu benutzen. Mr. Amaro« – er bedachte seinen Freund mit einem warmen Lächeln – »und ich, wir kennen uns aus Lissabon. Er ist sehr hilfsbereit.«

»Ach, das ist doch gar nichts.« Amaro winkte das Thema mit seiner plumpen Hand beiseite.

Ich dachte an das Buch *Blutiger Herbst* und fragte mich, ob Amaro in Lissabon mit Magnin zusammengearbeitet hatte. Dann fragte ich mich, wie Magnin wohl auf die Nachricht von dem Mord reagieren würde. Ich sagte: »Den Brief an Joe Briggs können Sie im übrigen zerreißen. Er ist heute abend ermordet worden.«

Magnin zog die Augenbrauen zusammen und starrte mich über den Tisch hinweg an.

»Der Journalist?« fragte Amaro, und seine Stimme klang aufrichtig besorgt.

»Ja.«

»O nein. So ein feiner Kerl. So ein feiner, ehrenhafter Mann. Ermordet? Das ist doch nicht möglich.«

»Doch, das ist es«, sagte ich. »Es ist passiert. Es ist heute abend passiert.« Während ich ihnen davon erzählte, bereute ich es, das Thema überhaupt angeschnitten zu haben. Ich fühlte mich noch viel schlechter, nachdem ich die Nachricht weitererzählt hatte.

»Unglaublich«, sagte Amaro, als ich schwieg. Magnin nahm einen Zuckerwürfel aus der Schale und zerkrümelte ihn zwischen seinen langen Fingern; er hatte immer noch kein Wort gesagt.

»Aber sie werden den Mörder schon finden.« Amaros Ton klang sehr überzeugend. »Madero wird ihn finden. Ein sehr cleverer Mann, dieser Madero.«

»Das habe ich auch gehört«, sagte ich. Ich wollte nicht mehr drüber sprechen. Ich wollte aufstehen, hinausgehen und sehr schnell durch den Regen laufen, doch da kam schon der Kellner mit meinem Bier und den Drinks für meine Tischgäste, und direkt hinter ihm stand Dorothy Allen. Wir standen alle auf.

»Der Tanz hat mir sehr gefallen«, sagte ich.

Sie lächelte.

»Bitte setzen Sie sich, Dorothy«, sagte ich.

»Sie kennen sich auch?« sprudelte es fast aus Amaro heraus. »Aber natürlich. Arturo. Natürlich. Guten Abend, Miss Allen.«

Sie setzte sich auf den Stuhl neben mir. Ich sagte dem Kellner, daß er ihr auch etwas zu trinken bringen solle, und stellte ihr Magnin vor. Ich mochte die Art nicht, wie er auf ihren Körper starrte. Seine Augen schienen voller Gier. Ich dachte an Penny Gage und wünschte, ich hätte ihrer Tante erzählt, daß Magnin in Mexiko war. »Ich schätze, Sie wissen, daß Miss Gage in ein paar Tagen hier sein wird«, sagte ich.

»Was?« Magnin hörte auf, die Tänzerin anzustarren.

»Sie kommen mit dem Auto.« Ich beobachtete ihn und fragte mich, wie lange er noch den Atem anhalten würde.

»Wann?«

»In ein paar Tagen.«

»Dann sind sie noch nicht losgefahren?«

»Ich glaube nicht.«

Sein Seufzen klang erleichtert, oder zumindest schien es mir so. Er nahm seinen Blick von meinem Gesicht und studierte seine Fingerknöchel. Plötzlich spürte ich, wie überaus unsympathisch mir dieser Mann war. Ich hätte am liebsten ausgeholt und seine Nase noch ein bißchen weiter nach links geboxt. Doch ich wußte, daß es keinen Sinn hatte. Ich hätte dankbar sein sollen, daß er Penny nicht bei sich haben wollte, daß es für ihn offensichtlich vorbei war.

»Ich glaube, sie hatten vor, in ein paar Tagen loszufahren«, sagte ich.

»Es wird nett sein, sie wiederzusehen.« Dann richtete Magnin seine Aufmerksamkeit wieder auf Miss Allen.

Aber nicht für lange. Er trank seinen Brandy aus, warf einen Blick auf seine Uhr und stand auf. »Ich muß jetzt gehen. Wenn Sie gestatten.«

Ich stand auf, und Amaro erhob sich ebenfalls. »Gute Nacht«, sagte ich.

Magnin verbeugte sich. »Gute Nacht.«

»Ich muß auch gehen«, sagte Amaro. Er nahm Miss Allens Hand und küßte sie. Ich entschied, daß ich ihn auch nicht besonders leiden konnte. Ich sah ihnen hinterher, als sie hinausgingen, und als sie verschwunden waren, fühlte ich mich erleichtert.

Miss Allen sah mich mit einem seltsamen Blick an. »Sie haben ihn völlig aus der Fassung gebracht.«

»Ja.«

»Wer ist Miss Gage?«

Ich erzählte es ihr. Ich versuchte, nicht allzu enthusiastisch zu klingen. Ich bemühte mich, mein Interesse als rein akademisches darzustellen. Doch ich war nicht sehr erfolgreich.

»Sind Sie in sie verliebt?«

»Natürlich nicht«, sagte ich.

»Natürlich sind Sie's nicht.« Sie lächelte verschmitzt. »Ich muß gleich wieder auf die Bühne. Sehen wir uns morgen?«

»Ja.«

»Wo kann ich Sie erreichen?«

Ich sagte es ihr. Sie tätschelte meine Hand. »Ich bin froh, daß Sie hier sind, Mitchell.«

»Ich auch«, sagte ich. Doch das stimmte nicht. Mir kam wieder in den Sinn, daß Joe Briggs tot war, und ich war mir sicher, daß er noch leben würde, wenn ich nicht gekommen wäre. »Gute Nacht, Miss Allen.«

»Dorothy.«

»Gute Nacht, Dorothy.«

»Gute Nacht, Mitchell. Morgen sehen die Dinge vielleicht schon besser aus.«

»Es kann kaum schlimmer werden.« Ich sah ihr nach, wie sie den Raum durchquerte, und dachte wieder, was für einen schönen Körper sie hatte. Dann bezahlte ich die Rechnung und ging hinaus. Es hatte aufgehört zu regnen, und über der dunklen Straße konnte ich die Sterne sehen.

Es war bereits zwei, als ich das Hotel erreichte. Die Empfangshalle war leer. Ich nickte dem Nachtportier zu, und er nickte zurück, kam um den Tresen herum, folgte mir zum Fahrstuhl und brachte mich nach oben. Der Fahrstuhl knarrte entsetzlich.

Ich war froh, daß ich zuvor das Licht angeknipst hatte. Dadurch schien das Zimmer nicht mehr ganz so verlassen. Ich ging hinein, schloß die Tür hinter mir ab und wünschte, ich wäre wieder in Mrs. Hunttings Gästehaus. Und mir wurde klar, daß Penny Gage der Grund dafür war, daß ich wieder nach Hause zurückkehren wollte. Nun, sie würde in ein paar Tagen hier sein. In ein paar Tagen würde ich sie wiedersehen. Ich versuchte, Trost aus diesem Gedanken zu schöpfen. Ich dachte an Magnin und daran, wie entsetzt er gewesen war und wie schnell er das Lokal verlassen hatte. Er mußte irgend etwas Dringendes vorgehabt haben, und ich war mir ziemlich sicher, daß ich wußte, was es war. Ich war sicher, daß er hinausgeeilt war, um Penny ein Telegramm zu schikken, in dem er ihr riet, sich von Mexiko fernzuhalten. Würde sie sich davon aufhalten lassen? Ich bezweifelte es.

Ich setzte mich aufs Bett und dachte eine Weile über die Angelegenheit nach, dann kam ich zu dem Schluß, daß ich froh war, daß sich Penny nicht aufhalten lassen würde. Ich hatte noch immer Dorothy Allens Frage im Ohr – war ich in sie verliebt? Natürlich nicht, hatte ich gesagt. Es war nicht die richtige Antwort gewesen. Ich versuchte, sie aus meinen Gedanken zu verbannen. Es galt, einen Mord aufzuklären, einen Mord, für den ich in gewissem Maße verantwortlich war. Und dann die Sache mit Arthur. Und ich saß hier und zerbrach mir den Kopf über ein Mädchen und meine Gefühle in bezug auf das Mädchen. Ich sah wieder Magnins schmales, sensibles Gesicht vor mir. Ich erinnerte mich, daß ich ihm einen Brief für Joe Briggs mitgegeben hatte. War das von Bedeutung? Ich vergrub mein Gesicht in den Händen, schloß die Augen und versuchte, klar zu denken; doch die Klarheit wollte sich nicht einstellen. Ich spürte nur eine strudelnde, tosende Verwirrung. Also stand ich wieder auf und öffnete meine Tasche, um einen Pyjama herauszuholen. Dann merkte ich, daß jemand in meinem Zimmer gewesen war, meine Sachen durchsucht hatte und dabei nicht besonders vorsichtig vorgegangen war.

6

Um sieben Uhr wurde ich von einem Pagen geweckt, der zwei Jahre lang mit einem Wäschereiwagen durch Brooklyn gefahren war. Er hatte ein Telegramm für mich.

»Pläne geändert. Kommen mit Flugzeug. Ankunft morgen um 17.00 Uhr«, stand da. Der Absender war Molly Gage, und es war am Abend zuvor abgeschickt worden.

Ich bat den Pagen, mir die Zeitung und einen Kaffee zu bringen.

»Amerikanischen Kaffee?« wollte er wissen.

»Café con leche«, sagte ich.

Ich duschte, rasierte mich und überlegte, wie Magnin wohl auf die plötzliche Ankunft der Gages reagieren würde. Ich glaubte nicht, daß er begeistert sein würde. Nach einer Weile kam der Page mit ein paar Zeitungen und einem Tablett mit zwei Kannen zurück. Ich setzte mich aufs Bett, trank meinen Milchkaffee und las die Berichte über Joes Mord. Es stand nicht viel darüber in den Zeitungen. Er wäre gegen fünf Uhr dreißig gestern nachmittag erstochen worden, und das war alles, was sie zu wissen schienen. Mein Name wurde nicht erwähnt. Arthurs Name auch nicht. Madero hätte die Leiche gefunden, schrieben die Zeitungen. Aber sie schrieben nicht, warum der Detektiv zu Joes Wohnung gegangen war. Sie schrieben nur, daß er die Leiche entdeckt hätte und daß er an dem Fall arbeite. Es gab ein paar längere Artikel über Joes Leben, und ich las sie gerade, als mich der Empfangsdiener anrief, um mir mitzuteilen, daß John Aldrich unten auf mich warte. Ich sagte ihm, daß er ihn hinaufschicken solle.

Seiner äußeren Erscheinung nach zu urteilen, hatte er nur sehr wenig geschlafen. Er drückte meinen Arm und sagte: »Hallo, mein Junge, gehen wir frühstücken. Ich hab' noch nichts gegessen.«

Das Restaurant lag im fünften Stock, und so konnten wir auf den Fahrstuhl verzichten. Wir stiegen die Marmortreppe zum Dachgarten hinauf und setzten uns an einen Tisch in der Sonne. Es war ein herrlich klarer Tag. Im Osten konnte man die Spitzen der beiden schneebedeckten Vulkane sehen und Wolken, die über sie hinwegzogen.

»Madero ist gestern nacht noch vorbeigekommen«, sagte Aldrich. »Verschwiegen wie eine Auster.«

»Er ist ein Indio«, sagte ich.

»Ich hab' auch Auster gespielt«, fuhr Aldrich fort. »Hab' ihm verdammt wenig erzählt. Ein gerissener, kleiner Teufel. Wahrscheinlich ist er uns schon drei Sprünge voraus. Hast du dich mit der Tänzerin getroffen?«

Ich nickte. »Hat nicht viel gebracht.«

»Hab' ich auch nicht erwartet.«

Dann erinnerte ich mich an die Sache mit dem Buch. Ich wiederholte das Gespräch, das ich mit Dorothy geführt hatte. Aldrich runzelte die Stirn und schüttelte den Kopf. »Kann ich gar nichts mit anfangen.«

»Ich auch nicht.«

»Nur Gerede, wahrscheinlich. Es sei denn –« Er schien die Speisekarte zu studieren. Doch in Wirklichkeit dachte er nach, denn dann fügte er hinzu: »Alte Bücher. Karten. Nein, das kann nicht sein.«

»Was?«

»Märchen. Legenden. Verschüttete Minen. Moctezumas Schatz. Nein, nein.«

»Absolut ausgeschlossen«, sagte ich.

»Trotzdem eine Überlegung wert. Wenn du das nächste Mal seine Sachen durchgehst, denk an alte Bücher.«

»Mach' ich«, sagte ich und gab meine Bestellung auf, denn der Kellner stand bereits seit einer Weile mit nervösem Blick neben unserem Tisch. Aldrich sagte dem Kellner, daß er ebenfalls *huevos rancheros* wollte. Ich fragte: »Was denkst du über Joes Tod?«

Er zuckte die Achseln. »Mexiko.«

»Was meinst du damit?«

»Gewalt. Kein Respekt vor dem Leben. Ich werde allmählich zu alt dafür, Mitchell.«

»Du bist nicht alt.«

»Viel zu alt«, sagte Aldrich. »Vielleicht hat er etwas Unpassendes geschrieben.«

»Nicht Joe.«

»Sogar Joe.«

»Aber warum ist er ausgerechnet jetzt umgebracht worden? Nein, John. Es hat was mit Arthur zu tun und mit meiner Anwesenheit hier.«

»Sei dir da nicht so sicher.« Dann lächelte er gütig. »Du machst dir Vorwürfe, Junge. Das brauchst du nicht.«

»Ich versuch's.«

Wir aßen und redeten und bewegten uns in Gedankenkreisen. Aber zumindest war es warm in der Sonne und einigermaßen friedlich. Ein Teil des Straßenlärms drang sogar bis zur Hotelterrasse hinauf, aber es war noch erträglich. Ich war traurig, als er sagte, daß er in sein Büro zurückkehren müsse. Wenn man jemanden zum Reden hatte, jemanden, den man kannte, schien alles ein bißchen besser. Nun, ich würde noch früh genug jemanden zum Reden haben. Madero. Ich ging mit Aldrich nach unten, kaufte am Zeitungsstand eine Schachtel Monte Carlo und kehrte in mein Zimmer zurück.

Ich mußte nicht lange warten. Um acht Uhr dreißig klingelte das Telefon. Ein Gentleman wolle mich sprechen. Ich fragte nicht, wer der Gentleman denn sei. Ich konnte mir denken, daß es Madero war, und ich hatte recht. Ich hörte den Fahrstuhl knarren, als er langsam nach oben fuhr, dann hörte ich die Fahrstuhltür zuschlagen, hörte Schritte auf dem Flur und ein leises Klopfen an meiner Tür.

»Herein«, sagte ich.

Madero trat ein, schloß die Tür hinter sich und lächelte mich an. Heute kam er nicht in Grün. Sein Anzug war blau, Schlips und Hemd ebenso. »Guten Morgen«, sagte er mit einer Stimme, so heiter wie sein Aufzug.

»Nett von Ihnen, daß Sie hergekommen sind«, sagte ich. »Ich hatte mich auf einen Ausflug zur Polizeistation gefaßt gemacht.«

»Bis jetzt ist es noch nicht nötig, daß Sie zur Polizeistation kommen.« Sein »bis jetzt« klang unheilschwanger. Er setzte sich, wobei er behutsam seine Hosenbeine hochzog, öffnete sein Zigarettenetui, schnippte eine Zigarette mit dem Daumennagel in die Luft und fing sie mit dem Mund wieder auf. Er steckte sie an und lächelte mir durch den Rauch zu. Dann fing er an, mir Fragen zu stellen.

Es mag gründlichere Detektive als Madero geben, aber ich bezweifle es. Es war seine Methode, ganz am Anfang zu beginnen und von dort aus fortzufahren. Er stellte mir Fragen über Vater und Mutter, über Arthur, über Joe Briggs und über Aldrich. Er wollte alles über Arthurs und meine Vergangenheit wissen. Doch während des zweistündigen Verhörs hielt ich auch ein paar Dinge zurück. Ich hatte allen Grund dazu, denn es ging um Arthur.

Wenn ich nicht so aufgewühlt gewesen wäre, hätte ich meine Sitzung mit Madero regelrecht genossen. Er war rücksichtsvoll und mitfühlend. Hin und wieder entschuldigte er sich dafür, daß er so viel von meiner Zeit in Anspruch nahm. Und ich dachte immer wieder, daß er ein Mann war, dem ich vertrauen konnte. Dann ermahnte ich mich, daß er das Gesetz vertrat und daß das Gesetz aus irgendeinem unbekannten Grunde hinter meinem Bruder her war. Wäre Joe nicht ermordet worden, wäre ich vielleicht das Risiko eingegangen und hätte ihm alles erzählt.

Vielleicht aber auch nicht.

Dann wechselte er von der Vergangenheit zur Gegenwart. Arthurs Freunde. Wer waren sie?

Ich zuckte die Achseln. »John Aldrich«, sagte ich. »Und die Männer, mit denen er in Guadalajara zusammengearbeitet hat.«

»Die kenne ich. Kommen Sie, Dr. Drake. Jetzt legen Sie mal los.« Er klang wie ein New Yorker Polizist.

»Ich hab' Ihnen alles erzählt.«

»Ihr Bruder – Sie sind sicher, daß Sie ihn nicht gesehen haben?«

»Ja.«

»Und Sie haben seit Oktober nichts von ihm gehört?«

»Richtig.«

»Sie können mir auch nicht sagen, warum Mr. Briggs umgebracht worden ist?«

»Ich wünschte, ich könnte es. Sie wissen das genausogut wie ich. Ich mochte Joe Briggs sehr, und ich fühle mich in gewisser Weise für seinen Tod verantwortlich. Ich hatte ihn gebeten, mir bei der Suche nach meinem Bruder zu helfen, und dann ist er ermordet worden.«

»Vielleicht will Ihr Bruder gar nicht gefunden werden.«

»Das ist lächerlich.«

»Wer weiß?«

Ich lehnte mich gegen das Kopfende meines Bettes, fühlte mich überflüssig und hilflos und war zum ersten Mal sauer auf ihn. »Wenn Sie schon mal hier sind, können Sie genausogut den Rest meiner Sachen durchsuchen.«

»Was meinen Sie, den Rest Ihrer Sachen?« Seine Augen waren jetzt riesengroß.

»Vielleicht haben Ihre Männer gestern abend etwas übersehen.«

»Sie sind also gestern abend noch ausgegangen?«

»Das wissen Sie doch.«

»Wohin?«

»Spazieren«, sagte ich. »Ich hab's in meinem Zimmer nicht mehr ausgehalten, also bin ich spazierengegangen.«

»Natürlich.«

»Bedienen Sie sich.« Ich zeigte auf meine Tasche.

»Das ist nicht nötig, Dr. Drake. Danke.«

»Por nada«, sagte ich. »Darf ich Ihnen jetzt mal ein paar Fragen stellen?«

»Schießen Sie los.« Sein »schießen« zischte an meinem Ohr vorbei wie eine Kugel. Aus seinem Mund klang es äußerst unpassend, dieses Wort.

Ich stellte meine Fragen und fühlte mich wie Clifton Fadiman. Eins war sicher, er war ein Experte für ausweichende Antworten. Er sagte mir nicht, warum er hinter Arthur her war. Er wollte mir auch nicht sagen, ob er irgend etwas Konkretes über Joes Mord wußte. Er sagte mir lediglich, daß Joe Briggs gegen fünf Uhr dreißig nachmittags erstochen worden war, daß der Mörder anscheinend Handschuhe getragen hatte und daß er von niemandem beim Betreten des Appartementhauses beobachtet worden war. Er war allerdings so nett, mir zu erklären, wie es seiner Meinung nach passiert war. »Der Mörder hat in der Wohnung auf Mr. Briggs gewartet«, sagte Madero. »Und zwar hinter der Tür, so daß Mr. Briggs ihn nicht sehen konnte, als er sie von außen öffnete und eintrat. Dann ist er hinter der Tür hervorgekommen und hat Mr. Briggs von hinten erstochen und ihn auf die Couch gelegt.«

»Er?« fragte ich.

»Oder sie«, sagte Madero. »Es kann auch eine Frau gewesen sein. Ich glaube nicht, daß Mr. Briggs wußte, wer ihn umgebracht hat.«

»Irgendwelche Hinweise?«

Er zuckte mit der linken Schulter. »Wenn jemand einen Mord geheimzuhalten wünscht, dann hinterläßt er keine Spuren.«

»Außer dem Messer«, sagte ich. »Haben Sie es schon zurückverfolgt?« Es war die Frage, die ich ihm schon die ganze Zeit stellen wollte. Die Frage, vor der ich Angst hatte, sie zu stellen. Wenn man den Trick kannte, war es einfach, den Besitzer der Waffe zu bestimmen – eine halbe Drehung nach links, eine Vierteldrehung nach rechts, und dann konnte man die Klinge aus dem Griff ziehen.

»Noch nicht.«

»Das dürfte nicht so schwer sein«, sagte ich.

»Wahrscheinlich nicht.«

»Glauben Sie, daß der Besitzer des Messers Joe umgebracht hat?« fragte ich, ohne ihn anzusehen.

»Was glauben Sie?«

»Ich weiß nicht.«

»Ich auch nicht.« Er stand auf. Sein Lächeln war verschwunden. Seine Augen schienen in die Ferne zu starren, und ich fragte mich, ob er jetzt wohl nach Hause gehen würde, um zu stricken. »Sie waren sehr freundlich«, sagte er auf spanisch. »Ich danke Ihnen.«

»Nichts zu danken«, sagte ich. Erst nachdem er mein Zimmer verlassen hatte, fiel mir auf, daß er sehr überrascht gewesen war, als ich die Durchsuchung meiner Sachen erwähnte. Waren es seine Männer gewesen, die gestern abend mein Zimmer durchsucht hatten? Und wenn nicht, wer dann? Und warum?

7

Wäre Arthur ein Tourist gewesen, hätte ich gewußt, an welchen Orten ich nach ihm suchen mußte. Ich hätte das Sanborn's Café im Haus der Blauen Kacheln aufgesucht und das Büro von Wells Fargo einen Block östlich vom Sanborn's in der Avenida Madero. Dorthin ließen sich die meisten amerikanischen Besucher ihre Korrespondenz schicken. Aber Arthur war kein Tourist. Er hatte das Sanborn's nie gemocht. Und er erhielt seine Briefe auch nicht über Wells Fargo. Ich aber. Und das bescherte mir eine Wiederbegegnung mit dem Engelsgesicht.

Nachdem Madero gegangen war, lief ich hinunter und nahm einen Bus Richtung Westen zum Monument der Revolution, dann lief ich hinüber zur Straße der Weinenden Frau. Jemand folgte mir, aber es spielte keine Rolle. Madero kannte Arthurs Adresse, und ich nahm an, daß er das Haus bereits durchsucht hatte. Ich verbrachte ein paar Stunden damit, noch einmal Arthurs Sachen durchzusehen. Ohne Erfolg. Ich hielt sogar nach alten Büchern Ausschau. Er hatte zwei oder drei davon, aber das einzige, von dem ich dachte, daß es etwas mehr wert sein könnte als einen Dollar, war ein Buch von Elsie Dinsmore, das unserer Mutter gehört hatte, als sie noch ein Kind war. Ich stellte Dolores und Pablo Guzman eine halbe Stunde lang allerlei Fragen, aber das nützte auch nichts. Der Señor hatte sie eingestellt. Der Señor hatte ihnen das Haus gezeigt und ihnen den Auftrag gegeben, darauf aufzupassen. Dann war er weggegangen. Wann hatte er sie eingestellt? Pablo glaubte, sich daran zu erinnern, daß es am 7. November gewesen war. Ja, das war der Tag gewesen. Dann hatten sie das Haus nie zusammen mit Señor Drake bewohnt? Nein. Er war an demselben Tag weggegangen, an dem sie in seinen Dienst traten.

Ich gab auf. Ich sagte ihnen, daß sie mich sofort benachrichtigen sollten, falls irgend jemand das Haus zu betreten wünschte, dann machte ich mich auf den Weg zurück zum Hotel. Ich ging am Büro von Wells Fargo vorbei, um meine Post abzuholen.

Wie immer stand eine Reihe von Leuten vor dem Postschalter. Es dauerte zehn Minuten, bis ich an der Reihe war, und dann stellte ich fest, daß ich mir die Zeit hätte sparen können. Niemand hatte geschrieben. Ich war auf meinem Weg nach draußen, als ich fast mit dem engelsgesichtigen, jungen Mann zusammengestoßen wäre, der sich Paul nannte.

»Mein Gott«, sagte Paul. »Aus welchem Himmel sind Sie denn gefallen?«

»Aus demselben wie Sie.«

»Ich muß nur schnell meine Post abholen, dann lad' ich Sie zu einem Drink ein«, sagte Paul. »Warten Sie auf mich.«

Er kam mit ein paar Briefen in der Hand zurück, doch er machte sie nicht auf. Statt dessen steckte er sie in seine Tasche, nahm meinen Arm und schob mich hinaus in die Sonne.

»Was für eine höllische Stadt«, stellte er fest. »Wie lange sind Sie schon hier?«

»Seit gestern. Und Sie?«

»Seit drei oder vier Tagen. Viel zu lange.«

»Gefällt es Ihnen nicht?«

»Nein.« Er sagte es aus tiefster Überzeugung.

»Wenn man eine Weile hier ist, fängt man an, die Stadt zu mögen«, sagte ich.

»Ich bestimmt nicht«, sagte Paul. »Sobald ich meine Arbeit erledigt habe, fliege ich zurück.«

»Aber Sie werden wiederkommen«, sagte ich. »Das tun alle.«

»Wie Hawaii oder Catalina«, sagte Paul. »Blödsinn. Nehmen wir ein Taxi.«

»Wohin?«

»Hotel Reforma, Mister.«

»Dann nicht in der Straße hier. Sie geht in die falsche Richtung.«

»Für mich gehen die alle in die falsche Richtung«, sagte Paul.

Wir liefen eine Ecke weiter Richtung Norden, dann hielt ich ein Taxi an und handelte auf spanisch den Preis mit dem Fahrer aus. Paul schien beeindruckt, als der Fahrer sagte, es würde fünfundsiebzig Centavos kosten.

»Diese Gangster«, beschwerte er sich. »Von mir haben sie das Doppelte verlangt. Was machen Sie hier unten, Mister? Warum passen Sie nicht zu Hause auf Ihre Damen auf?«

»Recherchen«, sagte ich.

»Ich wüßte einen wesentlich besseren Ort für Recherchen. Ihre Akademie zum Beispiel.«

»Nicht meine Art von Recherchen. Und Sie, was machen Sie in Mexiko?«

»Ich befinde mich auf einer Art diplomatischen Mission.« Er gab keine weitere Erklärung ab, und ich fragte auch nicht. Ich fing an zu vermuten, daß meine beiden Begegnungen mit ihm nicht rein zufällig waren. Der Mann faszinierte mich irgendwie. Wer immer er auch war, ich mochte ihn, und das war sehr ungewöhnlich für mich. Normalerweise fühlte ich mich nicht gleich zu jemandem hingezogen. Und wer immer er auch war, er hatte jedenfalls keine Nerven aus Stahl. Die Taxifahrt jagte ihm Angst und Schrecken ein. Es war verständlich, denn wir verfehlten die Fußgänger nur um Millimeter, überfuhren rote Ampeln, rasten überfüllte Straßen entlang und schossen um Ecken. Paul atmete erleichtert auf, als das Taxi vor dem imposanten Gebäude des Hotels Reforma hielt.

»Sagen Sie ihm, wie dankbar wir sind«, sagte Paul. »Warum sind in dieser Stadt nicht alle tot?«

»Es sind zähe Menschen.«

»Oder es ist ihnen egal, ob sie über den Haufen gefahren werden.« Paul bezahlte den Fahrer, und wir überquerten den Gehsteig. Ein Junge versuchte, uns Lotterielose zu verkaufen. Ein kleines Mädchen bettelte um Geld. Zwei Männer wollten uns die Schuhe putzen. Auf den Stufen ließ uns ein Junge einen kurzen Blick auf die Postkarten in seiner schmutzigen Hand werfen. Ich erinnerte mich daran, wie ich einmal an einem späten Nachmittag, als im Umkreis von zehn Meilen niemand anwesend zu sein schien, die Sonnenpyramide hinaufgeklettert war, nur um oben auf der Spitze zwei Händler zu finden, die mit Körben voller Steinfiguren auf mich warteten. Das war Mexiko.

Es war kühl und dunkel in dem Biersalon. Zwei ältere Frauen saßen an dem Tisch in der Mitte, tranken Daiquiris und schrieben Postkarten, und eine Gruppe gutgekleideter Männer saß an einem anderen Tisch und unterhielt sich laut über eine Party, die zwei Tage gedauert hatte. Wir setzten uns an einen der Ecktische und bestellten zwei Bier.

»Ich weiß nicht mal, wie Sie mit Nachnamen heißen«, sagte ich.

»Brent. Paul Brent.«

»Komisch, daß wir uns hier wiedertreffen, was?«

»So ist das Leben«, sagte Paul. »Was macht man in

dieser Stadt, wenn man weder Nachtclubs noch Handball, weder Kinos noch Kirchen mag?«

»Sonntags finden immer Stierkämpfe statt.«

Er verzog sein Gesicht. »Ich hab' mal einen in Tia Juana gesehen. Das hat mir gereicht. Ich finde, diese Mexikaner sind ein grausamer Haufen. Sie treten ihre Hunde, schlagen ihre Esel und spicken einen Stier mit Messern. Außerdem schleppen sie Särge durch die Straßen.«

»Es sind Fatalisten.«

»Ich bin auch ein Fatalist«, sagte Paul. »Aber ich würde meinen Alten kaum im Sarg über den Boulevard schleppen.«

Er trank sein halbes Bier in einem Zug, als wolle er die Erinnerung an die Dinge, die er gesehen hatte, hinunterspülen. »Was für Recherchen machen Sie hier, Mister?«

Ich sah ihn nicht an. Ich hielt mein Glas in beiden Händen und starrte auf die goldene Flüssigkeit. Kein Zufall, dachte ich. Nun, das einzige, was ich tun konnte, war herauszufinden, was er von mir wollte. Vielleicht nützte es etwas. Ich sagte: »Ich bin hier, um meinen Bruder zu suchen.«

Sein Blick lag auf meinem Gesicht. Ich sah auf und merkte, wie kalt seine Augen waren. Sie hatten fast die Farbe von Obsidian. »Was ist mit ihm passiert?«

»Ich weiß es nicht. Er ist verschwunden. Ich versuche, ihn zu finden.«

»Wann ist er nach Mexiko gefahren?«

»Er lebt hier.« Ich erzählte ihm ein paar Dinge über Arthur und beobachtete sein Gesicht. Aber alles, was ich in seinem Gesicht entdecken konnte, war freundliche Anteilnahme. Vielleicht irrte ich mich. Vielleicht war es doch Zufall. So etwas passierte hin und wieder.

»Verdammt seltsam, was? Was ist mit der Polizei? Haben Sie sie schon um Hilfe gebeten?«

»Nein. Das war überflüssig. Sie suchen bereits nach ihm.«

»Oh, oh«, sagte Paul. »Da haben Sie Ihre Antwort. Ich würde mir keine allzu großen Sorgen machen. Wenn die Polizei nach mir suchen würde, wäre ich auch nicht aufzufinden. Nicht mal durch meinen eigenen Bruder, Mister. Vielleicht haßt er Polizisten.«

»Ich hab' noch andere Gründe, mir Sorgen zu machen«, sagte ich, während ich ihn weiterhin genau beobachtete. »Ich bin in einen Mordfall verwickelt.«

Paul stieß einen Pfiff aus. »Hier unten?«

»Ja. Ein Freund wollte mir bei der Suche nach meinem Bruder helfen. Gestern abend sollte ich ihn zum Essen abholen. Jemand hat ihn umgebracht.«

»Ach, diese Sache«, sagte Paul, der jetzt kerzengerade auf seinem Stuhl saß. »Ich hab's heute morgen in der Zeitung gelesen.« Er schnippte mit dem Zeigefinger gegen sein Glas und saugte die Luft zischend durch seine geschlossenen Zähne. »Aber Ihren Namen haben sie da nicht erwähnt.«

»Ich weiß.«

»Dann hauen Sie ab. Verlassen Sie die Stadt. Das würde ich zumindest tun.«

»Hat keinen Zweck.«

»Wollen Sie, daß sie's Ihnen anhängen?«

»Das würden die nicht tun.«

»Darauf würde ich mich nicht verlassen.«

»Die wissen, daß ich da war«, sagte ich. »Ich werde von kleinen Männern verfolgt.«

Ein besorgter Ausdruck huschte über sein Gesicht. Er warf einen Blick über die Schulter zur Tür.

»Die warten wahrscheinlich draußen«, sagte ich.

Er winkte dem Kellner. »Einen doppelten Canadian Club. Sie trinken besser auch einen.«

»Ich bleib' bei meinem Bier.«

»Sie wirken auch so schüchtern«, sagte Paul.

»Kann sein, daß Sie nun ebenso Gesellschaft kriegen«, sagte ich.

»Wer, ich?«

»Ja. Mein Männchen wird weitererzählen, daß Sie mit mir zusammen waren, und dann werden Sie Ihnen auch folgen.«

»Meinetwegen.«

»Es macht Ihnen nichts aus?«

»O nein. Dann fühl' ich mich nicht mehr so einsam.« Ich hielt das für eine Lüge. Nach seinem Gesichtsausdruck zu urteilen, nahm ich an, daß es ihm eine ganze Menge ausmachte.

»Ich hoffe, daß es Sie einfach nicht bei Ihrer diplomatischen Arbeit stört«, sagte ich.

»Das hoffe ich auch. Aber zerbrechen Sie sich nicht den Kopf über mich. Ich habe keinen Bruder, und ich bin auch nicht über einen Mann mit einem Messer im Rücken gestolpert. Ist eine Frau in die Sache verwikkelt?«

»Nein«, log ich.

»Wer hat Ihren Freund umgebracht? Haben Sie eine Ahnung?«

Ich schüttelte den Kopf.

»Kommen Sie, Mister, erzählen Sie's mir.«

»Ich hab' Ihnen alles erzählt.«

»Ich trage lange Hosen«, sagte Paul. »Ich bin trocken hinter den Ohren. Sie sagen, Ihr Bruder hätte aufgehört, Ihnen zu schreiben, und Sie kommen her, um ihn zu suchen. Also bitten Sie einen Zeitungsreporter, Ihnen zu helfen, und der wird umgebracht. Ich frage Sie: Das ist doch nicht alles. Wer steckt noch mit drin?«

Wer noch? Das war eine Frage, die ich nicht beantworten konnte. Dorothy Allen, John Aldrich, Ruiz, Amaro, Magnin? Vielleicht paßten sie ins Bild, aber ich konnte mir nicht vorstellen wie. Ich sagte: »Ich weiß es nicht.«

Er kippte seinen Drink hinunter und sagte: »Blödsinn.«

»Ich weiß es wirklich nicht.«

»Und Sie wissen auch nicht, was Ihr Bruder vorhatte?«

»Nein.«

»Das sind keine kleinen Männer, von denen Sie verfolgt werden«, sagte Paul. »Das sind alte Füchse. Und die warten nur darauf, Ihnen ins Bein zu beißen. Entweder das, oder Sie sind ein Lügner.«

»Vielleicht sind wir beide Lügner«, sagte ich.

Er lachte. »Wo wohnen Sie?«

»Im Ontario.«

»Sie können mich hier erreichen, falls Sie mich brauchen«, sagte Paul.

Wir gingen nach oben in die Empfangshalle, die derart amerikanisch war, daß man kaum den Eindruck hatte, in Mexiko zu sein. »Bis dann«, sagte Paul. »Ich werde Sie aufsuchen, bevor ich die Stadt verlasse.«

»Tun Sie das«, sagte ich und verabschiedete mich.

8

An diesem Nachmittag überlegte ich, während ich auf das Flugzeug wartete, an welcher Stelle Paul Brent in das Geschehen paßte. Doch ich fand keinen Platz für ihn. Ich sah keine Möglichkeit, ihn irgendwo einzuordnen. Ich war froh, daß ich nach meiner Post gesehen hatte, sonst hätte ich ihn verpaßt, und Madero wäre auch nicht auf ihn aufmerksam geworden. Jetzt war er genausosehr Maderos Problem wie meins, und wenn er etwas mit Joes Mord zu tun hatte, würde der Detektiv es herausfinden. Anscheinend bestand die einzige Möglichkeit, Joes Mörder zu finden und dem mysteriösen Verschwinden meines Bruders auf den Grund zu gehen, darin, weiterhin im dunkeln zu tappen und die Dinge einfach passieren zu lassen, bis irgend etwas auftauchte, was man greifen und an dem man sich festhalten konnte. Wenn ich nicht so zermürbt gewesen wäre, hätte ich mir für das Gespräch mit Paul Brent auf die Schulter geklopft. Ich hatte ihm zu denken gegeben – vielleicht einen Strick, an dem er sich selbst aufhängen würde.

Zumindest waren das meine Gedanken, als ich an diesem späten Nachmittag in der Sonne stand und hin und wieder Richtung Norden blickte. Es wehte nur ein schwacher Wind, aber der brachte eine Menge Staub mit sich, da er über das trockene Seebett kam. Ich erinnerte mich an die Zeit, als der See noch ein See war, aber das war schon lange her. Jetzt war er fast trocken, und mit der Zeit würde er noch mehr austrocknen. Man konnte sich kaum vorstellen, daß das Wasser vor fünf Jahrhunderten dort, wo ich jetzt stand, viele Meter tief gewesen war und daß die Azteken mit ihren Booten von Texcoco nach Tenochitlan gelangen konnten.

Im Osten erhoben sich die Berge, doch ihre Gipfel konnte man nicht sehen, weil sie in den Wolken verschwanden. Gelegentlich kreiste ein kleines Flugzeug über der Stadt, das man nur schwer von den Bussarden unterscheiden konnte, die immer und überall am Himmel zu sehen waren. Ich warf einen Blick auf meine Uhr. Es war fast halb sechs. Dann merkte ich, wie aufgeregt ich war, und plötzlich schien der Tag ein bißchen freundlicher.

Dann erwachte der Flughafen zum Leben. Männer schoben Gepäckwagen vor sich her, und Menschen drängten sich an den Zaun. Ich sah das Flugzeug kommen und fühlte mich atemlos und jung. Die Maschine kreiste einmal über dem Flughafen, setzte zur Landung an, und als sie auf das Gebäude zurollte, wurde die Sonne blitzend von den silbernen Tragflächen und den Propellern reflektiert. Dann kam die Maschine zum Stillstand, und einige Männer schoben eine Treppe vor die Tür. Kurze Zeit später sah ich sie. Ihre Tante stieg direkt hinter ihr die Treppe hinab.

Sie kamen auf mich zu. Penny blickte sich um, als suche sie jemanden, und das verpaßte meiner Euphorie einen Dämpfer. Ich hatte Magnin völlig vergessen. Nun, er war nicht da. Dessen war ich mir sicher. Sie würde wohl noch eine Weile warten müssen, bis sie ihn wiedersah.

Molly Gage kam lächelnd und mit ausgestreckten Armen auf mich zu. Sie begrüßte mich, als hätte sie mich seit Jahren nicht gesehen. Das war die Auswirkung großer Entfernungen. Sie läßt einen die Zeit vergessen.

»Hallo, Mitchell«, sagte sie fröhlich.

Ich versuchte, ebenso fröhlich zu wirken. »Ich hab' mich nicht verändert«, sagte ich. »Und ihr zwei euch auch nicht.«

»Wie nett von Ihnen, uns abzuholen, Dr. Drake«, sagte Penny. Während wir uns die Hände schüttelten, blickte sie immer wieder an mir vorbei, und als sich unsere Blicke trafen, wußte ich, daß sie wissen wollte, wo er war.

Ich wollte Mitgefühl. Ich wollte Molly Gage mein Herz ausschütten, doch ich tat es nicht. Auf dem Weg in die Stadt sagte ich nichts über Joe oder Arthur, statt dessen zeigte ich auf die Kirchen und berichtete ihnen von der Geschichte der Straßen, über die wir fuhren. Pennys Augen strahlten vor Aufgeregtheit, und ich versuchte mir einzureden, daß sie so aufgeregt war, weil sie neue Orte und neue Menschen kennenlernen würde. Doch ich wußte es besser.

Erst als sie sich in ihrer Suite im Hotel Reforma eingerichtet hatten, bekam Penny die Gelegenheit, mit mir allein zu reden. Ich verabschiedete mich von ihnen, versprach ihnen, sie um acht zum Essen abzuholen, und wartete gerade auf den Fahrstuhl, als Penny aus ihrem Zimmer kam und mir nacheilte. Sie stieg mit mir in den

Fahrstuhl, und ich sah, wie sehr ihr die Fragen auf der Zunge brannten. Ich sah auch, wie sehr sie es haßte, mir die Fragen zu stellen.

»Ich will ein bißchen laufen«, sagte Penny. »Begleiten Sie mich?«

»Mit dem größten Vergnügen.«

»Haben Sie auch wirklich nichts anderes zu tun?«

»Ganz sicher.«

Die Dämmerung hatte eingesetzt, und die Lichter gingen an. Ein kühler Wind war aufgekommen, und wir liefen strammen Schrittes über den Paseo de la Reforma Richtung Innenstadt, zuerst schweigend, und ich versuchte, nicht an Magnin, Joe oder an meinen Bruder zu denken, sondern einfach den Moment zu genießen und ihre Anwesenheit an meiner Seite.

»Es ist schön, dich hierzuhaben«, sagte ich nach einer Weile.

»Es ist schön, hier zu sein«, sagte Penny. »Ich möchte gerne telefonieren. Können Sie mich zu einem Telefon bringen?«

»Im Hotel gibt es Telefone.«

»Ich weiß, aber ich wollte nicht vom Hotel aus telefonieren.«

Auf der anderen Straßenseite befand sich ein Café. Ich führte sie durch den dichten Verkehr zur anderen Seite, und wir gingen hinein. Eine dicke Frau mit einer Rose hinter dem Ohr zeigte zum Flur, als ich sie fragte, wo das Telefon sei, und Penny folgte der Richtung ihres Fingers. Ich hörte, wie sie der Vermittlung in stockendem Spanisch die Nummer gab. Als sie einen Moment später zurückkam, schien sie den Tränen nahe.

»Er ist umgezogen«, sagte sie. »Sie wissen nicht, wohin.«

»Das ist dumm.«

»Ich hab' ihm gestern abend ein Telegramm geschickt, daß wir kommen«, sagte Penny. »Heute morgen ist er ausgezogen.«

»Vielleicht hat er das Telegramm nicht bekommen«, sagte ich. »In Mexiko ist so was an der Tagesordnung.«

»Ich muß ihn finden.«

»Wir werden ihn finden«, sagte ich. »Mach dir keine Sorgen.« Ich hätte ihr Magnins Reaktion vom Abend zuvor schildern können, doch ich tat es nicht. Ich hätte ihr sagen können, daß sein plötzlicher Umzug das Resultat ihres Telegramms war, doch ich unterließ es. Ich wußte, daß es sie zutiefst verletzt hätte, und ich wollte ihr nicht weh tun.

»Kann es sein, daß mein Telegramm ihn nicht rechtzeitig erreicht hat?« fragte sie.

»Natürlich«, sagte ich. »Du gehst jetzt besser zu deiner Tante zurück. Sie macht sich bestimmt schon Sorgen.«

»Haben Sie ihn gesehen?«

»Nein«, log ich.

»Vielleicht –« Ihre Augen schienen voller Angst, und sie fuhr sich mit der Hand an die Lippen, doch sie brachte den Satz nicht zu Ende.

»Vielleicht was?«

»Nichts«, sagte Penny und ging vor mir her zur Tür des Cafés. Schweigend liefen wir zum Hotel zurück. Als wir in der Empfangshalle auf den Fahrstuhl warteten, sah ich Paul Brent in der Nähe der Rezeption stehen. Er grüßte von weitem, und ich sah, daß er Penny interessiert musterte. Ich konnte es ihm kaum verübeln. Ich spürte plötzlich einen kindischen Stolz, dort mit ihr zu stehen.

»Acht Uhr«, sagte ich, als die Fahrstuhltüren aufgingen. »Und mach dir keine allzu großen Sorgen. Vielleicht kann ich ihn für dich finden.«

»Wirklich?« Ihr Gesicht erhellte sich. »Wo?«

»An verschiedenen Orten.«

»Nehmen Sie mich mit?«

»Wir werden sehen«, sagte ich. Die Türen schlossen sich, und sie war verschwunden.

Brent sprach mich an, als ich an ihm vorbeiging. »Schnelle Arbeit, Mister.«

Ich wußte, was er meinte. Er dachte, ich hätte Penny irgendwo aufgelesen. »Sie ist eine alte Freundin«, sagte ich ein bißchen unterkühlt.

Paul Brent grinste.

9

Es war kurz nach sieben, als ich mich auf den Weg zum Hotel Reforma machte. Ich lief die Avenida Tacuba entlang, bis sie zur Avenida Hidalgo wurde – die Straßen in Mexico City hatten die komische Angewohnheit, alle paar Blocks den Namen zu ändern –, dann lief ich die Avenida Hidalgo bis zum Park und durchquerte den Park in der kühlen Dämmerung. Es war schon fast acht, als ich die Stufen zum Hotel Reforma hinaufstieg. Penny und ihre Tante warteten in der Empfangshalle auf mich.

Wir gingen zum Abendessen ins Tacuba, denn das Essen war gut dort, und ein Peso war ein Peso, und nicht ein Fünftel eines Dollars. Arthur und ich hatten dort sehr oft gegessen, bevor ich weggegangen war. Sogar die Frau an der Kasse erinnerte sich noch an mich. Danach brachten wir Pennys Tante ins Hotel zurück.

»Tut mir leid, daß ich nicht mit euch kommen kann«, sagte Molly Gage. »Vielleicht ein andermal.«

»Ich find's auch schade«, sagte ich. Ich hatte zwar keine Ahnung, was wir angeblich unternehmen wollten, doch ich stellte keine Fragen.

»Ich weiß, daß Sie gut auf sie aufpassen werden.«

»Natürlich.«

»Haben die hier oft Fiestas mitten in der Nacht?«

»Nicht sehr oft.«

»Das ist ein besonderes Fest«, warf Penny ein. »Sie veranstalten es nur in der Nacht, in der Juan Diego die Jungfrau von Guadalupe gesehen hat.«

»Das ist ein schöner Mythos, nicht wahr?« sagte Molly Gage.

»Mir hat er auch immer gefallen.« Ich bedachte Penny mit einem Blick, von dem ich hoffte, daß er meine Mißbilligung genügend zum Ausdruck brachte.

»Tut mir leid«, sagte sie, als ihre Tante sicher im Fahrstuhl verschwunden war. »Mir ist nichts Besseres eingefallen.«

»Wann hat Juan Diego die Jungfrau gesehen?«

»Im Januar«, sagte Penny. »Im Jahre 1531.«

»Jetzt ist Februar. Und es war auch nicht in der Nacht.«

»Hören Sie auf, Professor zu spielen.«

Einen Moment lang vergaß ich den Grund, warum Penny das Wunder umdatiert hatte. Sie war nicht länger eine meiner Schülerinnen. Sie war eine hübsche, junge Frau voller Wärme und guter Laune. Mit ihrer nächsten Frage brachte sie mich auf die Erde zurück. »Glauben Sie wirklich, daß Sie ihn finden können?«

»Ich kann's nicht versprechen. Ich kann's nur versuchen.«

»Sie haben ihn gesehen. Sie haben zwar gesagt, daß Sie ihn nicht gesehen hätten, aber das glaube ich nicht.« In ihren Augenwinkeln hatten sich winzige Lachfältchen gebildet.

»Ich hab' ihn nicht gesehen.«

»Sie werden ja ganz rot. Sie sollten nicht lügen. Sie können es nicht. Warum wollen Sie nicht, daß ich ihn sehe?«

»Ich – ja, also, ich halte nicht viel von ihm.«

»Tante Molly auch nicht.«

»Du bist noch jung«, sagte ich.

»Er auch.«

»Also gut«, sagte ich. »Er ist jung, faszinierend, und er hat viel gelitten. Lassen wir's dabei.«

»Sie mögen ihn nicht.«

»Ich kenne ihn nicht.«

»Warum mögen Sie ihn dann nicht? Ist es, weil –« Sie brachte den Satz nicht zu Ende. Ihr Blick hatte etwas Verschmitztes. »Ich glaube, das ist es«, fügte sie hinzu.

»Was?«

»Ach, schon gut. Kommen Sie.« Sie hakte sich bei mir unter, und wir durchquerten die Empfangshalle. Ich ließ Penny in einem großen Sessel zurück und ging zum Telefon. Ich fand Amaros Nummer im Telefonbuch und rief bei ihm an, doch er war nicht zu Hause. Ich rief bei Ruiz an, denn vielleicht wußte er, wo Amaro steckte, doch der war auch nicht da. Ich kam zu dem Schluß, daß sie vielleicht im El Toro waren. Wenn nicht, war es auch egal. In Wirklichkeit hoffte ich, daß wir niemanden treffen würden, der uns sagen konnte, wo Magnin war. Einen Moment lang fühlte ich mich schuldig, fühlte mich wie ein Verräter. Ich sollte lieber versuchen herauszufinden, wer Joe umgebracht hatte und wo mein Bruder steckte. Statt dessen verschwendete ich meine Zeit, weil ich in Pennys Nähe sein wollte. Dann beruhigte ich mein Gewissen mit dem Gedanken, daß Magnin vielleicht eine Schlüsselfigur in dem Rätsel war.

Es war zehn, als wir das Hotel verließen. Ich sagte, daß es noch zu früh sei, um auf die Suche zu gehen. Doch das stimmte nicht. Ich wollte lediglich ein bißchen länger mit ihr allein sein. Wir fanden ein Taxi, und ich sagte dem Fahrer, daß er uns über den Boulevard Reforma und durch den Chapultepec Park fahren solle. Ich drehte mich zwei- oder dreimal um, doch es schien uns niemand zu folgen, soweit ich das in dem dichten Verkehr erkennen konnte. Ich fragte mich, ob Madero sich entschlossen hatte, mich von der Liste zu streichen.

Die Nacht war warm und klar, und unter den Bäumen

saßen etliche Pärchen, die sich eng umschlungen hielten. Ich bat den Fahrer zu warten, und wir stiegen aus und spazierten unter den Bäumen entlang, über uns der Halbmond, der faul auf seinem Rücken lag.

»Wir müssen mal abends nach Xochomilco fahren«, sagte ich. »Wenn Vollmond ist.«

Penny sah zu mir auf. »Das wäre schön.« Ihre Stimme hatte einen seltsamen Unterton.

»Ich bin seit Jahren nicht dort gewesen«, sagte ich. »Früher bin ich abends oft dort rausgefahren, hab' mir ein Boot gemietet und mir den Mond angesehen.«

»Alleine?«

»Nicht immer.«

»Wissen Sie, Sie sind –« Sie zögerte.

»Ich bin was?«

»Sie sind ganz anders als in der Schule.«

»In der Schule wird von mir erwartet, daß ich mich wie ein Lehrer benehme.«

»Vielleicht ist es Mexiko«, sagte Penny.

»Vielleicht.«

»Ich hatte immer ein bißchen Angst vor Ihnen. Jetzt hab' ich keine mehr. Sie scheinen – wie soll ich sagen – viel menschlicher.«

»Hier gibt es kein Podest, auf dem ich stehe. Hier kannst du nicht zu mir aufschauen.«

»O doch, das kann ich.« Wir sahen einander an, und sie neigte ihren Kopf und lächelte. Das Mondlicht warf den Schatten eines Astes über ihre Lippen, und ihre Augen schienen die Sterne zu reflektieren. »Komisch, was?« fuhr sie fort. »Wie man für Menschen fühlt. Wie man sie kennenlernt und sie zum Teil seines Lebens macht. Wußten Sie, daß ich Sie zum Teil meines Lebens gemacht habe?«

»Zusammen mit Magnin?«

»Nein, nein. Ich wußte es selbst nicht, bis es für mich keine Schule mehr gab und Sie nicht mehr da waren.«

Ich lachte. »Als nächstes erzählst du mir, daß du hergekommen bist, um mich zu sehen.«

»Machen Sie sich nicht über mich lustig.«

»Das würde ich nie, mein Kind.«

»Ich bin kein Kind mehr.«

»Komm«, sagte ich und führte sie zurück zum Taxi.

Magnin war nicht im El Toro. Ruiz und Amaro auch nicht. Dorothy Allen tanzte gerade, und als sie fertig war, kam sie an unseren Tisch. »Hallo, Mitchell.« Sie setzte sich neben mich und legte ihre Hand auf meine Schulter. Ich stellte die Damen einander vor. Penny sah zu Dorothy und dann zu mir.

»Mitchell ist mein neuer Bruder«, sagte Dorothy. Sie hatte wieder den Schalk in ihren Augen.

»Wie schön«, sagte Penny.

Mir fiel ein, daß ich Penny nichts von Dorothy und meinem Bruder erzählt hatte, doch es schien nicht der richtige Augenblick, es jetzt nachzuholen. Ich hoffte, daß Penny die besitzergreifende Geste der Tänzerin verstehen würde. Ich verstand. Arthur war mein Bruder, und sie liebte Arthur, und deswegen war es ganz natürlich, daß sie mich wie ein Familienmitglied behandelte. Trotzdem fühlte ich mich ein bißchen unsicher, also fragte ich sie, ob sie Magnin oder Amaro gesehen hätte.

»Die Männer, die gestern abend hier waren?«

Penny warf mir einen Blick zu. Sie nickte mit dem Kopf, sagte jedoch nichts.

»Ja«, sagte ich.

»Nein. Laden Sie mich zu einem Drink ein?« fragte Dorothy. Ich winkte den Kellner an unseren Tisch. »Brandy«, sagte Dorothy.

»Ich nehme auch noch einen Brandy«, sagte Penny.

Ich dachte an Pennys Tante und wollte gerade sagen, daß ein Brandy wohl genug sei für den Abend, doch dann entschied ich mich dagegen. »Drei Brandy«, sagte ich zu dem Kellner.

Wir tranken unseren Brandy und redeten über Mexiko, dann ließ Dorothy uns allein, um sich umzuziehen. »Sie hat eine großartige Figur«, stellte Penny fest. »Finden Sie nicht?«

»Doch.«

»Sie weiß es auch.«

»Sie ist eine Tänzerin.«

»Ich hatte ganz vergessen, daß Sie ihr neuer Bruder sind.«

»Noch bin ich es nicht.«

»Soll ich nach Hause schreiben und der Klasse von Ihrer neuen Schwester berichten?«

Ich war froh, daß der Kellner in dem Moment an unseren Tisch kam. »Noch einen Brandy«, sagte Penny.

»Ich finde, du hast genug getrunken.«

»Ich bin neunzehn. Zu Hause trinke ich auch Brandy.«

»Aber nicht drei hintereinander.«

»Seien Sie doch nicht so steif.«

»Ich bin nicht steif, ich bin vernünftig«, sagte ich mit gerunzelter Stirn. »Jetzt hör mal zu. Deine Tante –«

»Denkt, daß Dr. Drake perfekt ist«, sagte Penny. »Soll ich Tante Molly von Ihrer neuen Schwester erzählen?«

»Es ist mir egal, was du ihr erzählst.«

»Ich mach' ja nur Spaß«, sagte sie lächelnd. »Weil Sie mich angelogen haben. Warum haben Sie gelogen?«

»Ich wollte es nicht.«

»Wie geht es ihm?«

»Gut. Ich habe ihn nur kurz gesehen. Wir haben uns lediglich gegrüßt, nichts weiter.«

»Das glaube ich Ihnen auch nicht«, sagte Penny. »Ich werde jetzt brav sein. Aber es gefällt mir, wenn Sie rot anlaufen. Sie sehen überhaupt nicht alt aus, wenn Sie rot werden. Ich finde es wirklich schön, daß Sie eine neue Schwester haben.«

Ich gab dem Kellner einen Fünf-Peso-Schein. »Das ist alles.« Ich stand auf. »Zeit, nach Hause zu gehen.«

»Wollen Sie ihr nicht auf Wiedersehen sagen?«

»Ich sehe sie später noch.«

»Das überrascht mich nicht.«

»Gehen wir«, sagte ich. Ich muß ärgerlich geklungen haben, denn Penny hörte auf zu lächeln und folgte mir hinaus. Die Straße war leer. Ich nahm ihren Arm, und wir liefen Richtung Avenida Juarez. Wir waren einen halben Block vom El Toro entfernt, als sie anfing zu sprechen. »Es tut mir leid. Seien Sie nicht böse.«

»Ich bin nicht böse.«

»Doch, das sind Sie.«

»Nein«, sagte ich. Ich war wirklich nicht böse. Doch ich fühlte mich plötzlich sehr deprimiert. Für kurze Zeit war es mir gelungen, meine Sorgen über Joe und Arthur zu vergessen. Das hatte ihr im Mondschein helles Gesicht und die Berührung ihrer Hand bewirkt.

»Laufen wir zum Hotel.« Pennys Finger wickelten sich um meinen Arm. Auf der Avenida Juarez bogen wir Richtung Westen. Über dem Chapultepec Park hing der Mond. Der Wind war trocken und kühl.

Es war noch früh, noch nicht mal Mitternacht, doch die Stadt war still. Wie verändert, dachte ich. Früher war es zu dieser Zeit laut und lebhaft gewesen, und nicht selten hörte man jemanden mit einer Pistole herumballern. Selbst das Hotel Regis, in dem einst Generäle und Politiker die Nächte damit verbracht hatten, neue Ideen auszutüfteln, wie das Land zu plündern war, wirkte still und dunkel. In der Stadt schienen alle zu Bett gegangen zu sein. Ich fragte mich, ob auch Ruiz schon im Bett war und ob Ruiz in all dem eine Rolle spielte. Doch grübeln hatte keinen Sinn. Ich sagte: »Morgen werde ich das erledigen.«

»Was?« Ich spürte ihre warmen Finger auf meinem Arm.

»Ihn für dich finden.«
»Oh«, sagte Penny.
»Amaro wird wissen, wo er ist.«
Dann liefen wir wieder schweigend und nah beieinander die fast völlig verlassene Straße entlang. Vielleicht war es die Nacht, die so friedlich war, daß sie einem den Sinn für Gefahr raubte; vielleicht war es Pennys Anwesenheit; vielleicht war es die Tatsache, daß ich den Kopf voller Sorgen hatte. Wie auch immer, was dann passierte, geschah jedenfalls ohne Vorwarnung. Plötzlich fielen sie über uns her. In dem einen Moment waren wir noch alleine und gingen gerade an der Statue von Charles IV. vorbei, die von den Mexikanern liebevoll »Das Pferd« genannt wurde. Und im nächsten Moment wurden wir von drei Männern überfallen.
»Lauf, Penny«, schrie ich, während ich mit beiden Fäusten um mich schlug. Ein Mann ging zu Boden, worauf er mit aller Kraft mein Bein umklammerte. Ich trat zu und befreite mich. Dann traf mich etwas an meiner Wange, und ich geriet ins Wanken. Ich fing mich wieder und wandte mich einem bulligen Mann zu. Ich wickelte meine Finger um seinen Hals, schüttelte ihn und versuchte, ihn zu Boden zu zwingen. Dann prallte etwas gegen meinen Schädel. Ich hörte eine Frau schreien, hörte einen Schuß und versank dann in totaler Dunkelheit.

10

Eine Stimme sagte auf mexikanisch: »Er ist nicht tot.« Ich kämpfte mich durch die rauschende Finsternis nach oben auf die Stimme zu, und für einen Moment war ich wieder ein kleiner Junge. Arthur und ich ritten auf einem Esel über einen schmalen Steinpfad, und als der Esel vor einem Stück Papier scheute, fiel ich herunter.
»Ich bin okay, Art«, sagte ich mit schmerzverzerrter Stimme.

»Mitchell.« Ich erkannte Pennys Stimme. »Oh, Mitchell.«

Ich erinnerte mich, was passiert war. Ich öffnete meine Augen und sah Penny über mich gebeugt, neben ihr Paul Brent. Um uns herum stand ein halbes Dutzend Mexikaner, die ohne Aufregung ihre Zigaretten rauchten.

»Kommen Sie, Mister«, sagte Paul. »Wir müssen hier weg.«

Penny streichelte meine Stirn, und ich wollte überhaupt nicht mehr aufstehen. Ich wollte einfach nur mit geschlossenen Augen dort auf dem Gehsteig liegen und ihre sanfte Hand auf meiner Stirn spüren.

Brents Stimme klang jetzt etwas schärfer. »Stehen Sie auf. Wir müssen abhauen, bevor die Bullen kommen.«

Sie halfen mir auf die Beine. Ich schüttelte den Kopf und konnte wieder klar sehen: Das Pferd und ein paar schwach leuchtende Sterne und den Mond.

»Ich dachte, Sie wären tot«, sagte Penny, während sie mit beiden Händen meinen linken Arm umklammerte.

»Das hab' ich auch gedacht«, sagte ich. »Was ist passiert?«

»Sie sind weggerannt«, sagte Paul trocken. »Kommen Sie jetzt.«

Am Straßenrand stand ein Taxi, in das wir einstiegen. Einer der Mexikaner warf seine Zigarette weg und schob sich hinter das Lenkrad. »Hotel Reforma«, sagte Paul.

»Tut es sehr weh?« fragte Penny.

»Nicht so schlimm«, sagte ich, ließ sie aber weiterhin meine Hand halten.

»Gut, daß ich euch gefolgt bin«, sagte Paul. »Diese Jungs waren wirklich übel drauf. Aber sie schienen nicht viel von Schußwaffen zu halten.«

»Ich dachte, ich hätte einen Schuß gehört.«

»Das war ich. Ich hab' sie verfehlt.«

»Weswegen sind Sie uns gefolgt?« fragte Penny, während sie sich umdrehte und Brent anstarrte.

»Geld«, sagte Paul kurz angebunden. »Da wären wir. Wie erklärt man diesen Typen hier, daß sie was vergessen sollen?« Er gab dem Fahrer fünf Pesos. Ich sprach mit dem Mann, und er nickte, grinste und fuhr davon.

»Gehen wir was trinken.« Paul ging voran in die Bar. »Sie sehen aus, als ob Sie einen Drink nötig hätten, Professor.«

Ich hatte tatsächlich einen nötig. Mein Kopf schmerzte furchtbar, und ich war immer noch ein bißchen verwirrt. Ich setzte mich und legte meine Hände über die Augen.

»Sind Sie sicher, daß Sie in Ordnung sind?« Pennys Stimme war wie ein kühler Umschlag auf meiner schmerzenden Stirn.

»Es geht mir schon viel besser.«

»Einer von denen hat Ihnen eins mit dem Gummiknüppel übergezogen«, erklärte Brent. »Sie hätten es wirklich besser wissen müssen. Sie sind in einen Mordfall verwickelt, und trotzdem laufen Sie nachts durch die Straßen.«

»Mord?« Pennys blaue Augen waren größer denn je zuvor. »Sie haben mir nichts –«

»Nein, ich habe dir nichts erzählt«, sagte ich. »Ich wollte dich nicht beunruhigen.«

»Wer?«

»Ein Freund. Ein Zeitungsreporter.« Ich erzählte ihr von Arthur und daß ich auf der Suche nach ihm war und von dem Mord an Joe Briggs.

»Oh, Mitchell.« Wieder sprach sie mich mit dem Vornamen an. »Und ich war so egoistisch und hab' Sie mit meinen eigenen kleinen Sorgen belästigt.« In ihrer Stimme lag Angst. »Diese Männer – wollten die Sie umbringen?«

»Irgendwas wollten die bestimmt«, sagte Paul. »Die haben keine Witze gemacht.«

Sie sah ihn mit gerunzelter Stirn an. »Und Sie haben Mitchell verfolgt?«

»Nein. Sie.« Unsere Drinks wurden serviert. Paul Brent bezahlte sie und winkte den Kellner weg. »Ich verfolge Sie schon seit einer Weile.«

»Oh. Dann waren Sie das in Woodland, der –« Sie brachte den Satz nicht zu Ende.

»Ja, das war ich. Ich bin angeheuert worden, um Sie im Auge zu behalten.«

Ihre Besorgtheit verwandelte sich in Ärger. Ihre Augen blitzten, und sie biß sich auf die Unterlippe. Dann sprang sie auf.

»Jetzt hören Sie mal zu, mein Mädchen«, sagte Paul. »Sie sollten eigentlich nichts darüber wissen. Ich hab's Ihnen erzählt, weil Sie's sowieso erraten hätten. Ich hätte ja nicht aus heiterem Himmel als rettender Engel erscheinen können, oder? Also laufen Sie bloß nicht zu Ihrer Tante. Mich würde sie feuern, und Sie würden nach Hause zurückgeschickt werden.«

Er war also Privatdetektiv. Ich erinnerte mich an meinen plumpen Versuch, ihn aus der Reserve zu locken, und kam mir ziemlich dumm vor. Ich hätte es wissen müssen. Molly Gage ließ sich nichts vormachen. Sie hatte die Reise nach Mexiko gut geplant.

»Ihr habt mich heute abend ganz schön auf Trab gehalten«, sagte Paul. »Im Park hätte ich euch fast verloren. Ihr Freund« – er nickte mir zu – »ist auf der Strecke geblieben. Und ich hab' ihn auch abgehängt. Er war uns auf den Fersen, als wir zum Park kamen, und dann haben wir ihn abgeschüttelt, was in gewisser Weise dumm war, denn wir hätten ihn später ganz gut gebrauchen können.«

Der Ärger verschwand aus Pennys Gesicht. Sie wirkte jetzt eher verwirrt, verwirrt und ein bißchen ängstlich.

Sie starrte zuerst Brent an und dann mich. Ich sagte: »Es ist schon gut. Jetzt müssen wir uns keine Sorgen mehr machen.«

»Nicht die geringsten«, sagte Paul sarkastisch. »Haben Sie was, hinter dem die her sind?«

Ich zuckte die Achseln. »Ich tappe völlig im dunkeln.«

»Vielleicht tun Sie das«, sagte Paul. »Ich hab' Ihnen heute nachmittag nicht geglaubt, aber jetzt fange ich an, Ihnen zu glauben. Vielleicht ist es besser, wenn ich auch auf Sie aufpasse.«

»Madero kümmert sich schon um mich.«

»Heute abend hat er keine so gute Arbeit geleistet. Hören Sie zu, Mister. Ich bin ein Privatdetektiv. Geben Sie mir die Fakten.«

Ich zögerte. Paul zog seine Brieftasche hervor, nahm eine Visitenkarte heraus und legte sie vor mir auf den Tisch. In der linken Ecke stand sein Name. In der Mitte stand in großen, fetten Buchstaben »Argosy Detective Agency«.

»Miss Gage«, fuhr Paul fort, »hat die Agentur gebeten, jemanden damit zu beauftragen, ihre Nichte zu beobachten. Und derjenige bin ich.«

»Hat sie gesagt, warum?« fragte Penny. Ihre Wangen waren gerötet, und sie wirkte durcheinander.

Brent nickte. »Wegen eines Mannes. Jetzt werden Sie nicht wütend. Sie können es ihr kaum übelnehmen, daß sie Sie im Auge behalten will.«

Ich sah zu Penny und war derselben Meinung. Ich wollte sie auch im Auge behalten, nur schien ich nicht die richtige Person dafür zu sein. Meinetwegen war sie ernsthaft in Gefahr geraten. Und im Hinblick auf den nächtlichen Überfall und den Mord fragte ich mich, ob jeder, der etwas mit mir zu tun hatte, früher oder später in Schwierigkeiten geraten würde.

»Die Fakten«, sagte Brent unnachgiebig. »Spucken Sie's aus, Mister.«

Also erzählte ich und ließ dabei nichts aus. Ich wühlte in meinem Gedächtnis und kramte alles hervor, was irgendwie mit dem Fall zusammenzuhängen schien – die Briefe von meinem Bruder, von Aldrich, von Joe und von Ruiz, Magnins Besuch, Dorothy Allen und das Messer, das ich gebastelt hatte und mit dem Joe Briggs umgebracht worden war. Paul Brent saß da, wärmte das Glas in seinen Händen und starrte mit gerunzelter Stirn auf die Tischplatte. Penny nahm nicht eine Sekunde lang ihre Augen von meinem Gesicht, und in ihrem Blick lag ein Mitgefühl, das mich wärmte und tröstete.

Einmal unterbrach sie mich. »Sie glauben doch nicht, daß Jacques –?« Dann verstummte sie wieder.

»Ich weiß es nicht«, sagte ich. »Ich weiß überhaupt nichts mehr.«

»Jacques?« fragte Paul.

»Magnin.«

»Das ist der Typ, dem ich meinen Auftrag zu verdanken habe«, sagte Paul. »Der Schriftsteller.«

Ich nickte. Penny sah mich nicht mehr an. Sie starrte auf ihre gefalteten Hände.

»Wo ist er jetzt?« fragte Paul.

Ich sagte, daß ich es nicht wüßte. Ich sagte, daß wir versucht hätten, ihn im El Toro zu treffen.

»Er ist ein Typ, von dem man sich besser fernhält«, sagte Brent. Dann lächelte er Penny zu. »Tut mir leid, Miss Gage.« Penny sagte nichts.

»Was halten Sie von der ganzen Sache?« fragte ich ihn.

»Es ergibt keinen Sinn.« Brent sah mich nachdenklich an. »Zumindest kann ich keinen Sinn erkennen. Was ist mit diesem Aldrich?«

»Ich kenne ihn, seit ich ein Kind war. Er war der Rechtsanwalt meines Vaters.«

»Vertrauen Sie ihm?«

»Ja. Ich sehe keinen Grund, ihm nicht zu vertrauen.«

»Waren er und Ihr Bruder gemeinsam in irgendein Geschäft verwickelt?«

»Das weiß ich nicht.«

»Ruiz? Wer ist das?«

»Er hat mit Arthur in Guadalajara zusammengearbeitet. Sie haben in demselben Haus gewohnt. Ich weiß nicht sehr viel über ihn. Arthur mochte ihn. Er ist aus dem Institut für Anthropologie gefeuert worden, als sie einen neuen Boß bekommen haben.«

»Was macht Ruiz jetzt?«

»Ich weiß es nicht.«

»Und Amaro. Wie steht's mit dem?«

»Über den weiß ich noch weniger Bescheid. Arthur hat mal seinen Namen erwähnt. Das ist alles. Ich hab' ihn vorgestern abend mit Magnin getroffen.«

»Magnin und Amaro waren zusammen?«

Ich nickte. »Die kennen sich von früher. Die haben sich vor ein paar Jahren in Lissabon kennengelernt. Ich hab' keine Ahnung, was sie dort gemacht haben. Ich kann mir nur denken, was Magnin gemacht hat.«

»Einen riesigen Aufstand«, sagte Paul trocken. »Und was ist mit dieser Dorothy Allen?«

»Ich hab' Ihnen alles erzählt, was ich über sie weiß.«

Brent schickte ein paar Rauchkringel in meine Richtung. »Sieht so aus, als hätte sich Ihr Bruder mit einer Bande von Querulanten eingelassen«, sagte er nachdenklich. »Zumindest scheint es so. Das würde auch erklären, warum die Polizei hinter ihm her ist.«

»Dann wäre die Polizei aber auch hinter den anderen her«, sagte ich.

»Vielleicht ist das der Fall. Vielleicht hat Madero sie komplett im Auge. Trotzdem sind aber alle in der Nähe geblieben. Nur Ihr Bruder nicht. Er ist abgehauen.«

»Und Joe?« fragte ich.

»Vielleicht ist Joe ihnen auf die Schliche gekommen?«

»Nein«, sagte ich. »Joe ist umgebracht worden, nachdem ich hier angekommen war. Meine Anwesenheit hier muß etwas mit seinem Tod zu tun haben.«

»Sieht so aus.«

»Und jetzt?«

Er zuckte die Achseln.

»Soll ich Madero alles erzählen?«

»Das hängt davon ab, wieviel Sie von Ihrem Bruder halten, Mister.«

»Arthur hat nichts mit dem Mord an Joe zu tun«, sagte ich.

»Vielleicht hatte er keine andere Wahl, Mister.«

Penny unterbrach uns, und obwohl sie eine einfache Feststellung von sich gab, klang es wie eine Frage. »Jacques hat nichts damit zu tun. Dessen bin ich mir sicher.«

»Weswegen versteckt er sich dann?« fragte Paul.

»Er versteckt sich nicht.«

»Er ist umgezogen, oder nicht?«

Penny starrte auf die Tischplatte. Sie sprach, ohne aufzusehen. »Er hat Angst. Er hat Angst, daß ihn jemand umbringen will. Deswegen wollte er auch nicht, daß ich nach Mexiko komme.«

»Warum sollte ihn jemand umbringen wollen?« Brent klang ungläubig. »Weswegen?«

»Sein Buch«, erklärte Penny. »Wegen der Dinge, die er in seinem Buch geschrieben hat.«

»Ich hab's nicht gelesen«, sagte Paul.

»Er war ein Kommunist«, erklärte ich. »Zuerst ein Organisator, dann ein Saboteur. Nach seinem Sinneswandel wollte er alles beichten und hat alles zu Papier gebracht.«

»Und wer würde ihn dafür umbringen wollen?«

»Seine Jungs. Oder diejenigen, die er herumgeschubst hat, als er der Boss war.«

»Glauben Sie wirklich?«

»So was ist schon vorgekommen. Diese Leute haben ein langes Gedächtnis.« Ich warf einen Blick auf meine Uhr. Es war halb zwei. »Das Fest ist vorbei. Du solltest schon lange im Bett liegen.« Ich lächelte Penny zu.

Sie erwiderte mein Lächeln nicht. Sie saß da und riß ihre Papierserviette in kleine Fetzen. Magnin, dachte ich. Sie machte sich seinetwegen Sorgen. Und er war es nicht wert, das war das Dumme. Aber es gab nichts, was ich hätte tun können – nichts, was irgend jemand hätte tun können. Sie war jung, und ihre Augen sahen den ehemaligen Revoluzzer in romantischem Licht. Seine heroische Persönlichkeit ließ sich auch kaum in Frage stellen, wenn all das, was er geschrieben hatte, der Wahrheit entsprach. Für seine Ideale war er durchs Feuer gegangen, hatte furchtbare Foltern auf sich genommen, hatte unzählige Male sein Leben riskiert. Und dann hatte er bitter und desillusioniert, getrieben von dem Ideal, dem er sein Leben gewidmet hatte, seine Geschichte geschrieben. Man konnte es Penny kaum vorwerfen, daß sie in ihm eine gewisse Geistesgröße mit unendlicher Courage sah.

»Wir sehen uns dann morgen«, sagte Paul, als wir in die Empfangshalle zurückkehrten. »Nehmen Sie ein Taxi nach Hause, Mister.«

Ich sagte, daß ich seinen Rat befolgen würde.

»Und wenn Sie diesen Mann treffen wollen, kann ich Ihnen vielleicht helfen, ihn zu finden«, sagte Paul zu Penny. »Ich bin ziemlich gut darin, Leute zu finden, wenn ich weiß, wo ich suchen muß.«

Sie schenkte ihm ein schwaches Lächeln, drückte meinen Arm und verschwand im Fahrstuhl.

»Da ist die richtige Frau für Sie«, sagte Brent. »Weiß nicht, was sie will.«

»Sie weiß es«, sagte ich.

»Nein«, sagte Brent. Er stand auf den Stufen und sah zu mir herüber, bis ich in ein Taxi gestiegen war, dann winkte er mir zum Abschied und ging wieder zurück ins Hotel.

Auf dem Weg zum Ontario drehte ich mich immer wieder um und fragte mich, ob mir die drei Männer, die uns überfallen hatten, immer noch auf den Fersen waren. Anscheinend waren sie es nicht. Ich stieg aus dem Taxi, ging ins Hotel und hinauf in mein Zimmer. Ich war erleichtert, als niemand dort auf mich wartete. Allerdings hatte jemand eine Nachricht unter meiner Tür durchgeschoben.

Sie stammte von José Manuel Madero und war so schön geschrieben, daß sie wie gedruckt wirkte.

> Dr. Drake. Würden Sie mich bitte morgen früh um zehn Uhr, wenn Sie sich ausreichend von Ihren Verletzungen erholt haben, bei mir zu Hause aufsuchen. Meine Adresse ist Avenida Alva Ixtlixochitl 916.

11

Señora Madero war keine Indio-Frau. Und nach den Bildern im Wohnzimmer zu urteilen, war sie Katholikin. Die Bilder waren sehr religiös und erinnerten an die Bilder auf mexikanischen Kalendern. Die Möbel strotzten vor Erinnerung an Carlotta. Als ich den Raum und die mollige, hellhäutige, spanische Frau inmitten ihrer Schätze sah, wurde mir klar, daß der schlaue, wortkarge Detektiv in erster Linie ein Ehemann war. Er mochte Agnostiker sein, er mochte für eine Regierung arbeiten, die ihre Nase über die Kirche rümpfte, aber er ließ seine Frau beten, zu wem sie wollte.

Als sie mir die Tür öffnete und mich durch einen langen Flur in den hohen Raum mit all seinen Blautönen, Goldverzierungen und alten Möbeln führte, dachte ich zuerst, daß sie taubstumm sei. Doch das war sie nicht. Maderos Frau sprach kein Englisch, und da ich Amerikaner war, ging sie wie selbstverständlich davon aus, daß ich kein Wort Spanisch verstand. Sie hatte großartige Augen. Mit Augen so groß und so braun wie den ihren waren sprachliche Fähigkeiten überflüssig. Und als Madero den Raum betrat, war sie voller Stolz.

Ich hatte weiße *pijamas* und *huaraches* erwartet und war enttäuscht. Madero war so adrett gekleidet wie immer. Diesmal war es ein brauner Gabardineanzug mit einem gelben Schlips, einem sehr gelben Schlips. Er vollführte eine steife, kleine Verbeugung und wünschte mir einen guten Morgen.

Die Entdeckung, daß ich ihre Sprache sprach, schien Señora Madero zu entzücken. Sie strahlte und wurde richtig redselig. Madero ließ sie reden, was mich überraschte. In Mexiko sind Frauen oft ein Teil der Einrichtung – kaum wichtiger als die Samtvorhänge oder die blumigen Teppiche oder die schweren, reichverzierten Stühle. Man merkte, daß er an die Emanzipation der Frauen glaubte. Später fand ich heraus, daß es ihn jedesmal schrecklich deprimierte, wenn er eine Frau mit einer schweren Last auf dem Rücken durch die Hügel stapfen sah. In dem Moment fiel Señora Madero wieder ein, daß ich ein Gast des Hauses war, und sie bot mir einen Brandy an, den ich ablehnte. Dann versuchte sie es mit Kaffee.

»Gerne«, sagte ich.

»Im Garten«, sagte Madero. Sie huschte hinaus, und Madero führte mich durch den Flur und durch eine Tür auf den sonnenüberströmten Patio. Die alten Mauern waren mit Blumenstauden berankt, und in der Mitte des Swimmingpools hockte ein giftgrüner Frosch. Er erinnerte mich an den Frosch im Alameda Park, den die Schuhputzer alle paar Jahre neu anmalten. Wie immer, wenn ich etwas sah, das in diesem furchtbaren Grün gestrichen war, fragte ich mich, was die Mexikaner so anziehend an dieser Farbe fanden. Wir setzten uns an einen schmiedeeisernen Tisch, und als Señora Madero mit dem Tablett zurückkam, tranken wir *café con leche*, aßen *pan dulce* und sprachen über die Enteignung der Haciendas. Dann gab Madero seiner Frau ein Zeichen, und sie zog sich zurück.

»Sie nennt mich William Powell«, sagte Madero liebevoll. »Sie ist ein Kinofan.« Ein Lächeln huschte über sein braunes Gesicht. »Englisch ist eine seltsame Sprache, nicht wahr? Ein ›fan‹ ist ein Ventilator, etwas, das einen kühlt. Und dann ist es auch etwas so Hitziges wie ein Enthusiast.« In der Abwesenheit seiner Frau sprach er englisch mit mir. »Wie geht's Ihrem Kopf?«

»Gut.« Es stimmte nicht ganz, denn er schmerzte immer noch, und am Hinterkopf hatte ich eine große Beule.

»Sie sollten solche Straßenschlägereien meiden.«

»Normalerweise tue ich das.«

»Bist jetzt ist es uns nicht gelungen, die Männer zu finden.«

»Ich habe Sie nirgendwo gesehen«, sagte ich. »Von Ihren Männern schien keiner in der Nähe gewesen zu sein.«

»Nein. Meine Männer waren gestern abend sehr unaufmerksam.«

»Woher wissen Sie dann von dem Überfall?«

»Mir ist von einer Schießerei am Pferd berichtet worden. Ein Zeuge hat was von einem dünnen Amerikaner mit Brille erzählt, von einem hübschen Mädchen und einem anderen Amerikaner mit Engelsgesicht. Ganz einfach. Sie sind gestern mit dem Engelsgesicht gesehen worden. Und das Mädchen haben Sie vom Flughafen abgeholt.«

»Wenn Sie den Grund für den Überfall wissen wollen, ich kenne ihn nicht.«

»Deswegen habe ich Sie gebeten vorbeizukommen.« Er steckte die Hand in sein Jackett und zog ein kleines

Päckchen hervor. Es war überflüssig, es auszupacken. Ich wußte, was es war. Ich brauchte ihm nicht dabei zuzusehen, wie er das schmale Päckchen auf den Tisch legte und das Papier entfernte. Es war das Messer, das ich für meinen Bruder gemacht hatte.

»Es könnte die Arbeit eines Kindes sein«, sagte Madero mit sanfter Stimme. »Primitiv, aber wirkungsvoll.« Er fuhr mit dem Daumen über die nadelscharfe Spitze des Steins. »Es hat das Leben vieler Menschen beendet. Fast alles Menschenopfer. Selbst Mr. Briggs, glaube ich.« Er steckte sich eine Zigarette zwischen die Lippen und sah mich mit halb geschlossenen Augen an. »Erkennen Sie es?«

Ich antwortete nicht.

»Es gehört Ihrem Bruder.« Es war eine Feststellung, keine Frage.

»Woher wissen Sie das?«

»Dr. Guittierez«, sagte Madero. »Der ehemalige Direktor des Instituts, in dem Ihr Bruder gearbeitet hat. Ich hab' es ihm gestern gezeigt. Es ist tatsächlich von einem Kind gemacht worden. Und das Kind waren Sie.«

»Ja«, sagte ich. »Aber mein Bruder hat Joe nicht umgebracht.«

Er zuckte mit den Schultern. Ich blickte in sein gelassenes, fast ausdrucksloses Gesicht und hätte meinen Glauben an Arthurs Unschuld am liebsten laut hinausgeschrien. Doch ich wußte, daß es zwecklos war. Ich wartete.

»Sie sind ein Wissenschaftler«, fuhr Madero fort. »Sie sind dem blutigen Pfad der Vergangenheit Mexikos gefolgt. Ich glaube, Sie sind« – er benutzte das spanische Wort – »simpático. Ihre Biographie über Zapata.« Er schnippte einen Krümel von seinem Ärmel.« Ihr Buch ist das Werk eines Menschen, der die Freiheit liebt. Aber Ihr Bruder –« Er ließ den Rest des Satzes mit dem Rauch seiner Zigarette in der Luft hängen.

»Er liebt die Freiheit auch«, sagte ich.
»Sind Sie sicher?«
»Ja.«
»Haben Sie jemals von ›Cortez' Söhnen‹ gehört?«
Ich schüttelte den Kopf.
»Ich werde sie nicht als Faschisten oder Nazis bezeichnen«, erklärte Madero. »Sie sind eher das, was der Name ausdrückt. Die Spanier haben uns unser Land weggenommen. Wir haben es uns zurückgeholt. Und jetzt will uns eine Gruppe von Männern das Land wieder wegnehmen. Sie wollen die alte Ordnung wiederherstellen. Die Peitsche, das Gewehr und das Schwert. Die Ordnung, gegen die Zapata und Hidalgo und Juarez gekämpft haben. Den Indio zurück an die Kandare. Es ist eine schnell wachsende Organisation, Dr. Drake. Noch nicht sehr mächtig, aber das kann noch kommen. Wir suchen den Anführer. Deswegen brauchen wir Ihren Bruder.«
»Nein«, sagte ich aufgebracht. »Nein. Nicht Arthur.«
Maderos Stimme klang leicht monoton. »In dem Keller des Hauses neben dem, das Ihr Bruder in Guadalajara bewohnt hat, haben wir eine Druckpresse gefunden. Mit dieser Druckpresse wurde die Literatur der Organisation gedruckt. Die Druckpresse wurde von Arthur Drake gekauft.«
»Sind Sie sicher?«
»Sie ist von Chicago zu Ihrem Bruder nach Guadalajara geschickt worden. Sie ist mit einer American-Express-Zahlungsanweisung bezahlt worden, für die sich hier ein Mann verbürgt hat, der sich Arthur Drake nannte.«
»Jemand hätte seinen Namen benutzen können.« Ich versuchte, nicht zu schreien.
»Ja, das ist möglich.«
»Und da haben noch andere mit ihm in Guadalajara zusammengelebt. Ruiz und Amaro zum Beispiel.«

»Und noch einer, Groz. Er hat auch dort gewohnt. Die werden alle untersucht, Dr. Drake.«

»Was sagen die dazu?«

»Nichts«, sagte Madero. »Sie sind noch nicht verhört worden. Sehen Sie, die Zeit ist noch nicht reif. Wir warten. Die Druckpresse befindet sich immer noch am selben Ort.« Er drückte seine Zigarette aus und wollte sie gerade auf den Boden werfen, dann überlegte er es sich anders, stand auf, ging zu der Feuerstelle neben der Küchentür und warf die Kippe in den Kohleneimer. Er lächelte und setzte sich wieder. »Ihr Bruder mag unschuldig sein. Die Presse hat vielleicht ein anderer besorgt, wie Sie sagen. Aber wir müssen ihn finden und ihn befragen. Ist das nicht logisch?«

»Doch«, pflichtete ich ihm bei.

»Wir warten darauf, den Anführer zu finden«, sagte Madero. »Dann schreiten wir ein.«

Ich war voller Sorge, nicht wegen der Drohung in seiner letzten Bemerkung, sondern weil ich Mexiko kannte, seine Grausamkeit, seine Skrupellosigkeit und seine Leidenschaft für Revolutionen. Ein Leben oder Tausende – egal. Ich dachte an den Tod und die Bussarde, die sich schwarz vom Himmel abhoben. Arthur. War er auch ein Opfer? Ich versuchte, ruhig zu bleiben. Ich fragte: »Wann ist die Presse gekauft worden?«

»Im Dezember vor einem Jahr. Ihr Bruder war zu der Zeit nicht in Guadalajara.«

»War er hier?«

»Hier und in Vera Cruz«, sagte Madero.

»War er in Guadalajara, als die Presse geliefert wurde?«

»Wir sind uns nicht sicher.«

»Er hätte also woanders gewesen sein können?«

»Ja, das kann sein. In den darauffolgenden zwei Monaten hatte er etliche Feldstudien unternommen.«

Ich wollte Madero sagen, daß ich ihn für verrückt

hielt. Aber er kannte Arthur nicht, konnte ihn auch gar nicht so gut kennen wie ich. Ihn mit einer Organisation in Verbindung zu bringen, deren Intention es war, die Indios niederzuschlagen, war infantil. Hätte Madero nicht »Cortez' Söhne« erwähnt, hätte ich ihm wahrscheinlich alles erzählt, was ich wußte, denn ich hatte angefangen, ihm zu vertrauen. Jetzt war ich voller Rage, und ich war entschlossen, ihn um jeden Krümel Information kämpfen zu lassen. Wenn ich irgend etwas wußte, das ihm helfen könnte, würde er es mir aus der Nase ziehen müssen, falls er dazu in der Lage war. Es war eine miese Einstellung, aber ich war verzweifelt und verbittert, und es schien mir, als blicke der kleine Mann nicht weiter als bis zur platten Spitze seiner braunen Nase. Ich sagte: »Ich finde, daß Sie voreilige Schlüsse ziehen.«

»Das müssen Sie schon uns überlassen, Dr. Drake.«

»Mein Bruder hat nichts mit Cortez' Söhnen zu tun«, beharrte ich. »Dessen können Sie sich sicher sein. Und mit dem Mord an Joe Briggs hat er auch nichts zu tun. Sobald ich ihn finde, werde ich es Ihnen beweisen.« Dann dachte ich, finde ihn, finde ihn. Wo war er? Ich versuchte das Gefühl zu unterdrücken, daß ich ihn nie wiedersehen würde. Nein, dachte ich. Nein, das kann nicht sein. Er lebt. Er wird zurückkehren.

»Das hoffe ich«, sagte Madero. »Sehen Sie, ich bewundere seinen Bruder sehr. Deswegen habe ich seinem Bruder so viele Dinge erzählt, die ich nie hätte erzählen dürfen.«

»Danke.«

»Und kein anderer darf etwas davon erfahren. Absolut niemand, Dr. Drake.«

»Ich denke, unser Anwalt sollte darüber Bescheid wissen. Ich denke, ich sollte es John Aldrich erzählen.«

»Sie dürfen es niemandem erzählen, Dr. Drake. Weil Sie über das Leben von Emiliano Zapata geschrieben haben, vertraue ich Ihnen. Das ist ein Werk voller Liebe. Ich fühle, daß Ihr Glaube und meiner derselbe ist. Oder?«

»Ja«, sagte ich.

»Lieben Sie Mexiko?«

Ich nickte. »Fast genauso wie mein eigenes Land. In gewisser Weise ist es auch mein Land.«

»Dann erzählen Sie nichts.«

»Gut. Ich behalte es für mich«, sagte ich und stand auf.

»Das Messer«, sagte Madero. »Wollen Sie es haben?«

»Nein«, sagte ich. Ich nahm es hoch und hielt es in meiner Hand. »Haben Sie es auseinandergenommen?«

»Wie?«

»So.« Ich drehte die Klinge und zog sie aus dem Griff. »Sehen Sie, da drinnen? Ich hab' seinen Namen in das Silber eingraviert.«

Dann hörte ich auf zu sprechen. In dem Griff war etwas, was nicht dort hineingehörte. Eine Papierrolle. Er hatte sie auch gesehen und nahm mir den Silbergriff aus der Hand. Mit der Spitze seines goldenen Kugelschreibers fummelte er die Papierrolle heraus und breitete sie auf dem Tisch aus.

Das Stück Papier war alt und vergilbt und war offensichtlich aus der Seite eines Manuskripts herausgerissen worden. Die Worte, fast unleserlich, weil die Tinte verblaßt war, waren in altertümlichem Spanisch.

»Wo der Tunnel verläuft West über Nord«, hatte jemand geschrieben – und vor wie vielen Jahren, das konnte ich nur raten –, »sitzt ein großer, flacher Stein hoch in der Wand, und über ihm formen kleinere Steine ein grobes Kreuz. Von diesem Punkt aus folgten wir dem Tunnel 152 Schritte lang. Dort, auf Höhe meiner Schultern, befand sich die tiefe Nische, die wir gemacht hatten. Es kostete uns große Mühe, die Truhe in die Nische zu heben, denn sie war sehr schwer. Dann füllten wir die Nische mit Steinen und die Fugen mit Mörtel, bis die Wand wieder ununterbrochen und eben war.«

Ein altes Buch, hatte Dorothy Allen gesagt. Arthur hatte nach einem sehr, sehr alten Buch gesucht. Ich dachte an seinen Brief. »Es liegt was in der Luft, etwas so Großes, daß ich nichts drüber sagen kann – wenn alles gutgeht, werden wir reich sein«, hatte er geschrieben. Und jetzt dieses Stück Papier, das zu einem Zylinder zusammengerollt und in dem Griff des Messers versteckt worden war, das ich vor langer Zeit gebastelt hatte.

Madero beobachtete mich, und nur seine kleinen, dunklen Augen gaben einen Hinweis auf den regen Verstand, der hinter diesem ausdruckslosen Gesicht arbeitete. Er berührte das Papier mit dem Zeigefinger. »Welche Bedeutung hat das?«

»Ich weiß es nicht.«

»Sie haben es nie zuvor gesehen?«

»Nein.«

»Und Ihr Bruder hat Ihnen nichts davon erzählt?«

»Nichts.«

»Tunnel«, sagte Madero. »Es gibt viele Tunnel. Da ist einer unter dem sogenannten geheimen Kloster von Santa Monica in Puebla, der zu der alten Festung führt. Da ist noch einer, der vom Palast zum Chapultepec Park führt. Ich hab' auch von einigen Tunneln in Guadalajara gehört. Von einer Kirche zur anderen. Die Geistlichen hatten eine Vorliebe für unterirdische Gänge. Warum auch nicht? Sie hatten ja die Indios als billige Arbeiter.«

Zweimal hatte jemand meine Sachen durchsucht. Letzte Nacht hatten mich drei Männer im Schatten des Pferdes überfallen. War es das hier, was sie suchten? Ich sagte: »Wahrscheinlich hat das hier überhaupt nichts mit dem Verschwinden meines Bruders und dem Mord an Joe Briggs zu tun.«

»Natürlich nicht«, sagte Madero.

»Kann ich es haben?«

Er warf noch einmal einen Blick auf den Zettel, und ich hatte den Eindruck, daß seine Augen das Schriftstück abfotografierten. »Sicher.«

Ich steckte es in meine Brieftasche.

»Wie lange steckt es schon da drinnen?« Er zeigte auf den Messergriff.

»Ich weiß es nicht. Ich hab' das Messer vor vierzehn Jahren gemacht und es meinem Bruder gegeben. Seitdem habe ich es nie mehr auseinandergezogen.«

»Wer kennt den Trick?«

»Nur mein Bruder und ich.«

Madero steckte die Klinge in den Griff, doch es gelang ihm nicht, die beiden Teile zu verankern. Ich nahm das Messer und zeigte ihm, wie es funktionierte.

»Vielleicht war es für Sie bestimmt«, sagte Madero.

Der Gedanke war mir auch schon gekommen. Ich versuchte, ein so ausdrucksloses Gesicht aufzusetzen wie er. »Dann hätte er mir irgendeinen Hinweis gegeben.«

»Und das hat er nicht?«

»Nein.«

»Stück für Stück«, sagte Madero mit einem schwachen Lächeln, »tragen wir zur Verwirrung bei. Das ist wirklich eine seltsame Geschichte. Eine verdammt seltsame Geschichte.«

»Ich werde schon zurechtkommen«, sagte ich.

»Sie müssen vorsichtig sein, Dr. Drake.«

»Ich werde aufpassen.«

»Mag sein, daß jemand hinter diesem Stück Papier her ist.«

»Unsinn«, sagte ich.

»Bis jetzt habe ich Ihr Zimmer noch nicht durchsucht«, sagte er spitz. »Aber jemand anderes –«

»Ich werde vorsichtig sein.«

»Sie sind mir gegenüber sehr reserviert«, rügte Madero. »Seien Sie genauso reserviert anderen gegenüber. Denen können Sie noch weniger vertrauen.«

»Ich bin nicht reserviert.« Ich versuchte, aufrichtig zu erscheinen. Er schenkte mir ein höfliches Lächeln, und ich wußte, daß er mir nicht glaubte. So sehr ich es auch versuchte, es gelang mir einfach nicht, in seiner Gegenwart meine Maske aufrechtzuerhalten. Ich verabschiedete mich und ging hinaus auf die Straße. Als sich die Tür hinter mir schloß, dachte ich daran, zurückzugehen und dem kleinen Mann alles zu erzählen, was ich wußte. Ich dachte daran, ihn zu bitten, mit mir zu Arthurs Haus zu gehen. Dann erfüllte mich das, was er über Cortez' Söhne gesagt hatte, wieder mit Rage. Nein. Ich würde auf meine eigene Art und Weise weiterstolpern. Ich würde mich auf mich selbst verlassen. Ich dachte kurz daran, John Aldrich den Zettel zu zeigen. Doch Maderos Worte klangen in meinen Ohren: »Seien Sie genauso reserviert gegenüber anderen.« Vielleicht hatte er recht. Ich würde zu Aldrich gehen und ihn bitten, mir dabei zu helfen, Arthurs Dienstboten loszuwerden. Aber ich würde ihm nicht sagen, warum ich das Haus in der Straße der Weinenden Frau für mich alleine haben wollte.

Auf dem Weg zu Aldrichs Büro ging ich bei Wells Fargo vorbei und mietete ein Schließfach. Ich legte das Stück Papier hinein und kam mir dumm und theatralisch vor. Ich würde es sowieso nicht brauchen, denn inzwischen kannte ich die Worte auswendig, und es kam mir in den Sinn, daß José Manuel Madero, der in diesem Moment wahrscheinlich mit einer halbgestrickten Socke grübelnd in der Sonne saß, den Text ebenfalls auswendig kannte.

12 Der Verstand geht seltsame Wege. Er greift Sätze auf, findet ihren Rhythmus und wird dann nicht müde, immer und immer wieder mit ihnen zu spielen. Als ich noch im College war, zu einem Zeitpunkt, als ich sehr viel büffeln mußte, wäre ich einmal fast durch die Prüfung gefallen, weil mein Verstand einen Kinderreim aufgegriffen hatte, der etwa so ging: »Knips, knips, knips – knips den Fahrschein hier, und gib ihn dann zurück an den Passagier.« Während ich auf der Avenida Madero Richtung Osten lief, merkte ich, wie ich den Worten, die der Unbekannte vor so langer Zeit geschrieben hatte, einen holprigen Rhythmus gab. »Wo der Tunnel biegt nach Westen, ist ein großer, flacher Stein, hoch in der Wand ist ein großer, flacher Stein«, leierte mein Verstand immerzu, und ich konnte den Satz einfach nicht loswerden. Er schwirrte in meinem Kopf herum wie eine lästige Mücke, als ich dem verschrumpelten, alten Mexikaner sagte, daß ich Mr. Aldrich sprechen wolle.

Aldrich hörte meine Stimme und rief mich in sein Büro. Er hielt den Telefonhörer in beiden Händen, sein Gesicht war geröteter als sonst, und seine Augenbrauen sträubten sich wie die Nackenhaare eines Hundes.

»Ärger?« fragte ich.

»Das übliche«, knurrte er. »Dieses verdammte Mexiko. Wie geht's dir, Junge? Wer hat dich überfallen?«

»Drei Männer«, sagte ich, und als ich ihm die Geschichte erzählte, wurde sein Gesichtsausdruck noch düsterer.

»Das gefällt mir nicht, Mitchell.«

»Mir auch nicht.«

»Was haben die im Schilde geführt?«

»Irgend jemand scheint irgendwas zu wollen. Ich werde nicht schlau draus.«

»Sicher, daß sie hinter dir her waren?«

»Hinter wem sonst?«

»Hinter dem Mädchen – wie war noch gleich ihr Name?«

»Penny Gage?« Ich schüttelte den Kopf. »Wüßte nicht, warum.«

Aldrich schnaufte. »Verdammt, Junge. Sei ein bißchen vorsichtiger. Hast du sonst noch was auf dem Herzen?«

»Ja«, sagte ich. »Ich will Arthurs Dienstboten loswerden.«

Er zupfte sich am Ohr. »Das wird nicht leicht sein.«

»Warum?«

Er machte eine ärgerliche Geste. »Hast du schon mal versucht, einen Dienstboten zu feuern? Gewerkschaften. Papierkrieg. Sechs Monate Kündigungsfrist und all das Zeug. Deswegen hab' ich's noch nicht getan. Hab' mir gedacht, daß Arthur schon wiederauftauchen wird. Warten wir noch eine Weile.«

»Nein«, sagte ich. »Ich mag die beiden nicht.«

»Ich auch nicht.«

»Dann wirf sie raus. Wenn nötig, zahl ihnen das Gehalt für die nächsten sechs Monate. Ich will das Haus abschließen.«

Seine Augen studierten mein Gesicht. »Warum, Mitchell?«

»Ich mag die beiden nicht und damit basta.«

»Also gut. Wie du willst.«

»Das Messer, mit dem Joe umgebracht wurde, kam aus diesem Haus«, sagte ich. »Es muß dort gelegen haben. Das ist mir grade erst in den Sinn gekommen.«

»Glaubst du –« Er fing an, auf seinem Schnäuzer herumzubeißen.

»Daß sie etwas wissen könnten? Ja.«

»Dann sollten wir sie nicht gehen lassen. Wir sollten sie im Auge behalten.«

»Darum kann sich Madero kümmern«, sagte ich. »Wir rufen ihn an und sagen ihm, daß wir sie gehen lassen. Er wird sie schon im Auge behalten.«

Er starrte grübelnd auf seine Schreibtischkladde und nickte schließlich. »Also gut. Ich denke, das läßt sich arrangieren. Wenn du ein paar Minuten wartest, gehen wir zusammen essen. Schnapp dir ein Buch, und setz dich hin. Ich hab' noch ein paar Dinge zu erledigen.«

Die Regale entlang den Wänden waren mit Büchern vollgestopft, doch es waren Gesetzesbücher, und sie schienen seit Jahren nicht angefaßt worden zu sein. Ich zog mir irgendeines aus dem Regal und setzte mich auf die Couch. Ich legte das Buch offen auf meinen Schoß, doch ich las es nicht. Ich konzentrierte meine Gedanken darauf, wie alles angefangen hatte, und arbeitete mich dann Schritt für Schritt weiter, wobei der treibende Rhythmus des einen Satzes meine Gedanken wie ein Kontrapunkt untermalte – wo der Tunnel biegt nach Westen, ist ein großer, flacher Stein . . . Ich spürte eine starke Spannung und wollte zu Arthurs Haus eilen und anfangen zu suchen. Ich wollte nichts essen. Ich wollte nicht mit Aldrich reden. Doch der Gedanke, daß ich nichts tun konnte, bis das Haus leer war, brachte mich wieder zur Vernunft. Ich mußte warten. Aldrichs Stimme durchbrach die Mauer meiner Gedanken.

»Es ist Miss Allen«, sagte er. »Sie hat versucht, dich zu erreichen.« Er hatte den Telefonhörer in der einen Hand und bedeckte die Sprechmuschel mit der anderen.

»Warum?«

»Sie will wissen, ob's was Neues gibt. Soll ich sie fragen, ob sie mit uns essen will?«

»Okay.«

Er sprach ein paar Worte in den Hörer, legte auf und erhob sich.

»Ich bin fertig«, sagte er.

Es war nicht weit bis zum Prendis. Wir entschlossen uns zu laufen und bahnten uns unseren Weg durch die Menschenmassen auf den schmalen Gehsteigen. Aldrich beklagte sich über die Löcher im Pflaster und über die Touristen und über den Regierungserlaß, der der Stadt von elf bis zwei die Elektrizität raubte. Ich hörte ihm zu, ohne darüber nachzudenken, denn mein Kopf war mit anderen Dingen beschäftigt. Ich glaubte, ein kleines Licht am Ende des Tunnels zu sehen. Nicht viel, doch genug, um mir wieder Hoffnung zu geben. Hoffnung auf was? Hoffnung, Arthur zu finden? Plötzlich war ich wieder schrecklich deprimiert.

Das Prendis trug auch nicht dazu bei, die dunkle Wolke zu vertreiben. Das Restaurant hatte sich überhaupt nicht verändert. Dort in der Ecke stand der Tisch, an dem Arthur und ich immer gesessen hatten, wenn wir etwas besser bei Kasse waren und uns das leisten konnten, obwohl der Laden nicht einmal zu den teuersten gehörte. Der Kellner, der uns damals bedient hatte, erkannte mich wieder und bedachte mich mit einem Lächeln und einem Kopfnicken. Er war ein alter Mann und hatte früher, als Vater noch lebte, im Regis gearbeitet und ihn gut gekannt. Dorothy Allen wartete bereits an einem großen Tisch auf uns.

»Kurz nachdem Sie gestern abend gegangen sind, sind Ihre Freunde reingekommen«, sagte Dorothy. »Amaro und Ruiz. Ich hab' ihnen gesagt, daß Sie sie gesucht hätten.«

Aldrich warf mir einen Blick zu und zog die Augenbrauen hoch.

»Haben Sie sich geprügelt?« fragte Dorothy.

»Ich bin gestolpert.« Wir setzten uns hin, und der alte Kellner kam an unseren Tisch, schüttelte mir die Hand und fragte mich nach Arthur.

Ich erzählte ihm, daß Arthur zur Zeit nicht in der Stadt sei.

Dorothy beobachtete mich mit einem neugierigen Lächeln.

»Sie sind *ihrem* Freund über den Weg gelaufen, war es das?«

»Nein«, sagte ich.
»Wessen Freund?« fragte Aldrich und warf mir einen verwirrten Blick zu.
»Miss Allen macht nur Scherze«, sagte ich.
»Sie ist sehr hübsch«, sagte Dorothy. »Ich glaube, Sie sind verliebt.« Ich muß rot angelaufen sein, denn sie kicherte und legte ihre Hand auf meine. »Danke, daß Sie mich zum Essen eingeladen haben. Ich hab' mich einsam gefühlt. Deswegen habe ich auch im Hotel angerufen. Ich war so alleine.«
Ich streifte sie mit einem Blick und dachte wieder, wie schön sie doch war. Sie zog ihre Hand weg und fing an, Stücke von dem französischen Weißbrot abzureißen und sie zu kleinen Kügelchen zu formen. Ihre Augen glänzten. Ich wußte, daß sie an Arthur dachte. Ich langte über den Tisch, nahm ihr den Brotkorb weg, griff ihre Hand und hielt sie fest. Als ich aufblickte, sah ich Penny Gage und ihre Tante auf unseren Tisch zukommen. Ich ließ Dorothys Hand los und stand auf. Aldrich folgte meinem Blick und stand auch auf.
»Hallo, Mitchell«, sagte Molly Gage. »Bleiben Sie sitzen.« Sie warf Dorothy einen abschätzenden Blick zu, und die Tänzerin, die anscheinend merkte, daß sie taxiert wurde, bedachte die ältere Dame mit einem süßen Lächeln.
»Hallo, Miss Gage«, sagte Dorothy zu Penny.
»Nett, Sie wiederzusehen«, sagte Penny. Sie hatte einen seltsamen Blick in den Augen, als sie mich ansah.
Ich machte alle miteinander bekannt. Dann sagten sie, daß sie sich mit ein paar Freunden treffen würden, und gingen zu einem Tisch im hinteren Teil des Restaurants.
»Ein eifersüchtiges Frauenzimmer«, sagte Dorothy.
Ich sagte ihr, daß das lächerlich sei.
»Sie kennen die Frauen nicht«, sagte Dorothy. »Sie wollen einen Mann nicht eher, bis sie das Gefühl haben, daß eine andere ihn will.«

»Sind Sie auch so?«

»Ich bin praktisch veranlagt. Ich nehme, was ich kriegen kann. Wenn Sie so lange im Showgeschäft sind wie ich, merken Sie, daß es der einzige Weg ist. Man wird hart.«

»Sie sind nicht hart.«

Sie lachte. »Sie kennen mich nicht. Irgendwann zeige ich Ihnen mal meine andere Seite. Ich laß' mich von niemandem herumschubsen.«

Aldrich blickte von der Speisekarte auf. »Werden Sie herumgeschubst?«

»Noch nicht.« Sie lachte, und ich hatte den Eindruck, daß ihr Lachen bitter klang.

Der Kellner kam zurück, und wir bestellten. Dann sprachen wir über Arthur, und ich versuchte, Dorothy dazu zu bringen, sich an mehr Einzelheiten zu erinnern, was die Sache mit dem alten Buch betraf. Doch es war zwecklos. Sie sagte, daß sie mir alles erzählt hätte, an das sie sich erinnern konnte.

Aldrich hatte seine zottigen Augenbrauen zusammengezogen und starrte mich an. »Glaubst du, daß das wichtig sein könnte?«

Ich war kurz davor, ihnen die Sache mit der Papierrolle zu erzählen. Ich wollte es ihnen sagen. Hier saß der Anwalt meines Vaters, den ich seit Jahren kannte; und hier saß die Verlobte meines Bruders. Wenn ich irgend jemandem vertrauen konnte, dann waren es diese beiden. Dennoch hielt ich es zurück. Ich erinnerte mich an Maderos Warnung und behielt es für mich. »Ich will nichts übersehen«, sagte ich. Und dabei beließen wir es.

Bevor wir das Lokal verließen, blieb ich an Pennys Tisch stehen und sagte, daß ich vorbeikommen würde, sollten sie später im Hotel anzutreffen sein. Ich stand da, sah zu Penny hinunter und wußte nicht, wohin mit meinen Händen. Penny sagte nichts. Sie sah mich nicht einmal an.

»Wir werden dort sein«, sagte Molly Gage. Ihr Lächeln zeigte mir, daß sie mich mochte, und das half ein bißchen. Aber nur ein bißchen. Ich wollte Pennys Lächeln. Ich wollte, daß Penny mit ihren strahlenden Augen zu mir hochsah. Ich wollte wieder die Sterne in ihren Augen blinken sehen. Ich verabschiedete mich und folgte Aldrich und Dorothy nach draußen.

Einen Block vom Restaurant entfernt verabschiedete sich Aldrich von uns.

»Ich kümmer' mich um die Sache mit den Dienstboten«, sagte er. »In ein paar Stunden sind sie draußen.«

Ich dankte ihm.

»Por nada«, sagte er. »Auf Wiedersehen, Miss Allen. Wenn sie anfangen, Sie herumzuschubsen, sagen Sie mir Bescheid.«

»Ich kann auf mich selbst aufpassen«, sagte Dorothy.

Ich sah Aldrich eine Weile hinterher. Mit geraden Schultern lief er die Straße hinunter, schwang keck seinen Spazierstock, ignorierte die Bettler und Losverkäufer und die Tatsache, daß Mexiko das Land eben dieser kleinen Leute um ihn herum war. Die alte Ordnung, dachte ich. Er war ein Symbol dafür. Armer John. Die Welt hatte sich verändert, doch er nicht. Seine Jugendzeit hatte er unter der Regierung von Porfirio Diaz verbracht, und für ihn war es das wahre Mexiko gewesen – die Ära Diaz, die gute, alte Zeit. Ein vager Verdacht schlich sich in meinen Kopf. Die Druckpresse. Bezahlt mit einer American-Express-Zahlungsanweisung, für die hier in der Hauptstadt gebürgt worden war. Ich schob den Gedanken beiseite.

»Sie sind merkwürdig, Mitchell«, sagte Dorothy. Sie sah mich nicht an. Ihr Blick folgte Aldrich. »Ich fange an, Sie sehr zu mögen.«

Ich dankte ihr. Um meine Verwirrung zu verbergen, ging ich zu einem Hauseingang, wo die Liste der letzten Lotteriegewinner ausgehängt war. Ich versuchte, meine

Nummern zu finden, doch sie standen nicht auf der Liste. »Ich hab' noch nie was gewonnen«, sagte ich.

»Ich auch nicht. Ich hab' kein Glück.« Ihr Gesicht war ernst, und ihre Augen waren voller Bitterkeit.

»Es wird schon alles gut werden.« Ich versuchte, meinem Ton eine Zuversicht beizumischen, die ich nicht spürte. Inzwischen war ich sicher, daß überhaupt nichts gut werden würde.

»Warum sollte es?«

»Weil Tugendhaftigkeit belohnt wird«, sagte ich.

»Oh, sicher«, sagte Dorothy. »Eines Tages werde ich Ihnen was über meine Tugend erzählen.« Sie zupfte an meinem Ärmel, stand da und starrte mich an, und einen Moment lang glaubte ich, daß sie sprechen würde. Ich hatte den Eindruck, daß sie mir etwas sehr Dringendes sagen wollte. Dann zuckte sie die Achseln, krauste ihre Nase und sagte: »Gehen wir.«

Ein paar Wolken spielten Versteck mit der Sonne, und der Wind hatte etwas Beißendes. Er kam von Osten, von den Schneefeldern an den Hängen des Popocatépetl und Ixtaccihuatl, und die wenigen Leute, die draußen waren, eilten mit eingezogenem Kopf über die Straße, wobei sie ihre Tücher und *serapes* dazu benutzten, den Mund zu bedecken, damit die eisige Luft nicht in ihre Lungen dringen konnte. Die meisten Läden hatten ihre Eisengitter heruntergelassen, denn es war *siesta*. Die Stadt wirkte wie verlassen.

Im Eingang zu ihrem Appartementhaus fummelte Dorothy in ihrer Tasche herum und zog einen Umschlag heraus. Auf der Rückseite stand Amaros Name und Adresse. »Das hat er mir gestern abend gegeben« erklärte Dorothy. »Er hat gefragt, ob es Ihnen etwas ausmachen würde, kurz bei ihm vorbeizukommen. Er hat gesagt, es sei wichtig. Deswegen habe ich versucht, Sie heute morgen zu erreichen. Ich wollte es Ihnen ausrichten.«

Ich steckte den Umschlag mit der Adresse in meine Tasche. Sie stand auf den Stufen zur Eingangstür, und unsere Gesichter waren auf gleicher Höhe.

»Auf Wiedersehen«, sagte ich.

»Auf Wiedersehen, Mitchell, seien Sie ein braver Junge.« Plötzlich legte sie ihre Hände auf meine Schultern, zog mich zu sich heran und küßte mich. »Das ist für Ihr Vertrauen, Ihre Liebenswürdigkeit und Ihre Blindheit«, sagte Dorothy, dann lachte sie und war verschwunden.

Ich stand da und starrte völlig perplex auf die geschlossene Tür. Vertrauen und Blindheit. Noch mehr Verwirrung. Ich schüttelte den Kopf, warf einen Blick auf die Adresse auf dem Umschlag und fragte mich, was Amaro von mir wollte. Ich war versucht, seine Bitte zu ignorieren. Ich dachte immer wieder an das vergilbte Stück Papier und an Arthurs Haus in der Straße der Weinenden Frau, und ich war sehr ungeduldig, weil ich meine Suche beginnen wollte. Doch es hatte keinen Sinn, sich zu beeilen. Ich mußte warten, bis die Dienstboten das Haus verlassen hatten. Also schnappte ich mir ein Taxi und gab dem Fahrer Amaros Adresse.

13

Ich stieg ein paar Treppenstufen hinauf, sah seinen Namen auf einem der zwölf Briefschlitze vor der Eingangstür und drückte auf die dazugehörige Klingel. Die Gegensprechanlage surrte. Ich sagte meinen Namen, worauf er mich hereinließ.

Er war nicht alleine in dem kleinen, mit Möbeln überfüllten Raum. Ruiz war dort und auch Jacques Magnin. Sie tranken *aguardiente*.

»Einen Drink?« fragte Amaro. Er wirkte ernst und unfreundlich. Ich lehnte ab und setzte mich mit dem Gesicht zum Fenster.

»Miss Allen hat gesagt, daß Sie mich sprechen wollten.«

Amaro warf Magnin einen Blick zu. Die Augen des Schriftstellers waren blutunterlaufen, und er hätte dringend eine Rasur nötig gehabt. Er hielt sein Glas in beiden Händen, als würde es sie vom Zittern abhalten. Ruiz lümmelte sich in der Ecke des fleckigen, dick gepolsterten Sofas und rauchte eine Zigarette.

»Das stimmt«, sagte ich.

»Wollen Sie, daß ich sterbe?« fragte Magnin.

Wenn ich ehrlich gewesen wäre, hätte ich ihm geantwortet, daß es mir egal sei. Doch ich war nicht ehrlich. Ich sagte: »Nein, natürlich nicht.«

»Dann hören Sie um Gottes willen auf, herumzulaufen und mich zu suchen.« Magnin sprach leidenschaftlich, fast verzweifelt. Ich hatte ihn für sehr mutig gehalten, doch das war er anscheinend nicht mehr. Er hatte Angst, daran bestand kein Zweifel.

»Ich will nicht gefunden werden. Haben Sie verstanden?«

»Okay.« Ich stand auf.

»Warten Sie«, sagte Magnin jetzt etwas freundlicher. »Es tut mir leid, Dr. Drake. Ich weiß, daß Sie versuchen wollen, Miss Gage zu helfen. Ich bin aufgebracht, und es gibt einen Grund dafür. Ich bin nach Mexiko gekommen, um meine Haut zu retten.« Er fing an, in dem kleinen Raum auf und ab zu laufen. »Wissen Sie überhaupt, womit ich es zu tun habe?«

»Ich kann's mir denken.«

»Es ist schlimm.« Magnin blieb vor mir stehen und stieß mit dem Finger gegen seine Nase, als wolle er sie wieder in die richtige Position zurückdrücken. »Sehr schlimm. In den Staaten haben sie mich fast geschnappt. Also bin ich abgehauen.« Er winkte mit der linken Hand. »Oh, ich weiß, was Sie denken. Es war dumm von mir, Miss Gage von alldem zu erzählen. Doch das mußte ich. Sie ist eine großartige, junge Frau, und ich wollte ihr nicht weh tun. Ich – « Er hörte auf zu reden.

»Sie halten viel von Miss Gage«, sagte ich.

Er nickte. »Aber im Moment halte ich noch viel mehr von meinem eigenen Leben. Ich habe einen sehr dummen Fehler gemacht, ja. Aber ich habe erwartet, daß sie mich versteht. Ich hatte vergessen, wie jung sie noch ist und was für einen starken Willen sie hat.«

»Sie glauben, daß sie Sie durch Miss Gage aufspüren werden?«

»Ich weiß es.«

»Sind sie schon hier?«

»Kann sein.«

»Aber Sie sind sich nicht sicher.«

»Nein, ich bin mir nicht sicher. Wie kann ich sicher sein, bis tatsächlich jemand vor mir auftaucht und mich erledigt? Ich weiß nicht, wer die Leute sind. Deswegen habe ich Angst.« Er wischte sich mit seinem Taschentuch über die Stirn. »Glauben Sie mir, Dr. Drake, ich bin kein Feigling. Aber ich kann diese Ungewißheit nicht ertragen. Ich hasse es, wenn ich nicht weiß, wer mein Gegner ist.«

»Hat es schon einen Versuch gegeben, Sie umzubringen?«

Er schüttelte den Kopf.

Vielleicht war das alles nur Einbildung, dachte ich. Der Mann hatte einfach Muffensausen. Er ließ die Angst die Oberhand gewinnen. Ich fragte: »Was soll ich tun?«

»Bitten Sie Miss Gage, sich von mir fernzuhalten.«

»Das werde ich tun.« Mit dem allergrößten Vergnügen. Das war einer der wenigen Aufträge, die ich mit aufrichtiger Freude erledigen konnte.

Magnin seufzte erleichtert. »Würden Sie ihr das hier bitte geben?« Er hielt mir einen Umschlag hin. »Ich könnte ihr den Brief schicken, aber dann fällt er vielleicht ihrer Tante in die Hände. Oder jemand anderem.«

Ich steckte den Umschlag in meine Tasche. »Ich würde mir keine allzu großen Sorgen machen«, sagte ich. »Verlassen Sie die Stadt. Ziehen Sie in eins der kleinen Dörfer abseits der großen Straßen. Dort werden sie Sie bestimmt nicht suchen.«

»Das hab' ich auch schon vorgeschlagen«, sagte Ruiz.

»Mir bleibt wohl nichts anderes übrig«, stimmte Magnin uns zu. »Und bitte teilen Sie Miss Gage folgendes mit: Ich glaube, daß sie von jemandem verfolgt wird.«

»Ich glaube es nicht nur«, sagte ich, »ich weiß es. Sie wird von einem Privatdetektiv verfolgt. Ihre Tante hat ihn angeheuert.«

»Sind Sie sicher?«

»Ja.« In dem Moment wußte ich, daß ich mir gar nicht so sicher war. Paul Brent hatte behauptet, er sei Privatdetektiv. Ich sah zu dem Mann auf, der da vor mir stand und dem die Angst tief in den Augen saß. Vielleicht hatte er guten Grund, verzweifelt zu sein. Und dann dachte ich, was soll's? Ich hatte nichts damit zu tun. Ich hatte meine eigenen Probleme, meine eigenen Sorgen, und diese beiden Männer in dem Raum hatten vielleicht etwas mit diesen Problemen zu tun. Wer weiß? Und was ging mich Magnins Leben an? Mit Sicherheit war er kein beneidenswerter Charakter.

»Versuchen Sie, es ihr verständlich zu machen«, sagte Magnin.

»Ich werd's versuchen.« Natürlich würde ich es versuchen. Egal, was ich von ihm hielt, diesen Wunsch erfüllte ich ihm gerne. »Aber sehen Sie zu, daß Sie die Stadt verlassen. Es ist gut möglich daß sie sich entschließt, trotzdem hierzubleiben.«

»Ich habe Freunde«, sagte Ruiz. »Bei denen ist er gut aufgehoben. Gibt's irgendwas Neues von Ihrem Bruder?«

»Es war sein Messer, das in Joes Rücken steckte.« Ich beobachtete seinen Gesichtsausdruck.

Er setzte sich auf und sah mich verblüfft an. »Arthurs Messer?«

»Ja. Das mit dem Griff voller Pesos. Erinnern Sie sich?«

Ruiz nickte. »Glauben die, daß er –« Den Rest des Satzes überließ er meiner Phantasie.

»Ich weiß nicht, was die glauben.«

»Ausgeschlossen«, warf Amaro ein. »Arturo und Briggs. Sie waren Freunde. Gute Freunde. Arturo würde niemanden umbringen.«

»Das weiß ich«, sagte ich. »Aber irgend jemand wollte Arthur den Mord anhängen. Irgend jemand hat bereits versucht, Arthur noch andere Dinge anzuhängen.«

»So?« Amaro runzelte die Stirn. »Andere Dinge?«

»Ja.« Ohne näher darauf einzugehen, erhob ich mich. »Ich fange an, ein paar Dinge zu verstehen. Irgendwie hat es mit einem alten Buch zu tun.« Ich blickte in die drei Gesichter und versuchte zu erkennen, was hinter diesen Gesichtern vor sich ging.

»Ein sehr altes Buch und eine American-Express-Zahlungsanweisung«, fügte ich hinzu. Dann ging ich hinaus, und während ich die Treppe hinunterlief, versuchte ich, dem Blickaustausch zwischen Amaro und Ruiz eine Bedeutung beizumessen.

Die Dienstboten hatten das Haus verlassen, als ich in die Straße der Weinenden Frau zurückkehrte. Aldrichs alter Büroangestellter, Ramon de Silva, stand in der Tür, zupfte an seinem dünnen Schnäuzer und starrte traurig vor sich hin.

»Irgendwelche Probleme?« fragte ich.

»Sie sind bezahlt worden.« Er zuckte die Achseln. »Warum hätte es also Probleme geben sollen?«

Ich dankte ihm, rief ein Taxi und schickte ihn auf den Weg. Dann ging ich hinein und verriegelte die Tür.

Es war ein komisches Gefühl, alleine in dem Haus zu sein. Es wirkte auf einmal schrecklich leer. Und obwohl die beiden erst vor wenigen Stunden gegangen waren, schien das Haus seit langer Zeit nicht bewohnt worden zu sein. Ich ging von Raum zu Raum, und je länger ich blieb, um so größer war mein Verlangen, das Haus zu verlassen. Doch ich ignorierte dieses Verlangen. Es gab Dinge zu tun. Hier hatte sich mein Bruder zuletzt aufgehalten. Dies war der Ausgangspunkt für die Suche nach ihm.

Ich untersuchte die Schränke, klopfte die Wände ab, zog die Regale von der Wand und fuhr mit der Hand über die Täfelung. Auf diese Weise untersuchte ich jeden Raum vom Boden bis zur Decke, wobei ich mir mit jedem Moment alberner vorkam – eher wie ein Kind mit blühender Phantasie. Geheime Gänge. Falltüren. Wie in dem Kloster von Santa Monica, wo man ein Regal beiseite schob, auf einen Knopf drückte und sich die ganze Wand öffnete. Aber ich hörte nicht auf zu suchen. Arthur hatte das Haus aus einem bestimmten Grund gemietet, und ich war mir sicher, daß die Papierrolle in dem Messergriff dieser Grund war.

Das Haus war muffig und klamm. Ich öffnete die Tür zum Innenhof, ging hinaus und blieb eine Weile in den blassen Sonnenstrahlen stehen, um den muffigen Geruch des Hauses aus meiner Nase und meinem Mund zu vertreiben. Der kleine Hof war furchtbar vernachlässigt worden. Entlang der Mauern waren Büsche und Unkraut wild gewachsen, und die Bäume wirkten wie ungepflegte, alte Männer. In der Mitte des Hofes stand eine verrostete und scheinbar unbenutzte Eisenpumpe. Ich ging hinüber und bewegte den Griff auf und nieder, doch kein Wasser spritzte aus der Leitung, was mich nicht sonderlich überraschte. Dann merkte ich, daß die Steinplatten am Fuß der Pumpe sauberer wirkten als die anderen. Ich hob eine der Steinplatten an und fand darunter frische Erde. Irgend jemand hatte den Brunnen aufgefüllt und das vor nicht allzu langer Zeit.

Ich war jetzt ziemlich aufgeregt. Ich lief den Innenhof ab und konzentrierte meinen Blick auf die Steinfliesen. In der Nähe der hinteren Mauer fand ich, wonach ich gesucht hatte. Hier waren die Steinplatten größer, und ich fing an, sie mit einem Eisenrohr abzuklopfen. Dabei stieß ich auf ein hohles Echo. Ich grub meine Finger unter die Kante der Steinplatte und hob sie hoch. Sie ließ sich leicht bewegen, und ich starrte in ein rundes Loch mit einem Durchmesser von etwas weniger als einem Meter. Einen halben Meter tiefer sah ich die obersten Sprossen einer Leiter.

In der Kommode in Arthurs Schlafzimmer hatte ich eine große Taschenlampe gesehen. Ich holte sie und richtete den Strahl in das Loch. Es war nicht sehr tief. Nicht mehr als drei bis vier Meter, und es knickte leicht nach Westen ab. Dann mal los, dachte ich. Meine Füße fanden die oberste Sprosse, und ich stieg hinunter. Kurz darauf kniete ich auf der feuchten Erde, und der Strahl der Taschenlampe fiel in einen niedrigen Durchbruch, der nach Westen führte. Kalte Luft strömte mir entgegen, und ich wußte, daß ein Tunnel in der Nähe war. Ich kroch weiter.

Es war nicht weit. Ich war noch keine fünf Meter gekrochen, als der Durchbruch endete und ich mich in einem gemauerten Tunnel befand. Ich konnte aufrecht stehen, und von meinem Kopf bis zur Decke waren es immer noch an die dreißig Zentimeter.

Die Taschenlampe warf einen breiten Lichtpfad in die Dunkelheit. Ich ließ den Lichtkegel über die Wände um mich herum gleiten. Ein großer Stein unter einem Kreuz und dann 152 Schritte West über Nord. Doch wo war der Stein?

Ich ging langsam weiter, und ungefähr zwölf Schritte von der Öffnung entfernt, die zu dem Tunnel führte, stolperte ich über einen losen Stein. Ich richtete den Strahl der Taschenlampe direkt nach unten, kniete mich hin und hob den hervorstehenden Stein hoch. Er ließ sich leicht herauslösen, und ich konnte sehen, daß er vor nicht allzu langer Zeit gelockert worden war. In dem Lichtkegel sah ich, daß die anderen Steine in der Nähe ebenfalls locker waren.

In diesem Moment war mir alles klar. Ich brauchte die Steine nicht herauszunehmen und die feuchte Erde aufzugraben. Ich brauchte nicht in dem übel riechendenBoden herumzuwühlen, um zu wissen, was darunter lag. Trotzdem riß ich die Steine heraus und grub meine Finger in die Erde. Nach einer Weile schob ich die Erde wieder zurück, plazierte die Granitblöcke so, wie ich sie vorgefunden hatte und lehnte mich mit dem Rücken gegen die Wand. Ich weiß nicht mehr, wie lange ich dort gesessen habe. Ich war wie gelähmt; unfähig zu denken; unfähig zu fühlen; umgeben von der feuchten und drükkenden Atmosphäre des jahrhundertealten Tunnels. Nach einer Weile legte ich meinen Kopf auf die Arme und fing zum ersten Mal seit Jahren an zu weinen. Denn ich hatte meinen Bruder gefunden – er lag ein paar Schritte weiter begraben.

14

Es war kalt in dem Tunnel dort unter jener Straße, von der die abergläubischen Einheimischen behaupteten, daß sie in der Dunkelheit von der klagenden Doña Maria heimgesucht wurde. Kalt, feucht und still. Irgendwo fielen Wassertropfen im Rhythmus des Sekundenzeigers einer Uhr, ansonsten herrschte völlige Stille. Ich saß da in der Dunkelheit mit dem Rücken an der Wand und war vor Trauer und Entsetzen derart gelähmt, daß mir die Zeit nichts bedeutete. Erst nach einer ganzen Weile wurde ein Funke in mir entfacht, und eine heißglühende Wut durchströmte meinen gesamten Körper. Dann wußte ich, was es hieß, verrückt zu werden. Ich stand auf und stürzte auf die Öffnung zu, die zu Arthurs Haus führte, und während ich durch die Dunkelheit stolperte, hatte ich nur einen Gedanken im Kopf – Rache. Und dann, als ich auf Händen und Knien dem Licht entgegenkroch, kehrte mein Verstand zurück. Ich konnte nicht blind und aufs Geratewohl Rache üben. Ich hatte zwar Arthurs Leiche gefunden, aber ich war der Wahrheit nicht näher als zuvor. Ich kroch rückwärts in den Tunnel zurück, stand auf und knipste die Taschenlampe an. Die Papierrolle in dem Messer. Arthur hatte sie dort versteckt, und der Mann, der Arthur und Joe Briggs umgebracht hatte, war sich nicht bewußt gewesen, daß er seine ersehnte Beute bereits in Händen gehalten hatte. Ich war mir sicher, daß der Mörder dem Geheimnis dieses Tunnels immer noch nicht auf die Spur gekommen war, doch ich mußte mich vergewissern.

Ein Stein unter einem primitiven Kreuz, dann 152 Schritte West über Nord. Wieder tanzte der Lichtstrahl über die schleimigen Wände, und ich bewegte mich vorwärts, wobei ich einen Bogen um die Stelle machte, wo mein Bruder lag. Ich bemühte mich um einen kühlen Kopf und untersuchte erst die eine, dann die andere Seite. Schließlich fand ich es. Zu meiner Linken, etwa in Schulterhöhe, war ein rechteckiger Stein in die Wand eingepaßt worden, dessen Diagonale etwas weniger als einen Meter maß. Kleinere Steine formten darüber ein grobes Kreuz. Plötzlich war ich von Geistern umgeben, von den Geistern der Indios, die vor langer Zeit hier gearbeitet und diese Steine zusammengefügt hatten, und von den Geistern jener, die später gekommen waren und mit einer schweren Last auf den Schultern 152 Schritte von dieser Stelle aus abgemessen hatten. Meine Beine waren länger, viel länger als die eines Mannes von normaler Größe. Ich verkleinerte meine Schritte und fing an zu zählen.

Einmal wurde ich auf einem Weg von Wut und Trauer überwältigt und verzählte mich; ich ging wieder zurück zu dem Stein und dem Kreuz und fing noch mal von vorne an. Einhundert – einhundertunddreißig – einhundertundfünfzig. Ich richtete den Lichtstrahl auf die Wand zu meiner Rechten und machte zwei weitere Schritte. Doch hier war die Wand auch nicht anders als an anderen Stellen – seit Jahrhunderten unberührt. Nirgendwo in einer Entfernung von dreißig Metern war auch nur die geringste Unebenheit zu sehen. Das Geheimnis blieb ein Geheimnis. Hinter diesen Steinen lag irgendwo das, was Arthur gesucht hatte, das, von dem er gehofft hatte, daß es uns die Freiheit gibt, die fernen Orte dieser Erde zu besuchen, das, was ihm schließlich den Tod gebracht hatte. Ich wollte es nicht. Von mir aus konnte es bis in alle Ewigkeiten dort bleiben. Doch es hatte Arthur den Tod gebracht, und jetzt würde es demjenigen, der Arthur umgebracht hatte, den Tod bringen. Bis zu dem Tag, an dem dieser Ort, wo unbekannte Männer ihren Schatz versteckt hatten, nicht länger ein Geheimnis war, würde der Mörder in der Nähe sein. Ich öffnete meine Faust und bewegte meine Finger. Lange Finger, lang und außergewöhnlich stark. Man würde nicht erst auf ein Exekutionskommando warten müssen. Ich drehte um und eilte zurück, wobei ich nur kurz neben dem flachen Grab meines Bruders verharrte. Dann stand ich wieder in der Sonne.

Penny saß in einem Sessel in der Nähe des Fahrstuhls in der Empfangshalle des Hotels Reforma mit einer Illustrierten auf dem Schoß. Sie trug ein blaßgrünes Leinenkleid und Leinenschuhe mit Absätzen, die alles andere als vernünftig waren. Sie las nicht. Sie beobachtete die

Tür, und als ich hereinkam, stand sie sofort auf und stürzte auf mich zu.

Sie bombardierte mich mit Fragen. »Haben Sie ihn gesehen? Geht es ihm gut? Will er wirklich, daß ich abreise?«

Ich mußte einen Moment lang nachdenken. Ich hatte Magnin völlig vergessen. Ich hatte nicht mehr an den Brief gedacht, den ich dem Portier auf meinem Weg zu Arthurs Haus zur Aufbewahrung gegeben hatte. »Ja«, sagte ich schließlich.

Ihre Augen studierten mein Gesicht. »Mitchell. Was ist los, Mitchell?«

»Nichts«, sagte ich. »Es geht ihm gut.«

»Ihr Gesicht«, sagte Penny. »Sie sind ganz blaß. Und Ihr Jackett ist voller Schmutz.«

»Er will, daß du nach Hause fährst«, sagte ich. »Sobald es ungefährlich ist, wird er dir schreiben.«

»Aber was ist mit Ihnen?«

»Ist deine Tante hier?«

Sie nickte. Ich stieg in den Fahrstuhl. Sie folgte mir und sah mich mit großen Augen an. Ihr Gesichtsausdruck glich dem eines verwirrten Kindes. Ich versuchte zu sprechen, doch die Worte wollten einfach nicht über meine Lippen kommen. Tief in meiner Kehle spürte ich einen Schmerz, der mir die Stimme raubte. Wir liefen den Flur entlang, wobei unsere Schritte auf dem dicken Teppich völlig geräuschlos waren, und dann fand ich mich auf dem Sofa im Wohnzimmer ihrer Suite wieder und starrte mit einem Glas Brandy in der Hand zum Fenster hinaus. Penny und ihre Tante standen vor mir, und ihre Augen waren voller Angst.

»Was ist denn los, Mitchell?« fragte Pennys Tante immer wieder. »Was ist los, mein Sohn?«

Dann schien sie es zu wissen, denn sie setzte sich neben mich, nahm mich in den Arm und legte meinen Kopf an ihre Schulter. »Armer, armer Junge«, sagte Pennys

Tante, und ihre kühlen Finger streichelten meinen Kopf. »Mein armer, lieber Junge.«

Ich fühlte mich jetzt nicht mehr so einsam. Nach einer Weile setzte ich mich auf, leerte mein Glas, und dann war ich wieder in der Lage, ruhig zu sprechen.

»Arthur ist tot«, sagte ich. »Ich habe seine Leiche gefunden.« Und ich erzählte ihnen von dem Loch im Hof, von dem Tunnel und den losen Steinen, über die ich gestolpert war.

Molly Gage saß auf der einen Seite, ihren Arm fest um meine Schultern gewickelt, Penny auf der anderen. Erst nach einer ganzen Weile merkte ich, daß sie meine rechte Hand zwischen ihren beiden kleinen Händen hielt.

Molly Gage füllte mein Glas von neuem, doch diesmal füllte sie noch zwei weitere Gläser und gab eins davon Penny. »Wer hat das getan, Mitchell?« fragte sie. Sie saß jetzt vor mir in einem Sessel und sah mich an.

»Ich weiß es nicht.«

»Fangen Sie am Anfang an«, sagte Pennys Tante. »Erzählen Sie mir alles. Vielleicht kann ich dann die Zusammenhänge sehen.«

Ich fing an. Als ich ihr von dem Überfall am Pferd erzählte, wollte sie etwas sagen, doch dann winkte sie ab, und ich fuhr fort. »Das ist alles«, sagte ich.

Sie schenkte uns noch mehr Brandy ein, und dann stand sie mit der Karaffe in der Hand vor mir und sah zu mir herunter.

»Drei Dinge sind offensichtlich.«

Ich wartete. So ein liebenswertes Gesicht, dachte ich, während ich zu ihr hochsah. Gütig und klug und schön. Eine ältere Penny. Eine klügere Penny. Würde das Mädchen in ein paar Jahren auch so sein? Penny war sehr still, so still, daß sie nicht einmal zu atmen schien. Ich spürte den Pulsschlag in ihren Fingern.

»Die Tänzerin – Dorothy – sie weiß Bescheid«, sagte

Pennys Tante. »Sie weiß, daß Ihr Bruder tot ist, dessen bin ich mir sicher.«

»Aber er hat ihr im Dezember aus Vera Cruz geschrieben«, sagte ich. »Das weiß ich mit Sicherheit.«

Sie bewegte ihre Hand, als wolle sie die Existenz dieses Briefes beiseite wischen. »Zweitens: Joe Briggs ist umgebracht worden, weil er zu demselben Schluß über Miss Allen gekommen ist. Nur daß er Beweise hatte.«

»Und drittens?«

»Ich habe nie jemanden angeheuert, um Penny zu beschatten«, sagte Molly Gage.

15

»Es gibt nur eins, was wir tun können«, sagte Pennys Tante. Sie wartete nicht erst meine Frage ab. Sie ging zum Schreibtisch, zog ein Telefonbuch heraus und blätterte durch die Seiten.

»Wie heißt dieser Madero mit Vornamen?«

»José Manuel«, sagte ich. »Und das ist das falsche Telefonbuch. Er steht im Ericksen-Verzeichnis.«

Sie zog das andere Telefonbuch heraus. »Besser, wenn Sie ihn anrufen, Mitchell. Ich bringe nur die Vermittlung durcheinander.«

Penny zog ihre Hände zurück. Ich ging zum Schreibtisch.

»Sagen Sie ihm, daß er herkommen soll«, sagte Pennys Tante. »Das hätten Sie gleich nach Ihrer Ankunft tun sollen.«

Ich gehorchte. Ich stellte ihre Anweisung nicht in Frage, denn ihre Stimme hatte eine Qualität, die mich davon überzeugte, daß es das Richtige war, daß es das einzige war, was ich tun konnte. Er war nicht zu Hause. Ich sagte seiner Frau, wo ich mich aufhielt, und bat sie, ihn für mich zu finden. Dann rief ich im Palast an und hinterließ dort ebenfalls eine Nachricht für ihn. Ich saß am Schreibtisch, starrte auf das Telefon und fragte mich, wo der kleine Mann wohl war.

»Wir werden warten«, sagte Pennys Tante. Sie ging ins Schlafzimmer, kam mit dem Schachbrett zurück und legte es auf den Couchtisch. Ich half ihr, die Figuren aufzustellen, und versteckte einen Bauern in jeder Hand. Sie zeigte auf meine rechte Hand. Ich öffnete sie. »Ich verteidige«, sagte ich.

Sie setzte ihren Bauern auf Königs vier. Ich konterte mit dem Springer auf meiner Königsseite.

»Alekhines Verteidigung«, sagte sie. »Jedesmal, wenn Sie sie anwenden, gewinnen Sie.« Sie zog eine Augenbraue hoch. »Sind Sie sich der Tatsache eigentlich bewußt, daß alles, was Sie in diesem Fall getan haben, richtig war, Mitchell? Genau wie diese Verteidigung.«

»Es war unbewußt«, sagte ich. »Abgesehen davon war nicht alles richtig, was ich gemacht habe. Ich bin herumgeirrt und über Dinge gestolpert.« Der Schmerz kehrte zurück wie ein Messerstich, und ich schloß die Augen.

»Ihr Zug«, sagte Pennys Tante.

Ich hatte vierzehn Züge gemacht, als das Telefon klingelte. Penny stand auf und nahm den Hörer ab. »Schikken Sie ihn gleich rauf«, sagte Penny.

Molly Gage nahm mir meine Dame weg. »Schach!«

Ich studierte das Schachbrett. Ich studierte es immer noch, als Madero an die Tür klopfte. Wir standen auf, und Molly Gage bat ihn einzutreten.

Er nickte uns zu, schloß die Tür hinter sich, durchquerte das Zimmer und blickte auf das Schachbrett hinunter. »Schwarz sollte die Dame mit dem König schlagen«, sagte er. »Und nicht mit dem Turm, richtig?«

»Richtig «, antwortete Molly Gage.

Ich machte sie miteinander bekannt, und er verbeugte sich mit einem Lächeln. »Es ist mir ein großes Vergnügen«, sagte Madero.

»Setzen Sie sich, Mr. Madero«, sagte Molly Gage. »Brandy?«

»Danke.« Er nippte seinen Brandy und schüttelte den Kopf. »Bald gibt es nichts mehr davon, was? Bald gibt es nur noch mexikanischen Brandy. Eins der Kreuze, die wir tragen müssen, wenn eine Demokratie zugrunde geht. Sie wollten mich sprechen?«

Molly Gage nickte. »Erzählen Sie es ihm, Mitchell.«

Wieder erzählte ich meine Geschichte. Vieles wußte er bereits. Vieles wußte er noch nicht. Er saß nach vorne gebeugt, nippte an seinem Drink und starrte auf die schwarzen und weißen Figuren auf dem Schachbrett, als wäre das unvollendete Spiel von größerer Bedeutung als das, was ich zu sagen hatte.

Dann war ich fertig. Meine Kehle war trocken, und ich spürte den nagenden Scherz der Trauer. Molly Gages Augen sahen mich voller Zärtlichkeit und Mitgefühl an. Ich sah zu Penny und entdeckte Tränen in ihren Augen.

»Ich könnte Sie einen dummen Jungen schimpfen«, sagte Madero mit sanfter Stimme. »Aber nein. Ich kann Sie verstehen, Dr. Drake. Ich glaube, ich hätte auch vieles zurückgehalten. Doch egal. Wir haben noch Zeit. Wir haben Zeit, solange die Wand unberührt bleibt, solange die Steine ihr Geheimnis bewahren. Haben Sie den Brief an das Mädchen?«

Ich zog ihn aus meiner Brieftasche. Er warf einen Blick auf den Brief, nickte und gab ihn mir zurück. »Das Mädchen hat Ihnen den Brief gegeben?«

»Sie hat ihn John Aldrich gegeben.«

»Sind Sie sicher, daß Ihr Bruder den Brief geschrieben hat?«

»Ziemlich sicher.«

»Wie lange kennen sich Mr. Aldrich und Miss Allen schon?«

»Sie ist erst vor kurzem mit dem Brief zu ihm gekommen. Er hat mir sofort geschrieben, daß ich nach Mexiko kommen solle. Zumindest behauptet er das.«

»Wie steht es mit Ruiz und Amaro? Wie gut kennt Miss Allen die beiden?«

»Das kann ich nicht sagen. Sie sind oft im El Toro.«

Er hörte nicht auf, mich mit Fragen zu bombardieren. Er wollte alles wissen. Fragen, die auf die ferne Vergangenheit zielten, auf die jüngere Vergangenheit und auf die Gegenwart. Fragen über Magnin und Paul Brent. Die ganze Zeit über ruhten seine Augen auf dem unvollendeten Schachspiel, und sein Interesse an den kleinen Figuren schien so groß, daß ich mich fragte, ob er meine Antworten überhaupt zur Kenntnis nahm. Dann hörten die Fragen auf. Im Zimmer herrschte Stille.

»Es ist etwas klarer«, sagte er dann. »Aber immer noch nicht klar genug. Immer noch verwirrend.« Er leerte sein Glas. »Das ist ein phantastischer Brandy.«

Molly Gage schenkte nach. Auf ihren Lippen war die Spur eines Lächelns zu erkennen. »Stimmt es, daß Sie stricken?«

Er nickte lebhaft »Warum nicht? Man braucht nicht zu denken, wenn man strickt. Ich meine, man braucht nicht über die Bewegung seiner Hände nachzudenken.« Er berührte das Schachbrett. »Das hier verlangt den Einsatz des gesamten Verstandes. Ich stricke und lese Krimis und spiele Schach mit meinen Töchtern, und dann kann ich klar denken. Mein Großvater. Ich habe diesen Trick von ihm gelernt.«

»Wissen Sie, wer der Mörder ist?« Penny sprach zum ersten Mal.

Er betrachtete sie mit ernster Miene. »Zwei Dinge stören mich. Zum einen der Überfall am Pferd. Ich kann da keinen Zusammenhang mit dem Mord sehen. Und wer hat Dr. Drakes Zimmer in Woodland durchsucht?« Er warf die Hände in die Luft. »Es ergibt keinen Sinn. Es sei denn –«

»Es sei denn, was?« fragte Peny ein bißchen atemlos. Sie schien die Antwort zu fürchten.

Er zuckte die Achseln. »Schon gut.«

Ich dachte über die ganze Angelegenheit nach, als das Telefon klingelte. Molly Gage nahm den Hörer ab. »Für Sie«, sagte sie zu Madero.

Vorsichtig stellte er sein Glas auf den Tisch. Dann hob er es schnell wieder hoch, wischte mit seinem Taschentuch über den Boden des Glases, wobei er mir einen wissenden Blick zuwarf, stand auf und ging ans Telefon. »Bueno«, sagte er.

Drei Augenpaare beobachteten ihn. Die Falten auf seiner Stirn wurden immer tiefer. Er steckte seine rechte Hand in die Tasche, zog sein Zigarettenetui heraus und schnippte mit jener schnellen Geste, die mich immer wieder verblüffte, eine Zigarette in seinen Mund. Er steckte sie jedoch nicht an. Dann legte er den Hörer auf.

»Eine Schießerei«, sagte er. »Noch eine Sache, über die ich mir den Kopf zerbrechen muß. Ihr Freund, Mr. Magnin, man hat auf ihn geschossen.«

Penny stöhnte. Sie setzte sich hin und vergrub ihr Gesicht in den Händen. »Ich habe ihn umgebracht«, schluchzte sie. »O mein Gott, ich habe ihn umgebracht.«

16

Selbst wenn Penny die Männer, die Magnin aus dem Weg haben wollten, nach Mexiko geführt hatte, so hatte sie ihn doch nicht umgebracht. Er war nicht tot, und sein Entrinnen hatte er dem Schutzheiligen der Gauner, Trunkenbolde und Narren zu verdanken. Zwei Kugeln hatten seinen Körper durchbohrt, und beide hatten sein Herz nur knapp verfehlt.

»Mitten durch die Brust«, sagte Madero, als er sich

vom Telefon abwandte. »Der Arzt ist ziemlich aufgeregt. Er ist ein leidenschaftlicher Schütze. Er hat gesagt, daß er noch nie so einer Treffsicherheit begegnet ist.«

»Hören Sie auf«, sagte Penny. »Bitte, hören Sie auf.«

»Ich bitte um Verzeihung«, sagte Madero. »Ich muß jetzt gehen. Vielleicht möchten Sie mit mir kommen?« An seinem Ton erkannte ich, daß er mich dabeihaben wollte.

»Ja«, sagte ich. Ich tätschelte Pennys Schulter, und wir gingen hinaus in den Flur. »Wer?« fragte ich.

Er zuckte die Achseln. »Niemand scheint es zu wissen.« Er neigte seinen Kopf zur Seite. »Vielleicht können Sie einen Vorschlag machen.«

»Vielleicht«, sagte ich, aber ich machte keinen.

Vor Amaros Appartementhaus hatte sich eine Menschenmenge angesammelt, aber niemand schien besonders aufgeregt. Schließlich war es nur eine Schießerei gewesen, nichts, über das man sich aufregen mußte. Nur ein Mann ist angeschossen worden, und der war nicht einmal tot. Sie zuckten mit den Schultern, rauchten ihre Zigaretten und standen im Weg herum. Eine alte Frau hatte ihren Holzkohlengrill herangekarrt und verkaufte Tacos an die Schaulustigen.

Wir bahnten uns unseren Weg durch die gutgelaunte Menge zu den Treppenstufen, vor denen zwei Polizisten auf die kleine Blutpfütze zu ihren Füßen starrten. Sie legten respektvoll die Finger an ihre Mützen.

»Wer hat es gesehen?« fragte Madero.

Einer der Polizisten zeigte mit dem Daumen zur Tür. »Ein Gentleman namens Amaro. Unser Vorgesetzter spricht gerade mit ihm. Und der da.« Er zeigte auf einen knochigen Jungen mit fettigen schwarzen Haaren und einer dreckverschmierten Nase, der auf seiner Schuhputzbank hockte. Der Junge sprang auf.

»Ich hab's gesehen. Genau da hab' ich gestanden.« Er zeigte auf eine Stelle ein paar Meter weiter. Die Kugeln sind an mir vorbeigesurrt wie die Bienen. In dem Moment hätte ich keinen *tostón* für mein Leben gegeben.«

»Erzähl's mir«, sagte Madero. Er hockte sich neben den Jungen, gab ihm eine Zigarette und steckte sich selber eine an.

»Schuheputzen?« fragte der Junge.

»Nein, danke. Im Moment nicht.«

»Ihre Schuhe sind schmutzig«, sagte der Junge.

»Nein«, sagte Madero.

»Ich hab' da drüben gesessen«, sagte der Junge. »In der Sonne. Zwei Gentlemen kamen aus der Tür da und sind oben auf den Stufen stehengeblieben. Bumm, bumm. Einer von den beiden ist die Treppe runtergerollt wie ein Bierfaß.«

»Und du?«

»Ich hab' plötzlich in der Sonne gelegen«, sagte der Junge.

»Hast du den Täter gesehen?«

»Nur ganz kurz. Es war ein Mann. Er war« – der Junge schnippte mit den Fingern – »sofort verschwunden.«

»Du bist eine große Hilfe«, sagte Madero. »Die Regierung sollte dich auszeichnen.«

»Ach, das war doch gar nichts. Wie Bienen sind die Kugeln an mir vorbeigerauscht.«

»Wo hat der Mann gestanden? Der mit der Waffe?«

»Da hinten.« Der Junge zeigte auf die andere Straßenseite Richtung Osten. »Im Schatten des Hauseingangs.«

»Dann sind die Kugeln im Bogen geflogen, um an deinem Ohr vorbeizurauschen?«

Der Junge grinste. »Der Señor hat keinen Glauben?«

»Doch, den hat er«, sagte Madero.

»Ich trag' ein Medaillon«, sagte der Junge. »Das Medaillon mit dem Schutzheiligen der Schuhputzer.« Sein Grinsen wurde noch breiter.

»Na, du bist mir einer«, sagte Madero. Er stand auf, und ich folgte ihm nach oben.

Ruiz war nicht mehr da. Amaro war mit einem Polizisten alleine in der Wohnung. Als er mich sah, verdüsterte sich sein Gesicht, und er grummelte irgend etwas Unverständliches. Nach seinem Blick zu urteilen, gab er mir die Schuld für das, was geschehen war. Ich ließ ihm seine Meinung. Der Polizist salutierte, als er Madero sah.

»Guten Tag«, sagte der Beamte.

»Ich bin José Manuel Madero«, sagte Madero zu Amaro.

»Ja.« Man konnte sehen, daß Amaro das bereits wußte.

»Ihr Freund. Warum hat man auf ihn geschossen?«

Amaro zuckte die Achseln. »Das weiß ich nicht.«

»Haben Sie den Mann gesehen?«

»Nur kurz. Er war zu weit weg. Auf der anderen Straßenseite.«

»Ein phantastischer Schuß«, sagte der Polizist. »Ein bemerkenswerter Schuß. Mindestens fünfzig Meter. Mit einer Pistole. Hah! Genau am Herz vorbei. Man hätte beide Löcher mit einer Pesomünze abdecken können.«

»Würden Sie den Mann wiedererkennen, wenn Sie ihn sehen?« fragte Madero.

»Nein«, sagte Amaro. »Wir waren in ein Gespräch vertieft, Magnin und ich. Dann fielen zwei Schüsse. Magnin rollte die Treppe hinunter, und ich sah einen Mann wegrennen.«

»In welche Richtung?«

»Richtung Osten.«

»Ein junger Mann?«

»Woher soll ich das wissen?«

»Was jetzt?« fragte der Polizist.

»Wir haben genug von Mr. Amaros Zeit in Anspruch genommen. Wir werden ihn jetzt alleine lassen.« Madero verbeugte sich. »Ich danke Ihnen.«

»Nichts für ungut«, sagte Amaro.

Im Flur verzog Madero sein Gesicht. »Das paßt auch nicht ins Bild«, sagte er. »Es wird alles immer verwirrender, und das paßt mir gar nicht.« Er sprach mit dem Polizisten. »Behaltet ihn im Auge.«

»Natürlich«, sagte der Polizist. Wir gingen wieder hinunter. Die Menge hatte sich inzwischen fast aufgelöst. Die alte Frau stand aber immer noch da und bereitete Tacos zu, und auch der Schuhputzjunge war noch in der Nähe. Auf dem Gehsteig lief ein Mann mit einem kleinen Sarg auf der Schulter an uns vorbei. Ich erinnerte mich an Paul Brents Aversion gegen Särge und Stierkämpfe, und mußte zum ersten Mal seit Stunden lächeln.

»Ich werde mit Mr. Magnin sprechen müssen«, sagte Madero. »Ich fürchte, das wird wohl eine Weile dauern. Eine Stunde, vielleicht zwei. Dann muß ich mich noch um ein paar andere Dinge kümmern. Die Dienstboten Ihres Bruders. Mit denen muß ich auch sprechen.«

»Ich glaube nicht, daß die meinen Bruder umgebracht haben«, sagte ich.

»Ich auch nicht. Kommen Sie. Ich setze Sie vor Ihrem Hotel ab.«

»Danke«, sagte ich.

»Und wenn Sie Miss Allen sehen, sagen Sie ihr nicht, daß Sie die Leiche Ihres Bruders gefunden haben.«

»In Ordnung.«

Ich war furchtbar müde. Ich wollte den Strahl einer heißen Dusche auf meinem Körper spüren, mich auf dem Bett ausstrecken und schlafen, obwohl ich wußte, daß ich nicht einschlafen würde. Ich fühlte mich, als würde ich nie wieder einschlafen können. Ich holte meinen Schlüssel von der Rezeption und stand mit geschlossenen Augen im Fahrstuhl. Jetzt, da die Aufregung über Magnins Unglück vorbei war, war ich keiner Empfindung mehr fähig. Ich steckte den Schlüssel ins Schloß, öffnete die Tür und trat in das dunkle Zimmer. Meine

Finger fanden den Lichtschalter und knipsten ihn an. Dann stolperte ich rückwärts gegen dieTür.

Ausgestreckt auf meinem Bett lag der Mann mit dem Engelsgesicht. Er hielt eine Pistole in seiner Hand und lächelte.

»Hallo, Mitchell«, sagte er. »Sie haben Besuch.«

17

»Sie waren nicht da, und das Badezimmerfenster stand offen«, sagte er, während er sich aufsetzte und sich streckte. »Wie können Sie diese merkwürdigen Zimmer ertragen, die keinen Blick nach draußen haben?«

»Sie sind billig«, sagte ich. »Die Polizei sucht nach Ihnen.«

»Wie nett von denen.«

»Sie werden Sie finden.«

»Sie werden die Bahnhöfe und die Flughäfen und die Straßen überwachen«, sagte Paul. »Aber die werden kaum drauf kommen, in Ihrem Zimmer nachzusehen.«

Ich setzte mich auf die Bettkante. Die Waffe lag in meiner Reichweite, und er hatte die Arme hinter dem Kopf verschränkt.

»Ich habe Ihnen einen Gefallen getan, Mister. Sie sollten mir dankbar sein.«

»Ihre Schüsse waren ein bißchen zu weit rechts«, sagte ich. »Er ist nicht tot. Und ich glaube kaum, daß er sterben wird.«

»Verdammt«, sagte er.

»Sie können mir jetzt genausogut erzählen, wer Sie wirklich sind«, sagte ich.

»Paul Brent«, sagte er.

»Von der Argosy Detective Agency«, sagte ich.

»Nein. Ich habe die Visitenkarten für alle Fälle drukken lassen. Ein Mann, der einen anderen verfolgt, braucht hin und wieder eine gute Entschuldigug.«

»Was haben Sie mit dem Tod meines Bruders zu tun?« Die Waffe lag mit dem Kolben zu mir. Ich brauchte nur meine Hand auszustrecken und sie zu greifen.

»Tot?«

»Ich hab' seine Leiche heute gefunden.«

Ein Schatten legte sich über sein Gesicht. Er blickte mich ernst an. »Das tut mir leid, Mister.«

»Welche Rolle spielen Sie in der ganzen Sache?«

»Überhaupt keine.«

Er erwartete, daß ich ihm glaubte. Konnte ich ihm glauben? Ich starrte ihm in die Augen und sagte: »Ja, das habe ich mir gedacht, deswegen habe ich mir auch nicht Ihre Pistole geschnappt.«

Sein Lachen klang hohl, ohne jeden Humor. »Ich mag Sie, Mister. Ich mag nicht viele Leute. Das ist einer der Gründe, warum ich hier bin. Ich bin vorbeigekommen, um mich zu verabschieden und um zu sehen, ob ich nicht ein paar kleinere Jobs für Sie erledigen kann, bevor ich abhaue.«

»Drei Dinge verwirren Madero«, sagte ich. »Irgend jemand hat mein Zimmer in Woodland durchsucht. Er versteht das nicht. Er versteht auch nicht, warum ich am Pferd überfallen worden bin. Und er versteht das Attentat auf Magnin nicht. Er sagt, daß ihn diese Dinge verwirren würden. Er sagt, daß sie nicht ins Bild passen.«

»Ich habe Ihr Zimmer in Woodland durchsucht«, sagte Paul. »Ich habe erfahren, daß Sie Magnin kennen. Er ist aus Woodland verschwunden, also habe ich mir Ihre Sachen angesehen. Ich wollte sehen, ob er Ihnen vielleicht geschrieben hat. Doch der einzige Brief, den ich finden konnte, war der von Ihrem Bruder. Es tut mir leid.«

»Ist schon gut.«

»Und es tut mir auch leid wegen der Beule an Ihrem Kopf. Ich hab' die drei Jungs angeheuert, um Sie ein bißchen aufzumischen, damit ich einschreiten und Sie retten konnte. Ich wollte Ihr Vertrauen gewinnen. Es hat funktioniert. Wissen Sie über die Sache mit Magnin Bescheid?«

»Nicht ganz«, sagte ich. »Sind Sie angeheuert worden, um ihn zu erledigen?«

Seine Stimme klang sehr sachlich. Meine Beschuldigung verärgerte ihn nicht. »Ich töte nicht für Geld. Das müßten Sie sich inzwischen denken können. Wenn ich töte, dann aus einem guten Grund.«

»Und der wäre?«

»Es ist lange her.« Pauls Worte waren voller Bitterkeit. »Haben Sie sein Buch gelesen?«

»Ja.«

»Erinnern Sie sich an die Geschichte über den Streik der Hafenarbeiter in New York? Sechs Männer sind in dem Durcheinander umgekommen. Und einem haben sie den Rücken gebrochen. Vier sind im Gefängnis gelandet. Ich bin einer von denen, die im Gefängnis waren. Sie können mir jetzt eine Zigarette anbieten.« Ich zog eine aus meiner Schachtel und gab ihm Feuer. »Danke. Fünf Jahre, Mister. Und der Mann, dem sie den Rücken gebrochen haben, war mein Vater. Haben Sie jemals einen Mann mit einem gebrochenen Rücken gesehen? Er ist nicht tot, aber besser wäre es für ihn. Meine alte Mutter kümmert sich um ihn. Meine Mutter und die Nachbarn. Als ich im Gefängnis war, mußte sie arbeiten gehen, damit sie was zum Essen hatten.«

Ich sagte nichts. Ich streckte mich am Fußende des Bettes aus und beobachtete ihn durch den Zigarettenqualm. Er wirkte überhaupt nicht mehr engelhaft. Er wirkte müde und verbittert.

»Wir waren keine Roten«, sagte Paul. »Nicht ein einziger von uns. Sie schubsten uns auf den Docks herum, und dann tauchte ein Typ namens Joe Stein auf und zettelte einen Aufstand an. Mein Vater hat versucht, ihn aufzuhalten. Er hat das alles kommen sehen. Er hat erkannt, was für ein Typ dieser Stein tatsächlich war.« Er zuckte die Achseln. »Dann ist es trotzdem passiert. Als ich aus dem Knast kam, hab' ich angefangen, nach Stein zu suchen. Dasselbe taten eine Menge anderer. Dann schrieb Magnin sein Buch, und wir wußten, er war Stein.«

Er lehnte seinen Kopf gegen die Wand und starrte eine Weile schweigend zur Decke hoch. »Wir haben die Sache besprochen«, fuhr er fort. »Die Jungs, die mit mir im Knast waren, die Angehörigen der Toten und die Jungs, die das alles mit durchgemacht hatten. Ich hab' ihnen angeboten, ihn zu erledigen.« Er nahm seine Pistole und balancierte sie auf seinem Handteller. »Wir haben seine Spuren bis nach Woodland verfolgt. Wir haben rausgefunden, daß er diesem Mädchen dorthin gefolgt ist. Dann haben wir ihn verloren. Den Rest kennen Sie.«

»Wer hat Ihnen erzählt, daß Magnin nach Mexiko gereist ist?«

»Niemand«, sagte Paul. »Das Mädchen, Penny Gage, hat ein Schließfach in der Post von Woodland gemietet. Eines Abends hab' ich mir Zugang zu dem Schließfach verschafft und einen Brief von Magnin aus Mexico City gefunden. Also bin ich hergekommen. Aber ich konnte ihn nicht finden. Dann sind Sie aufgetaucht und etwas später das Mädchen, und von da an war es ein Kinderspiel. Sie haben mir gesagt, wer seine Freunde sind. Heute nachmittag hab' ich mich in der Nähe von Amaros Appartementhaus herumgetrieben, und schließlich sind sie rausgekommen, und ich hab's ihm gegeben. Sind Sie sicher, daß er leben wird?«

»Der Arzt hat es gesagt.«

»Das muß am Winkel gelegen haben«, sagte Paul. »Auf die Entfernung hätte ich nicht danebenschießen dürfen.«

»Und jetzt?«

»Ich muß meinen Job zu Ende führen, Mister.«

»Sie haben nicht die geringste Chance«, sagte ich. »Madero ist Ihnen auf den Fersen. Ich hab' Madero von Ihnen erzählt und wie Sie aussehen. Ich wußte ja nicht Bescheid.«

»Ich hätte es Ihnen sagen sollen«, sagte Paul. »Aber zerbrechen Sie sich nicht den Kopf über mich. Sie haben schon genug Sorgen. Wo haben Sie Ihren Bruder gefunden?«

»In einem Tunnel unter seinem Haus.«

»Das Haus in der Calle Santa Maria?« Er sah die Überraschung in meinem Blick. »Ich bin Ihnen dahin gefolgt. Ich hab' Ihnen ja gesagt, daß ich dachte, Sie und Magnin wären Freunde.«

»Das ist das Haus«, sagte ich.

»In einem Tunnel?«

»Es ist ein alter Tunnel, der vom Kloster zur Kirche führt.«

»Erzählen Sie mir den Rest«, sagte Paul.

Ich setzte mich auf und streckte meine Beine. Es war heiß in dem Raum, heiß und stickig. Ich dachte an Molly Gages Bemerkung über die Alekhine-Verteidigung. Was sie gesagt hatte, stimmte eigentlich gar nicht. Es war eher so, daß ich nach wie vor im dunkeln tappte. Ich ließ mich ohne Sinn und Ziel von den Ereignissen herumschubsen. Aber bis jetzt hatte es funktioniert. Also erzählte ich ihm alles. Ich erzählte ihm von dem alten Buch und von der Papierrolle in dem Messergriff. Die Angaben auf dem Stück Papier behielt ich jedoch für mich. Dann erzählte ich ihm von dem Schatz und von dem Loch im Garten und von den losen Steinen im Tunnelboden.

»Also ist der Schatz immer noch da unten«, sagte Paul.

»Ja.«

»Und der Mörder wird ihn weiterhin suchen?«

»Ich glaube schon.«

»Das glaub' ich auch«, sagte Paul. »Wir brauchen nur zu warten. Warten und die Augen offenhalten. Es ist ein Kinderspiel, Mister.«

»Ich weiß, was Sie in bezug auf Magnin empfunden haben«, sagte ich. »Sie wollten es alleine erledigen. Mir geht es genauso.«

»Aber vermasseln Sie's nicht«, sagte Paul. »Machen Sie's nicht so wie ich.«

»Ich werde aufpassen.« Ich warf einen Blick auf meine Uhr, sah, daß es schon nach sechs war, und griff nach dem Telefonhörer. Ich gab der Vermittlung Dorothys Nummer und hörte dann ihre Stimme am anderen Ende der Leitung. »Hier ist Mitchell Drake«, sagte ich.

»Hallo, Mitch Liebling.«

»Ich komme um sieben vorbei«, sagte ich. »Ich hab' Ihnen etwas mitzuteilen.«

»Was? Über Arthur?« Ihre Stimme klang schwach.

»Indirekt«, sagte ich. »Ich glaub', ich hab' ein Stück von dem Buch.«

Ich hörte, wie sie aufgeregt die Luft anhielt. »Warten Sie auf mich«, sagte ich und legte auf.

Paul stand neben dem Bett und streckte sich. »Ich gehe jetzt.«

»Wohin?«

»Ich weiß einen Ort, wo ich mich verstecken kann. Ein schönes Plätzchen.« Er lächelte.

»Verlassen Sie die Stadt«, sagte ich. »Haben Sie genug Geld?«

»Mehr als genug. Und Sie?«

»Ausreichend.«

»Und machen Sie keinen Narren aus sich«, sagte Paul. »Wegen diesem Mädchen. Penny Gage.«

»Ich werde mir Mühe geben. Und lassen Sie die Finger von Magnin. Sie haben nicht die geringste Chance.«

Er zuckte die Achseln. »Mag sein. Aber ich kann's versuchen.«

»Sie werden Probleme haben, das Land zu verlassen.«

»Es gibt immer Boote, wenn ich eins brauche«, sagte Paul. »Sie vergessen, daß ich ein Hafenarbeiter war. Vera Cruz ist nicht so weit entfernt.« Er steckte die Waffe in seine Tasche und streckte mir seine Hand entgegen. »Viel Glück, Mister.« Seine Stimme war voller Zuneigung. Ich fühlte mich ihm sehr nahe. Ich hatte einen Freund gefunden.

»Danke, Paul.«

»Lassen Sie sich nicht unterkriegen.«

»Ganz bestimmt nicht.«

Er drückte meine Hand und war verschwunden.

18

Dorothy Allen hatte Besuch. Ich erkannte es am Ton ihrer Stimme, als wir über die Sprechanlage ihres Wohnhauses ein paar Worte wechselten. Sie drückte den Summer, der die Haustür öffnete, und als ich nach oben kam, wartete sie im Flur vor ihrer Wohnung auf mich. Sie legte ihren Finger an die Lippen. Ich blickte an ihr vorbei und sah Madero auf dem Sofa sitzen.

»Die Tage vergehen, ohne daß ich eine Menschenseele zu Gesicht bekomme«, sagte sie fröhlich. Sie hielt sich an meinem Arm fest. »Und dann besuchen mich zwei Gentlemen fast zur gleichen Zeit.« Sie machte die Tür zu.

Es war ein altes Mietshaus mit hohen Fenstern, die auf die Straße führten. Ihre Wohnung bestand aus einem einzigen Raum, von dem eine Ecke durch einen schiefen Vorhang abgeteilt war. Dahinter konnte man einen Gasherd und ein paar Töpfe und Pfannen sehen. Auf einer Kommode zwischen den beiden Fenstern stand ein Bild von Arthur, davor eine winzige Vase mit einer einzelnen Blume.

»Es wird nicht lange dauern«, sagte Madero. »Macht es Ihnen etwas aus, Dr. Drake? Ich habe nur ein paar Fragen zu stellen.« Er saß sehr steif auf dem Sofa, und seine Füße berührten kaum den Boden. Dorothy setzte sich auf die Armlehne des abgewetzten Sessels, in dem ich Platz genommen hatte. Ich spürte den Druck ihrer Finger auf meiner Schulter.

»Nur zu«, sagte ich.

»Es hat eine Schießerei gegeben«, sagte Madero. »In der Tat eine sehr merkwürdige Schießerei. Kennen Sie Mr. Amaro, Miss Allen?«

Sie sah den kleinen Mann mit gerunzelter Stirn an. Ihre Finger gruben sich in meine Schulter. »Flüchtig.«

»Mr. Amaro war heute mit Mr. Magnin zusammen. Als Mr. Amaro und Mr. Magnin das Appartementhaus verließen, in dem Mr. Amaro wohnt, hat jemand auf Mr. Magnin geschossen. Kennen Sie ihn auch?«

»Ich habe ihn kurz kennengelernt.«

»Vielleicht können Sie mir helfen.«

»Nein.« Ihre Stimme klang sehr leise.

»Aber sie waren Stammkunden im El Toro?«

»Ich habe sie dort ein- oder zweimal gesehen.«

»Und Mr. Ruiz? Haben Sie ihn auch dort gesehen?«

Sie nickte. Ich spürte, daß sie zu mir heruntersah. Ich starrte auf meine Hände.

»Oft?« fragte Madero.

»Ziemlich oft. Ich glaube, Mr. Ruiz hat ein spezielles Interesse am El Toro.«

»So?« Er zögerte, als überlegte er, was er als nächstes sagen sollte. Dann fuhr er fort. »Sie waren eine Freundin von Dr. Drakes Bruder?«

»Er –« Ihre Stimme schien voller Angst. »Sie haben ihn gefunden? «

»Nein, Miss Allen. Wir haben ihn nicht gefunden.«

»Glauben Sie, daß er was mit der Schießerei zu tun hat?«

»Es hat einen Mord gegeben.« Maderos Stimme war so ausdruckslos wie sein Gesicht. »Und heute diese Schießerei. Dr. Drakes Bruder zieht es vor, uns aus dem Weg zu gehen. Was soll man da denken, Miss Allen?«

»Nein, er hat es nicht getan«, schrie sie fast.

»Vielleicht nicht. Wann haben Sie ihn zum letzten Mal gesehen?«

»Ende Oktober.«

»Seitdem nie wieder?«

»Nein.«

»Hat er sich mit Ihnen in Verbindung gesetzt?«

Sie gab mir mit ihren Fingern ein Zeichen. Ich sagte: »Erzähl's ihm, Dorothy.«

»Ja«, sagte Dorothy. »Im Dezember. Er hat mir im Dezember geschrieben.«

»Haben Sie den Brief noch?« fragte Madero.

»Ich habe ihn«, sagte ich und fragte mich, worauf er hinauswollte. Ich zog ihn aus meiner Brieftasche, durchquerte das Zimmer, händigte ihm den Brief aus und kehrte zu meinem Sessel zurück. Dorothy legte wieder ihre Hand auf meine Schulter.

»Dieser Brief ist letztes Jahr geschrieben worden?«

»Letztes Jahr im Dezember.«

»Hier steht 28. Dezember, aber nicht das Jahr«, sagte Madero.

»Ich habe ihn am 1. Januar dieses Jahres erhalten.«

Er studierte den Brief. »Vera Cruz. Er hat ihn von dort aus geschrieben?«

»Ja.«

»Was hat er in Vera Cruz gemacht?«

»Ich weiß es nicht.«

»Dann ist er nach allem, was Sie wissen, vielleicht noch dort?«

»Ich weiß nicht, wo er ist.« Sie war den Tränen nahe, und ihre Stimme war kaum hörbar.

»Merkwürdig«, sagte Madero. »Sehr merkwürdig.«

»Finden Sie ihn«, schrie Dorothy schluchzend. »Bitte finden Sie ihn.«

»Wir versuchen es, Miss Allen.«

»Ich will alles tun, um Ihnen zu helfen. Ich weiß, daß er nichts Unrechtes getan hat. Mitchell hat mir gesagt, daß Sie ihn suchen, aber ich weiß, daß er nichts Unrechtes getan hat.«

»Wir werden sehen.« Madero stand auf. »Ich danke Ihnen, Miss Allen. Kann ich diesen Brief für ein oder zwei Tage behalten?«

Sie sackte in sich zusammen. »Ja.«

»Ich werde ihn zurückbringen. Guten Abend.« Er verbeugte sich, warf uns ein Lächeln zu und war verschwunden. Wir hörten seine leichten Schritte auf der Treppe und verharrten schweigend, bis sie verstummt waren.

»O Mitchell«, seufzte Dorothy und legte ihr Gesicht an meine Schulter. »Was hat das alles zu bedeuten?«

»Ich weiß es nicht.«

»Mein armer Liebling.«

»Weinen Sie nicht«, sagte ich. »Bitte weinen Sie nicht. Wir werden ihn finden.«

»Ich weiß, daß wir ihn nicht finden werden«, sagte Dorothy. »Ich weiß, daß er tot ist.«

»Lassen Sie das«, bat ich sie.

Sie setzte sich auf. »Gott sei Dank sind Sie hier, Mitchell.« Ich sah den Kummer in ihren Augen und war verunsichert. Ich sah die Tränen auf ihren Wangen und fragte mich, ob Madero nicht doch unrecht hatte. Vielleicht irrte sich Molly Gage. Und dann beschlich mich das ungute Gefühl, daß der Plan, den ich ausgeheckt hatte, Verrat war. Arthur hatte dieses Mädchen geliebt und vorgehabt, sie zu heiraten. Aber er war tot. Seine

Leiche lag in der kalten Finsternis, und derjenige, der ihn umgebracht hatte, war in der Nähe und wartete darauf, wieder zuzuschlagen. Ich dachte an Joe, und mir war klar, daß ich den Plan durchführen mußte. Ich sagte: »Dorothy, ich hab' heute etwas sehr Merkwürdiges gefunden. Ich weiß nicht, was ich damit anfangen soll.«

Sie erwiderte nichts. Sie sah mich an und hob dann ihre Hand, um die Tränen wegzuwischen.

»In der Schachtel mit Arthurs Manschettenknöpfen lag ein Schlüssel. Ein Schlüssel zu einem Schließfach im Wells-Fargo-Büro. Ich hab' das Schließfach heute geöffnet. Es lag ein Stück Papier drinnen. Das war alles.«

Sie stand von der Armlehne auf und starrte zu mir hinunter. Eine Locke ihres blonden Haares fiel ihr in die Stirn.

Ich zog das vergilbte Stück Papier aus meiner Tasche, das ich eine halbe Stunde zuvor aus dem Schließfach geholt hatte, und legte es in ihre Hand. Sie las es mit gerunzelter Stirn. Sie las es zwei- oder dreimal, und dann warf sie mir einen fragenden Blick zu.

»Ich weiß es auch nicht«, sagte ich. »Aber es scheint etwas Wichtiges zu sein. Sie haben was von einem alten Buch erwähnt. Ich glaube, das hier ist der Schlüssel. Ich glaube, es ist ein Teil von einer Seite aus diesem alten Buch.« Ich nahm ihr das Stück Papier wieder weg.

»Lassen Sie's mich noch mal lesen«, sagte Dorothy. Sie las es noch einmal und gab es mir dann wieder zurück. Ich verstaute den Zettel in meiner Brieftasche.

»Irgend etwas ist irgendwo versteckt«, sagte ich. »Ohne das Buch werden wir's nie erfahren. Und ohne dieses Stück Papier ist das Buch wertlos. Wir müssen das Buch finden, Dorothy«, sagte ich.

»Aber wo?«

»Wenn Arthur noch lebt, dann hat er es bei sich. Wenn er nicht mehr lebt, dann hat es derjenige, der ihn und Joe Briggs umgebracht hat.«

»Ja«, sagte sie leise. Sie vergrub ihr Gesicht in den Händen, und eine Weile lang herrschte Schweigen in dem Raum. Schrilles Kindergelächter drang von der Straße herauf.

»Weiß er Bescheid? Ich meine Madero. Weiß er von dem Zettel?«

»Nein«, sagte ich.

»Sollen wir es ihm erzählen?«

»Ich weiß nicht.«

»Er ist sehr clever, nicht wahr?«

»Ich glaube schon.«

»Vielleicht sollten wir eine Weile warten«, sagte Dorothy. »Meinen Sie, daß wir warten sollten, Mitchell?«

»Ich glaube, ja.«

»Wenn er tot ist, wer könnte ihn dann umgebracht haben?«

»Jemand, der ihn sehr gut kannte.«

»Oh, nein.« Ihre Stimme klang schmerzerfüllt. »Nein, Mitchell. Er hat doch nichts getan. Warum? Warum?«

»Geld«, sagte ich. »Das ist normalerweise der Grund für einen Mord. Geld, Haß oder Eifersucht. Aber wer hätte ihn hassen sollen, oder wer hätte eifersüchtig auf ihn sein sollen?«

Ihr Kopf lehnte an meinem Arm, und ein Schluchzen schüttelte ihren Körper. Ich legte meinen Arm um ihre Schultern, spürte ihre Wärme und atmete den Duft ihrer Haare.

»Ich hab' immer noch Sie«, sagte Dorothy. »Gehen Sie nicht weg. Sie werden mir helfen, nicht wahr? Sie werden immer für mich da sein?«

»Ja«, sagte ich.

»Sie sind so lieb zu mir«, sagte Dorothy. »So lieb.«

Ich küßte ihre Haare und stand auf. In der Wohnung auf der anderen Straßenseite hatten sie das Radio eingeschaltet, und ich sah ein Pärchen tanzen. Ich hätte ihnen am liebsten zugebrüllt, daß sie aufhören sollten.

Doch ich tat es nicht. »Gute Nacht, Dorothy«, sagte ich.

»Bitte bleiben Sie«, sagte sie. Sie stand auf und hielt mich an beiden Armen fest.

»Ich kann nicht. Ich habe Miss Gage und ihrer Tante versprochen, mit ihnen zu Abend zu essen.«

»Sie lieben sie, nicht wahr?«

»Ja«, sagte ich.

»Ich bin froh.« Ein Schatten fiel über ihre Augen. »Lassen Sie sie nicht gehen, Mitchell. Wenn Sie jemanden lieben, lassen Sie ihn niemals gehen.«

Schmerz durchströmte meinen Körper. Verrat, dachte ich. Ihre Trauer war nicht gespielt. Sie liebte Arthur. Selbst ein Blinder hätte das sehen können.

»Ich hab' rausgefunden, was Liebe ist«, sagte Dorothy.

»Ich weiß.«

»Nein«, sagte Dorothy und verzog ihren Mund zu einem merkwürdigen Lächeln. »Nein, Mitchell. Aber Sie werden es wissen. Küssen Sie mich.«

Ich beugte mich zu ihr hinunter. Ihre Lippen waren warm und weich. Ihre Arme hatten sich fest um meinen Nacken geschlossen. Dann schob sie mich weg.

»Und jetzt gehen Sie«, sagte sie mit erstickter Stimme. »Schnell, Mitchell.« Dann schob sie mich zur Tür.

Ich blieb eine Weile draußen vor ihrer Tür stehen. »Sie wissen es nicht«, hatte sie gesagt. »Aber Sie werden es wissen.« Was hatte sie damit gemeint? Ich wäre am liebsten zurückgegangen, um sie zu fragen. Doch ich tat es nicht. Ich seufzte und ging die Treppe hinunter.

Ich versuchte, klar zu denken. Ich versuchte, mich selbst davon zu überzeugen, daß ich mit dieser Falle meinen Bruder nicht verraten hatte. Wenn sie unschuldig war, würde die Falle nicht funktionieren. Und wenn nicht? sagte eine Stimme in mir. Eine Stimme, die ich sehr gut kannte.

Einen Block von Dorothys Wohnung entfernt kam ich an einem Tabakladen vorbei. Madero lehnte am Tresen und spielte Domino mit der alten, verschrumpelten Frau, der der Laden gehörte. Eine nicht angezündete Zigarette hing von seiner Unterlippe herab.

»Ich habe gewartet«, sagte Madero. »Ich hab' mir gedacht, daß Sie sich vielleicht einsam fühlen.«

19

Wir liefen auf der Avenida Bolivar Richtung Norden. Es regnete ein bißchen; die wenigen Leute auf der Straße beeilten sich und bedeckten ihre Köpfe und Gesichter. Er deutete mit dem Kopf auf einen Mann, der seinen Mund hinter einem *serape* versteckt hatte. »Am liebsten würde ich auch meinen *serape* eng um mich schlingen«, sagte Madero. »Aberglaube. Der Einfluß der Medizinmänner. Nicht mal die modernste Bildung kann einen Indio ändern. Warum haben Sie Miss Allen aufgesucht?«

»Sie wollte mich sehen.«

»Warum?«

»Sie hat sich einsam gefühlt.«

»Zu diesem Zeitpunkt sollte man nichts überstürzen«, sagte Madero.

»Richtig«, sagte ich.

»Die Zivilisation, Dr. Drake«, sagte Madero. »Ich trage keinen *serape* mehr. Ich bedecke mein Gesicht nicht mehr bei Feuchtigkeit. Es gibt das Gesetz.«

»Ich verstehe nicht, was Sie meinen.«

»Man überläßt es dem Gesetz, zu richten und zu strafen.«

»Natürlich«, sagte ich.

»Es ist der sichere Weg«, sagte Madero. »Der zivilisierte Weg. Sie sind ein Amerikaner.«

»Ich bin in Mexiko geboren. In gewisser Weise bin ich ein Mexikaner.«

»Aber nur in gewisser Weise. Welchen Plan haben Sie ausgeheckt?«

»Überhaupt keinen.«

Er lachte ein freudloses Lachen.

»Der Fall ist in Ihren Händen«, sagte ich. »Ich bin genug herumgestolpert.«

»Gut«, sagte Madero. Er zog das Messer aus seiner Tasche, das ich vor so langer Zeit für meinen Bruder gemacht hatte. »Sie sollten es behalten.«

»Danke.« Ich steckte es in meinen Hosenbund. Ich spürte die Kälte der Klinge an meinem Schenkel.

»Wie wär's mit einer Schachpartie in meinem Club, hm?«

»Nein«, sagte ich. »Nicht heute abend. Ich bin mit jemandem verabredet. Sie können mich notfalls im Hotel Reforma erreichen.«

Er blieb unter einer Straßenlaterne stehen und lächelte mich an. »Die ältere Miss Gage ist sehr klug.«

»Ja.«

»Die jüngere ist noch ein bißchen töricht. Aber nicht mehr sehr lange.«

»Auf Wiedersehen«, sagte ich. »Wir sehen uns morgen.«

Er winkte zum Abschied und machte kehrt. Ich sah ihm hinterher, wie er über die nasse Straße eilte, und ich hatte den Eindruck, daß er den Kopf einzog und seinen Mund mit dem Revers seines Jacketts bedeckte. Aber vielleicht irrte ich mich auch. Ein Taxi hielt neben mir.

»Mister«, sagte der Fahrer leise. »Ein heißer Laden, Mister. Ich bring' Sie zu einem wirklich heißen Laden.«

Ich stieg ein. »Zum Hotel Reforma«, sagte ich.

»Aber Mister«, protestierte er. »Ich kenne einen tollen, heißen Laden.«

»Ich bin kein Tourist«, sagte ich auf mexikanisch.

»Verzeihung, Señor«, sagte er.

Penny und ihre Tante waren nicht in ihrer Suite. Ich dachte an Magnin und fragte mich, ob Penny wohl losgegangen war, um ihn zu besuchen, und Schwermut überkam mich. Ich sah in der Empfangshalle nach, aber dort waren sie auch nicht. Dann ging ich in den Maya-Saal, und die drückende Finsternis ließ etwas nach, denn ich sah sie an einem Tisch der Fenstertische sitzen.

Der Raum war voll, und die meisten Dinnergäste waren Amerikaner. Das Orchester spielte ein Stück, das ich nicht kannte. Es klang sehr laut, doch es klang immer noch besser als *South of the Border*. Trotz der Dekorationen hatte der Raum nichts Mexikanisches. Es roch nicht mal mexikanisch. Ich warf einen Blick durch die Fenster und sah die Lichter der Stadt. Ich fragte mich, warum die Touristen nicht daran erinnert werden wollten, daß sie in einer anderen Stadt waren.

Penny blickte nicht einmal auf, als ich an ihren Tisch kam. Molly Gage nahm meine Hand, tätschelte sie und bat mich, Platz zu nehmen.

»Ich kann nicht lange bleiben«, sagte ich.

Dann streifte Pennys Blick mein Gesicht. »Wo gehen Sie hin?«

»Ich gehe aus«, sagte ich.

»Mit Madero?« fragte Molly Gage.

»Alleine«, sagte ich.

»Seien Sie kein Narr«, schimpfte Molly Gage.

»Das bin ich nicht.«

»Haben sie – « Pennys Augen hatten einen merkwürdigen Glanz. »Haben sie schon jemanden verhaftet?«

Ich schüttelte den Kopf. »Noch nicht.«

»Wer hat mich angerufen, Mitchell?«

»Wer dich angerufen hat?« fragte ich. »Wann?«

»Kurz nach sechs«, sagte Penny. »Ein Mann.«

»Was wollte er?«

»Reden«, sagte Penny. »Ist es wahr?«

»Was?«

»Jemand hat wegen Magnin angerufen«, unterbrach uns Molly Gage. »Erzähl's ihm, Penny.«

Die Stimme des Mädchens klang schwach. »Er hat

furchtbare Dinge gesagt. Er hat gesagt, Jacques wäre eine – eine Ratte.«

»Nun«, sagte Molly Gage, und der Ton, in dem sie das sagte, sprach für sich selbst.

Ich wußte, wer der Anrufer gewesen war, und dieses Wissen füllte mich mit Wärme. Ich sah ihn vor mir, wie er grinsend auf meinem Bett gesessen hatte. Ein komischer Mann, dieser Paul Brent. Er hatte die Fähigkeit, einen Mann eiskalt niederzuschießen, aber zuckte beim Anblick eines Sarges zusammen. Dann unterbrach er seine Flucht, um einem anderen, den er kaum kannte, einen Gefallen zu tun. Ich sagte: »Das war der Mann, der versucht hat, Jacques Magnin umzubringen.«

»Dann hat er nicht die Wahrheit gesagt?«

»Du hast das Buch gelesen«, sagte Molly Gage verärgert. »Bist du denn völlig blind, Penny? Natürlich hat er die Wahrheit gesagt.«

»Der Mann mit dem Engelsgesicht hat dich angerufen«, sagte ich. »Er hat heute nachmittag in meinem Zimmer auf mich gewartet. Er hat mir erzählt, warum er Magnin umbringen wollte.«

»Kann sein, daß er lügt«, sagte Penny.

»Kann sein.« Der Kellner stand neben mir. Ich bestellte Kaffee und einen Brandy.

»Er hat nicht gelogen«, verkündete Molly Gage. »Hat Magnin Ihren Bruder umgebracht, Mitchell?«

»Nein.«

»Wer dann?«

»Ich weiß es nicht.«

»Steckt das Mädchen mit drin?«

»Das weiß ich auch nicht sicher. Madero vermutet es. Ich bin sicher, daß er sie verdächtigt. Ich komme gerade von ihr, und ich weiß nicht, was ich glauben soll.«

»Sie hat geweint«, sagte Molly Gage. »Nicht wahr?«

»Ja. Sie hat Arthur geliebt.«

Pennys Augen funkelten verärgert. »Und Sie glauben ihr«, sagte sie. »Weil sie hübsch ist, glauben Sie ihr.«

»Irgend jemandem muß man doch glauben«, sagte ich.

Molly Gage sah mich an, und dann sah sie zu Penny. »Ich hoffe, Sie haben ihr heute abend nicht allzuviel erzählt.«

»Nein, das habe ich nicht. Ich stelle sie auf die Probe«, sagte ich.

Penny runzelte die Stirn. Sie sagte: »Sie dürfen nicht –« Dann verstummte sie.

»Es hat nichts mit ihm zu tun«, sagte ich.

»Das meine ich auch nicht.«

»Gute Nacht«, sagte ich und ließ die beiden allein.

20

Einen Block von dem Haus entfernt stieg ich aus und bezahlte den Taxifahrer. Dann ging ich durch die dunkle Straße, wobei ich mich nah an der Wand hielt. Die Straße der Weinenden Frau war wie ausgestorben. Ich blieb in einem Hauseingang stehen und sah mich um. Aber niemand war mir gefolgt. Dann ging ich vorsichtig weiter zum Haus meines Bruders, schloß leise die Tür auf und schlüpfte hinein.

Allmählich wurde mir klar, was Angst war. Das Haus schien nach Tod zu riechen, und während ich mich vorwärts bewegte, spürte ich die Furcht vor dem Unbekannten – die gleiche Furcht, die ein Kind spürt, wenn es über die Straße läuft und das Echo seiner eigenen Schritte für die Schritte eines Verfolgers hält. Ich legte meine Hand an die Hüfte, fühlte das Messer und versuchte Mut aus der Tatsache zu schöpfen, daß ich bewaffnet war. Aber das Messer erinnerte mich an Arthur. Vielleicht klebte auch Arthurs Blut an der Klinge. Ich wollte es loswerden. Ich betrat den Hof. In dem Moment teilten sich die Wolken, und das Mondlicht warf einen gespenstischen Schleier über die Weinranken und über die unebenen Steinfliesen. Ich fand die Taschenlampe auf der Bank neben der Küchentür, wo ich sie am Tag zuvor zurückgelassen hatte, steckte sie in meine Jackentasche, durchquerte den Garten und hob die Steinplatte hoch, die das Einstiegsloch bedeckte.

Noch vor einer Woche hätte ich keinen Fuß auf die Leiter gesetzt, hätte nichts und niemand mich zwingen können, in diesen finsteren Schacht hinabzusteigen. Die Angst hätte mich zurück ins Licht und zu den Leuten getrieben. Doch jetzt konnte mich keine Angst der Welt davon abhalten. Es war, als hätte ein Windstoß die Flammen meiner Wut und meines Ärgers auflodern lassen. Wieder tastete ich nach dem Messer, und jetzt war es ein gutes Gefühl. Der Obsidian war so scharf wie eine Stahlklinge. Diesmal forderte er kein Opfer. Diesmal forderte er Gerechtigkeit. Langsam kletterte ich hinunter, und als ich mich unterhalb der Erdoberfläche befand, hob ich die Steinplatte über das Loch. Das letzte Stückchen Himmel entzog sich meines Blickes, und ich befand mich in totaler Dunkelheit.

Ich tastete mich weiter nach unten, bis meine Füße den Boden berührten. Ein kalter Luftstrom strich an mir vorbei, als ich auf den Tunnel zukroch. Dann berührten meine Hände den Steinboden, der mit dem feuchten Schleim von Jahrhunderten bedeckt war, und kurz darauf befand ich mich in der Nähe der Stelle, wo Arthur lag. Ich kniete mich einen Moment lang hin. Einsam hier. So furchtbar einsam. Keine Blumen für ihn. Keine Gebete. Ich wühlte in meinen Erinnerungen, fand ein kleines Gebet, das wir beide kannten, und sagte es in Gedanken auf. Dann erhob ich mich und lief weiter den Tunnel entlang, wobei ich mich an der linken Wand entlangtastete, um nach dem großen Stein mit dem Kreuz zu suchen.

Selbst in der Dunkelheit war er nicht schwer zu finden. Dann ging ich weiter, wobei ich meine Schritte zählte. Von überall her drangen gespenstische Geräusche an mein Ohr. Ich redete mir immer wieder ein, daß es Wassertropfen waren, die von der Decke fielen. Nichts als Wassertropfen auf nacktem Stein, sagte ich immer wieder. Und mein Verstand wußte, daß es stimmte, doch mein Herz wollte es nicht glauben.

Einhundert. Was war das da hinter mir? Ich blieb stehen und preßte mich gegen die Wand. Nur das Flüstern des Wassers, während es durch die Ritzen über meinem Kopf sickerte. Oder eine Ratte, die vor mir geflüchtet war. Einhundertzehn – einhundertundzwanzig. Wieder das entfernte Rascheln auf den Steinen. Nein, nichts. Mein Herz klopfte so sehr, daß meine Brust schmerzte. Angst schnürte mir den Hals zu, daß ich kaum atmen konnte. Einhundertundfünfzig. Das war's. Die Falle mit mir als Köder. Meine Hand tastete nach dem Griff des Messers.

Doch ich zog es nicht heraus. Stahl bohrte sich in meine Brust, und ein Lichtstrahl blendete mich. Ich blinzelte, blickte nach unten. Dort war eine Hand mit einer Waffe, und es war der Lauf dieser Waffe, den ich kalt auf meiner Brust spürte.

Narr, dachte ich. Ich hätte nicht ins Hotel Reforma gehen dürfen. Ich hätte sofort hierherkommen sollen. Aber ich wußte, warum ich im Hotel haltgemacht hatte. Ich hatte so etwas geahnt, und es war wichtig für mich gewesen, sie noch einmal zu sehen.

Ich hatte jetzt keine Angst mehr. Dies war Wirklichkeit. Keine Gespenster. Keine Schatten, die mir folgten. Die Waffe war aus Stahl, und die Hand in dem Handschuh, die die Waffe hielt, war aus Fleisch und Blut. Es war der Arm und der Körper des Mannes, der meinen Bruder und meinen Freund umgebracht hatte. Ich stieß mit beiden Armen zu und schleuderte ihn von mir weg. Eine Kugel erwischte mich wie eine flammende Klinge.

Der Schuß dröhnte, und sein Echo hallte durch den ganzen Tunnel. Ich spürte das Blut warm über meine Schulter rinnen. Dann wurde mir klar, daß meine Tapferkeit nichts nützen würde, also rannte ich.

Ein Lichtkegel verfolgte mich, versuchte, mich einzufangen. Ich folgte der Biegung des Tunnels und duckte mich von einer Wand zur anderen, um dem Lichtstrahl auszuweichen. Ich warf einen Blick zurück. Dann schlug etwas gegen meine Schienbeine, und ich ging zu Boden. Direkt über mir explodierte ein Schuß. Ich rollte zur Seite, und der ganze Tunnel dröhnte vom Echo weiterer Schüsse. Dann ging das Licht aus.

Ich lag an der Wand und wartete auf den Tod. Die Echos verhallten. Jemand stöhnte. Jemand lag ganz in meiner Nähe auf dem Boden. Ich streckte meinen Arm nach dem Geräusch aus, meine Hand berührte Haare und glitten dann über eine Stirn.

»Hallo, Mister«, flüsterte eine Stimme. »Lassen Sie sie dort, Mister, Ihre Hand. Sie ist kühl. Es tut gut.«

Ich sagte: »Paul.«

»Ja, Mister.«

»Sie also?«

»Nein. Nicht ich.«

Ich rückte näher an ihn heran. »Bitte nehmen Sie Ihre Hand nicht weg«, sagte Paul.

»Hat er Sie erwischt, Mister?« fragte Paul. Es war nur noch der Hauch einer Stimme.

»Ich bin okay.«

»Ich kann den Tod schmecken«, sagte Paul.

»Still«, flüsterte ich.

»Er ist weg«, antwortete Paul. Dann war er eine Weile lang still. Ich spürte den Puls an seiner Schläfe. Ich schob seine Haare zurück. Irgendwo tropfte Wasser in regelmäßigem Rhythmus auf die Steine.

»Ich war im Garten«, sagte er nach einer Weile.

»Warum, Paul?«

»Hab' mich dort versteckt.« Er machte kurze Pausen zwischen den Wörtern, als müsse er um sie ringen. »Ich hab' Ihnen gesagt, daß ich ein sicheres Versteck weiß. Sie haben mich auf die Idee gebracht, Mister. Da war der Tunnel, falls jemand kommt. Ich mußte meinen Job zu Ende bringen, also bin ich hier rausgekommen, um zu warten, bis ich das erledigen konnte. Dann sind Sie aufgetaucht.«

»Also sind Sie mir gefolgt«, sagte ich. »Warum, Paul?«

»Um Ihnen zu helfen, falls Sie sich verirren«, sagte er und versuchte zu lachen. »Sie sind wie ein Baby im Wald, Mister. Ich hab' mir gedacht, daß Sie Hilfe brauchen.«

»Reden Sie jetzt nicht mehr, Paul«, sagte ich.

»Wer war das?«

»Ich weiß es nicht.«

»Ich hab' höllische Schmerzen. Und ich kann den Tod schmecken. Haben Sie jemals den Tod geschmeckt?«

»Nein«, sagte ich. »Wo ist Ihre Waffe? Kann sein, daß er zurückkommt.«

»Hier, neben meinem rechten Bein.«

Ich tastete nach der Waffe und fand sie schließlich. Meine linke Schulter fühlte sich an, als stecke eine heiße Klinge in ihr.

»Ich werde sterben, Mister«, sagte Paul.

»Nein.«

»Meine alte Mutter wird vielleicht Hilfe brauchen. Die Adresse ist hier in meiner Tasche.«

»Machen Sie sich keine Sorgen um sie.«

»Nein, jetzt nicht mehr.«

»Ich gehe und hole Hilfe«, sagte ich.

»Nein. Gehen Sie nicht. Ich hasse die Dunkelheit.«

»Sie brauchen einen Arzt. Es dauert nicht lange.«

»Es hat keinen Zweck«, sagte Paul. »Bitte bleiben Sie hier.«

»Okay«, sagte ich. Ich rückte noch näher an ihn heran, hob seinen Kopf hoch und legte ihn in meinen Schoß. Dann berührte ich seine Lippen mit meinen Fingern. Ich hörte, wie sich irgendwo jemand bewegte. Ich beugte mich zu ihm hinunter und brachte meine Lippen ganz nah an sein Ohr. »Pssst, still«, flüsterte ich. Es war überflüssig. Er war tot.

21

Mein linker Arm war steif, und als ich die Taschenlampe in meine linke Hand nahm, tat es derart weh, daß ich die Lippen zusammenbeißen mußte, um nicht zu schreien. Rechts hinter mir bewegte sich jemand. Ich drehte mich um, hielt die Pistole in die Richtung, aus der das Geräusch kam, und wartete. Ich wußte, daß jemand in das Loch gestiegen war und jetzt auf den Tunnel zukroch. Dann knipste ich das Licht an. Maderos Kopf ragte aus dem Loch in der Tunnelwand.

»Ich bin hier«, sagte ich. Ein Lichtstrahl blendete mich.

»Dann leben Sie also noch?« Das Eche seiner monotonen Stimme hallte durch den Tunnel.

»Ja.«

Der Lichtstrahl streifte Pauls Leiche. »Und er?«

»Nein.«

»Ah. Der Mann mit dem Engelsgesicht.«

»Er hat hier gewartet, um seinen Job zu Ende zu bringen«, sagte ich. »Er hat sich im Haus meines Bruders versteckt. Er hat mich gesehen und ist mir gefolgt.«

»Narr.« Madero war geradezu emotionsgeladen. Er schleuderte mir das Wort an den Kopf.

Dann wurde mir klar, was ihm durch den Kopf ging. »Ich hab' ihn nicht getötet«, sagte ich. Doch in meinem

Herzen wußte ich, daß ich es getan hatte. Es war meine Schuld, daß er nicht mehr lebte. Noch ein Fehler. Meine Falle hatte nicht den Mörder erwischt, sondern den Mann, der da vor mir lag.

»Ich habe eine Falle inszeniert«, sagte ich. »Ich bin hier runtergekommen, um den Mann zu finden, der meinen Bruder umgebracht hat. Er hat hier im Dunkeln auf mich gewartet. Er hat auf mich geschossen, und ich bin weggerannt. Er hat noch mal geschossen, und Paul Brent hat die Kugel abbekommen, die für mich bestimmt war.«

Madero richtete seinen Lichtstrahl auf meine Schulter.

»Ist es schlimm?«

»Nein.«

Er schob meine Jacke beiseite und riß das Hemd auf. Dann zog er das Taschentuch aus seiner Brusttasche, faltete es zu einer Kompresse zusammen und befestigte es mit den Hemdstreifen auf der Wunde. »Der andere – ist er entkommen?«

»Ich glaube, ja.«

»Ich werde mal nachsehen.« Er ging los, und plötzlich konnte ich wieder klar denken. Ich rief: »Warten Sie. Kommen Sie zurück.«

Er drehte sich um und richtete seine Taschenlampe auf mich.

»Ich habe eine Falle inszeniert«, sagte ich. »Ich habe Dorothy Allen dazu benutzt, den Köder auszulegen.«

Er hatte verstanden. Er nahm meine rechte Hand und half mir auf die Beine, dann eilte er zu dem Loch in der Wand und kroch hinein. Ich folgte ihm, und der Schmerz war so stark, daß mir übel wurde. Als er oben angekommen war, wartete er auf mich und zog mich hoch. Endlich erblickte ich wieder den Himmel. Die Wolken waren verschwunden, und die runde Scheibe des Mondes schimmerte wie eine silberne *concha* auf einer dunkelblauen Satteldecke.

»Ihre Schulter?« fragte Madero.
»Es geht schon«, sagte ich. »Kommen Sie.«
Sein Kleinwagen stand am Straßenrand vor dem Haus. Ich mußte meinen Körper fast zusammenklappen, um hineinzukommen. Er legte den Gang ein und raste mit Spitzengeschwindigkeit auf die Innenstadt zu, wobei er laut hupend alle Kreuzungen passierte, als gäbe es keine anderen Autos auf der Welt.
»Jage ich Ihnen Angst ein?« fragte er, als er kurz vor einem Stoppschild zögerte und dann über die Kreuzung preschte.
»Ich bin in Mexiko aufgewachsen.«
»Wir sind alle gleich«, sagte Madero. »Wir können uns nicht an Maschinen gewöhnen. Haben Sie jemals einen *charro* in die Stadt reiten sehen? Er reitet sein Pferd langsam bis zum Stadtrand, gibt ihm dann die Sporen und galoppiert zum *zócalo*. Und genauso fahren wir Auto. Sie haben eine Falle erwähnt. Wie haben Sie es angestellt?«
»Ich habe ihr den Zettel gezeigt«, sagte ich. »Ich wußte, daß sie die Information weitergeben würde, sollte sie mit drinstecken.«
Er hätte mich wieder einen Narr schimpfen können, doch er tat es nicht. Er sagte: »Ich hätte wissen müssen, daß Sie so etwas vorhaben. Dann hätte ich Männer damit beauftragen können, die Kirche und das Kloster zu überwachen.«
»Warum sind Sie gekommen?«
»Mich hat jemand geschickt.«
»Wer?«
»Miss Gage«, antwortete Madero.
Also hatte sich Pennys Tante Sorgen um mich gemacht, dachte ich. Es war ein sehr tröstlicher Gedanke, der mich mit Wärme erfüllte. »Sie hat Sie angerufen?«
»Ja. Wenn sie mich früher erreicht hätte, wäre die Sache sicher anders ausgegangen. Aber ich war eine Weile

lang nicht zu erreichen gewesen. Ich habe mich geirrt. Ich dachte, Sie hätten einen anderen Plan gehabt. Ich dachte, Sie wüßten, wer der Mörder ist, und würden zu seinem Haus gehen.«

Wir verfehlten um Haaresbreite ein Taxi, schlitterten um die Ecke in die Avenida San Jŭan de Letran und rasten Richtung Süden.

»Wissen Sie's?« fragte ich.

Er wich der Frage aus. Statt dessen sagte er: »Ich war verwirrt. Doch ich mache mir deswegen keine allzu großen Vorwürfe. Wir haben es hier mit zwei verschiedenen Puzzlespielen zu tun, und die Teile waren durcheinander. Jetzt sind sie getrennt.«

Ich wartete auf eine Erklärung. Umsonst. Er bog Richtung Osten und hielt so plötzlich in der Nähe des Hauses, wo Dorothy wohnte, daß ich fast durch die Windschutzscheibe geflogen wäre. Er kam um den Wagen herum und half mir heraus, während ich mich bemühte, meine Beine zu entknoten. Wir eilten die Stufen zum Eingang hinauf.

Vor der Tür stand ein Mann. John Aldrich.

»Mitchell.« Er sah uns an, und sein Gesicht wirkte völlig verblüfft. Dann heftete er seinen Blick auf meine Schulter, und er kam einen Schritt auf mich zu. »Du bist verletzt, Junge. Was ist los, Junge?«

Er schien überrascht. Er schien aufrichtig besorgt, als er das Blut an meiner Jacke sah. War er das wirklich? Ich gab keine Erklärungen ab. Ich sagte: »Miss Allen – hast du Sie gesehen?«

»Nein. Ich hab' ein paarmal bei ihr geklingelt. Sie macht nicht auf.«

»Dann ist sie wahrscheinlich im El Toro.«

»Nein. Sie muß hier sein. Sie hat mich angerufen und gesagt, daß sie mich erwartet.«

»Sie hat Sie angerufen? Wann?« fragte Madero.

»Zwischen sieben und halb acht.«

»Und?«

»Sie hat gesagt, daß sie grade mit Mitchell gesprochen hätte«, sagte Aldrich. »Sie hat gesagt, daß er irgendeinen Zettel von einer Seite aus einem alten Buch bei sich hatte und daß sie zu wissen glaubt, wer das Buch hat.«

»Warum sind Sie hier?«

»Weil sie mich hergebeten hat.«

»Sie hat gesagt, daß Sie kommen sollen?«

Aldrich nickte. Er drückte weiterhin mit dem Finger auf ihre Klingel. »Sie hat gesagt, daß ich zwischen neun und zehn vorbeikommen soll und daß sie dann etwas Wichtiges für mich hätte. Ich bin vor einer Minute hier angekommen. Aber sie macht nicht auf, und die Haustür ist abgeschlossen.«

Madero zog einen Schlüsselring aus seiner Tasche und fing an, an dem Schloß herumzufummeln.

»Merkwürdig«, sagte Aldrich. »Grade in dem Moment, als ich vor dem Haus angehalten habe, kam jemand heraus. Er kam mir irgendwie bekannt vor.«

»Wer?« Madero steckte einen Schlüssel ins Schloß und drehte ihn herum.

»Ich bin mir nicht sicher. Mag sein, daß ich mich irre. Ich habe ihn nur ein paarmal gesehen. Aber er sah aus wie Ruiz. Er kam diese Stufen heruntergelaufen und ging Richtung Westen.«

Die Tür war jetzt offen. Madero ging hinein. Wir folgten ihm die Treppe hinauf und durch den Flur. Er klopfte an ihre Wohnungstür, aber wartete nicht erst, bis sie geöffnet wurde. Er steckte einen seiner Schlüssel ins Schloß, drehte ihn herum und stieß die Tür auf. Wir starrten in die Dunkelheit. Ein gleichmäßiges tiefes Surren erfüllte den Raum.

Madero tastete mit seiner Hand über die Wand neben dem Türrahmen und knipste das Licht an. Dorothy Allen war zu Hause. Sie lag mit dem Gesicht nach unten auf dem abgewetzten Teppich vor dem Sofa, und ihre blonden Haare waren blutverschmiert.

22

Das Licht schien schwächer zu werden. Ich blickte auf ihren Körper hinab. Ich hatte das Gefühl, als sei der Raum voller Rauch und als würde ich durch die Rauchschwaden auf den verdrehten Körper hinabstarren, der da vor mir auf dem Boden lag. In meiner Nähe stand ein Sessel. Ich ließ mich hineinfallen, und plötzlich war der Raum wieder voller Licht. Ich hörte das tiefe Brummen und merkte, daß der Ventilator eingeschaltet war. Ich sah zu John Aldrich hinüber. Er zupfte an einer Hautfalte unter seinem Kinn. Die Rötung war aus seinem Gesicht verschwunden; er war jetzt fahl und grau. Mein Blick fiel auf seine Schuhe, dann wanderten meine Augen langsam nach oben bis zu seinen Schultern. Er trug ein braunes Tweedjackett, graue Flanellhosen und schwarze Schuhe. Seine Schuhe waren trocken. Ich warf einen Blick auf meine eigenen. Sie waren voller Matsch und Dreck, und die Sohlen waren völlig durchnäßt.

Madero steckte sich eine Zigarette an. Das französische Telefon lag neben ihr auf dem Boden. Am Hörer klebte Blut. Madero berührte es mit der Spitze seines Schuhs, dann drehte er sich langsam um, und sein Blick verharrte auf dem Tisch vor dem offenen Fenster. Neben dem Bild meines Bruders stand eine kleine Tintenflasche und ein Karton mit Briefpapier, daneben lag eine Feder. Der Stuhl vor dem Tisch war umgekippt. Madero steckte seine Hände in die Taschen und ging auf den Tisch zu. Dann blieb er dort stehen und ließ den Rauch aus seiner Nase sickern.

Es war kühl im Zimmer. Der Tischventilator drehte sich immer wieder in meine Richtung und blies mir kalte Luft ins Gesicht. In der einen Sofaecke lag eine zusammengefaltete Decke. Ich zitterte.

»Oh, mein Gott«, sagte Aldrich.

Madero sah zu ihm hinüber. »Und Sie glauben, gesehen zu haben, wie Ruiz das Haus verließ?«

»Ich bin mir nicht sicher. Ich kann mich irren. Es war ein Mann, der Ruiz sehr ähnlich sah.«

»Sie sagen, sie hat Sie zwischen sieben und sieben Uhr dreißig angerufen?«

Er starrte auf meine Schuhe. Dann wanderte sein Blick zu Aldrichs Schuhen.

»Ja.«

»Wo waren Sie?«

»In meinem –« Aldrich fummelte in seiner Tasche herum. Er brachte den Satz erst zu Ende, als er sich eine Zigarette zwischen die Lippen gesteckt hatte. »In meinem Büro. Ich hatte noch was zu erledigen. Deswegen bin ich noch länger dort geblieben. Dann hab' ich versucht, Mitchell im Hotel zu erreichen, aber er war nicht da. Ich hab' versucht, Miss Allen anzurufen, aber es war die ganze Zeit besetzt. Also bin ich hergekommen. Ich hab' gedacht, du wärst hier, Junge.«

»Sind Sie sicher, daß Sie die ganze Zeit in Ihrem Büro waren?«

Aldrich schluckte. Er ging ein paar Schritte auf Madero zu. »Sie glauben doch nicht –«

Madero schnitt ihm das Wort ab. »Daß Sie sie umgebracht haben? Nein, Mr. Aldrich. Das glaube ich nicht. Ich weiß, daß Sie sie nicht umgebracht haben.«

Sein erleichtertes Seufzen übertönte das Brummen des Ventilators. Er fuhr sich über die Augen.

Madero sah sich jetzt im Zimmer um. Er warf einen Blick in die Schubladen und spähte in die Schränke. Er zog den Vorhang beiseite und warf einen Blick auf den Gasherd. Dann ging er zurück zu Dorothys Leiche, kniete sich neben sie und starrte auf ihr weißes Gesicht.

Aldrichs Worte wirbelten in meinem Kopf herum und erfüllten mich mit einer schrecklichen Angst. Sie hatte ihn angerufen und das Buch und den herausgerissenen Teil einer Seite erwähnt. Das konnte bedeuten, daß sie wirklich nichts gewußt hatte. Es konnte bedeuten, daß sie nur helfen wollte. Hatte sie auch Ruiz angerufen? Und Amaro? Um herauszufinden, wer hinter dem Zettel her war? Hatte ich jetzt noch einen Mord auf dem Gewissen? Ich starrte auf den Ventilator, starrte auf seine herumwirbelnden Flügel und fragte mich, warum er überhaupt eingeschaltet war. Es war alles andere als heiß in dem Raum. Es war sogar sehr kalt.

»Tun Sie etwas«, sagte Aldrich. »Um Gottes willen, tun Sie etwas, Madero.«

Madero richtete sich auf. »Es besteht kein Grund zur Eile, Mr. Aldrich.«

»Aber wenn es Ruiz war –«

»Wir werden ihn finden«, sagte Madero. »Jetzt muß ich telefonieren. Es wird nicht lange dauern. Sie warten bitte hier, Gentlemen.« Dann war er verschwunden.

»Du siehst aus wie der Tod, Mitchell.«

»Ich fühle mich auch so«, sagte ich. »Mach bitte den Ventilator aus.«

Er durchquerte das Zimmer, und das Brummen verstummte.

»Leg dich ein bißchen hin, Mitch.«

Er führte mich zur Couch, und irgendwie war es mir egal, daß ich jetzt fast direkt neben Dorothy Allens Leiche lag. Ich streckte mich aus, und er deckte mich mit der Decke zu, dann setzte er sich auf die Armlehne der Couch und starrte besorgt vor sich hin. Ich spürte, wie sich etwas in mein Bein grub. Ich zog es heraus. Er starrte auf das Messer in meiner Hand.

»Damit ist Joe Briggs umgebracht worden«, sagte ich. »Madero hat es mir gegeben. Ich hab' den Zettel in diesem Griff hier gefunden.«

Er nahm das Messer, und seine Hand schloß sich um den Griff. Ich schloß die Augen. »Eine halbe Drehung nach rechts und dann eine Vierteldrehung nach links«, sagte ich. »Dann kannst du die Klinge aus dem Griff ziehen.«

»Fühlst du dich besser?«

»Es geht«, sagte ich. »Mir war kalt. Jetzt ist es besser.«

»Wer hat auf dich geschossen, Mitch?«

»Es war dunkel. Ich konnte nichts sehen.«

Ich spürte seine Hand auf meiner Stirn. Ich öffnete die Augen. Er stand über mir mit dem Messer in seiner linken Hand. Er hatte einen merkwürdigen Gesichtsausdruck, und plötzlich überkam mich eine furchtbare Angst. Ich wollte aufstehen und ihm das Messer aus der Hand reißen. Ich wollte aus dem Zimmer rennen.

Er lächelte. »Schlaf ein bißchen, Junge.« Dann ging er ans Fenster. Ich tat meine Angst vor ihm als lächerlich ab und machte wieder die Augen zu.

Ich mußte eingenickt sein. Plötzlich hörte ich Stimmen an der Tür. Ich setzte mich und bereute es sofort, denn meine Schulter brannte wie Feuer. Madero kam ins Zimmer, gefolgt von einem Mann in Weiß mit einer schwarzen Tasche in der Hand. Hinter dem Arzt betraten zwei Polizisten den Raum. Sie hatten Ruiz in ihrer Mitte, und er sah sehr ängstlich aus. Als Ruiz Dorothys Leiche sah, blieb er stehen, legte seine Hand über seine Augen und stöhnte.

»Die Schulter«, sagte Madero auf spanisch und deutete mit dem Kopf in meine Richtung. »Setzen Sie sich hier hin«, sagte der Arzt. Er war ein junger Mann mit trübselig herabgezogenen Mundwinkeln und pechschwarzen Augen. Ich setzte mich auf den Stuhl. Er öffnete mein Hemd und entfernte den primitiven Verband.

»Ein Kratzer«, sagte der Arzt und schien enttäuscht. »Das ist gar nichts.«

»Sie sollten das mal am eigenen Leibe spüren«, sagte

ich. Zwei weitere Männer mit einem großen Korb kamen herein. Ich war froh, daß der Arzt an meiner Wunde herumdokterte, denn der Schmerz hielt mich davon ab nachzudenken. Dann war alles vorbei, und die Männer mit dem Korb und der Arzt waren verschwunden. Ein anderer Mexikaner hatte jetzt das Zimmer betreten und suchte nach Fingerabdrücken, doch Madero beachtete ihn nicht. Madero sah zu Ruiz, der kerzengerade auf einem Stuhl neben der Tür saß. Aldrich stand immer noch am Fenster, allerdings hatte er jetzt nicht mehr das Messer in der Hand. Es lag auf dem Tisch neben Arthurs Foto.

»Ist das der Mann?« fragte Madero.

Aldrich zögerte. »Ich bin mir nicht sicher.«

Madero wandte sich jetzt an Ruiz. »Als Mr. Aldrich vorhin vor dem Haus anhielt, hat er einen Mann die Stufen herunterkommen sehen. Er glaubt, daß Sie dieser Mann waren.«

Man konnte sehen, daß Ruiz nervös war. Dennoch unternahm er keinen Versuch, abzustreiten, daß er der Mann gewesen war, den Aldrich gesehen hatte. Er sagte: »Ja, das war ich.«

»Dann waren Sie also hier?«

»In diesem Zimmer? Nein.«

»Erklären Sie mir das bitte, Mr. Ruiz.«

»Ich hab' bei ihr geklingelt«, sagte Ruiz. Die Hand, die seine halb heruntergebrannte Zigarette hielt, zitterte stark. »Es hat niemand aufgemacht. Ich hab' noch ein paarmal geklingelt und bin dann wieder weggegangen.«

»Sie sind nicht hinaufgegangen?«

»Nein. Nur bis zur Eingangstür. Die Haustür war verschlossen.«

»Und warum sind Sie hergekommen?«

»Natürlich um Miss Allen zu sehen.«

Jeder andere Detektiv wäre sehr ungeduldig gewesen, nicht jedoch Madero. »Aber warum?«

»Um sie zu fragen, warum sie nicht im El Toro war.«

»Und was geht Sie das an, Mr. Ruiz?«

»Mir gehört das El Toro. Miss Allen arbeitet für mich«, sagte Ruiz. Wieder fuhr er sich mit der Hand über die Augen. An seinen Schläfen hatten sich kleine Schweißperlen gebildet.

»Miss Allen hat Sie nicht angerufen?«

»Nein. Ich hab' versucht, sie zu erreichen, aber das Telefon war andauernd besetzt. Also bin ich hergekommen.«

»Sie sind der Besitzer des El Toro, dennoch kommen Sie selber her, anstatt einen Angestellten zu schicken?«

Ruiz atmete tief ein und aus. »Die anderen waren beschäftigt, Señor. Wir haben heute abend ein volles Haus.«

»Als Sie wieder gegangen sind, haben Sie da Mr. Aldrich gesehen?«

»Ich hab' niemanden gesehen.«

»Ein Auto. Haben Sie gesehen, wie ein Auto vor dem Haus angehalten hat?«

»Ich habe nichts bemerkt. Mag sein, daß da eins gewesen ist.«

»Das ist alles. Ich danke Ihnen«, sagte Madero. Er winkte einen der Polizisten zu sich. »Nehmen Sie ihn mit. Bringen Sie ihn in mein Büro im Palast.« Dann ging er nach ihnen aus dem Zimmer. Es dauerte nicht lange, und er kam wieder herein mit einem ausdruckslosen Lächeln auf dem Gesicht. Der Mann vom Polizeilabor richtete sich auf und klopfte seine Hände ab. »Fertig«, sagte er auf spanisch.

»Dann können Sie gehen«, sagte Madero. »Sie auch, Mr. Aldrich. Das wäre alles.«

»Glauben Sie ihm etwa?« fragte Aldrich mit säuerlicher Miene. Er lief nervös vor dem Fenster auf und ab.

»Der Fall gegen ihn ist abgeschlossen«, sagte Madero sanft. »Danke, daß Sie auf mich gewartet haben.«

»Dann hat er sie also umgebracht?«

Madero zuckte die Achseln. »Er sagt, nein.«

»Komm, John«, sagte ich. »Du kannst mich ins Hotel bringen.«

»Nicht so eilig«, sagte Madero, während er das Messer vom Tisch nahm und es in seine Brusttasche steckte. »Sie kommen mit mir, Dr. Drake. Das mexikanische Gesetz ist pingelig. Sie sind ein Zeuge im Mordfall Paul Brent. Sie müssen eine Aussage machen.«

»Noch ein Mord?« Aldrich untermalte seine Stimme mit Entsetzen.

»Ja, noch einer«, sagte Madero. »Kommen Sie, Dr. Drake.«

»Na gut«, sagte ich müde, und wir verließen den Raum, in dem Dorothy Allen umgekommen war und wo das Bild meines Bruders immer noch neben einer verwelkten Blume auf dem Tisch stand.

Als wir die Straße erreichten, fragte Aldrich noch einmal nach dem Mordfall, aber Madero winkte ab. Dann drückte Aldrich meinen unversehrten Arm und sagte, daß ich ihn anrufen solle, falls ich irgend etwas brauche. Er stieg in seinen Wagen und fuhr davon. Madero stand am Straßenrand und sah ihm hinterher. Dann schob er sich hinter das Lenkrad seines eigenen Wagens.

»Hatten Sie Angst?« fragte er, während er den Wagen startete.

»Angst? Wovor?«

»Mit dem Mörder alleine im Zimmer zu bleiben«, sagte Madero.

23

Wir fuhren nicht zur Polizeistation. Wir fuhren durch die Stadt am Pferd vorbei, und ich dachte an Paul Brent und an die Männer, die er angeheuert hatte, um mich zusammenzuschlagen. Wir fuhren zum Reforma Boulevard, bogen vor dem

Hotel Reforma nach rechts und parkten den Wagen. Ich stellte keine Fragen. Wenn Madero eine Erklärung abgeben wollte, dann würde er es auch tun. Ich wußte, daß ihn nichts zum Sprechen bewegen konnte, bevor er es nicht freiwillig tat. Das ergab alles keinen Sinn. Er nannte Aldrich einen Mörder ließ ihn trotzdem gehen. Er nannte ihn einen Mörder und sagte dennoch, daß er Dorothy Allen nicht umgebracht hätte. Und er hielt Ruiz fest. Doch irgendwie war ich dankbar für sein Schweigen. Ich empfand eine große Müdigkeit – eine Müdigkeit des Körpers, des Geistes und der Seele. Das bißchen, was von meiner Welt noch übriggeblieben war, schien vollends zusammengebrochen zu sein – es kam mir so vor, als wäre ich in ein dunkles Loch gestürzt, aus dem es kein Entrinnen gab. Ich wußte, daß ich in wenigen Momenten Penny gegenüberstehen würde, und der Gedanke machte meine Misere noch schlimmer.

»Sie sind ein merkwürdiger junger Mann«, sagte Madero, als er mir aus dem Wagen half. »Ein sehr merkwürdiger junger Mann. Töricht und dennoch mutig. Impulsiv und dennoch geduldig. Und so blind. Vielleicht liegt es an Ihrer Ausbildung. Ausgerüstet, um mit der Vergangenheit fertig zu werden, aber nicht mit der Gegenwart. Warum fragen Sie nicht nach dem Grund unserer Anwesenheit hier?«

Ich benutzte seine Sprache. »Man wartet auf eine Erklärung.«

»Da ist jemand, der sich Sorgen um Sie macht«, sagte Madero. »Deswegen sind wir hier. Das ist der eine Grund.«

Ich war Molly Gage für ihre Anteilnahme dankbar. Es überraschte mich nicht, denn seitdem wir uns kannten, hatte sie nie einen Hehl aus der Tatsache gemacht, daß sie mich mochte und respektierte. Doch das war nur ein geringer Trost. Ich hatte in einer zu kurzen Zeit zu viel Schreckliches durchgemacht, hatte den Tod zu oft mit eigenen Augen gesehen. Darüber hinaus erfüllte mich John Aldrichs Schuld nach allem, was passiert war, mit lähmender Verzweiflung. Mechanisch fragte ich: »Und der zweite Grund?«

»Ich wollte nicht, daß Sie mit Mr. Aldrich fahren.«

Wir gingen die Stufen hinauf, und der Portier warf uns einen herablassenden Blick zu. Ich konnte es ihm kaum verübeln. Ich sah aus, als hätte mich Madero aus der Gosse aufgelesen. Ich erinnerte mich an den Mann, der auf der Straße nach San Angel neben seinem Schwein eingeschlafen war, und ich wußte, daß ich noch unansehnlicher war als er. Wir stiegen in den Fahrstuhl, und der Page blinzelte mir grinsend zu. Er nahm sicher an, ich sei betrunken. Und ich fühlte mich wie betrunken. Mein Herz hämmerte gegen meine Rippen, meine Beine zitterten, und meine Zunge schien zu groß für meinen Mund. Ich wünschte mir mehr als alles andere, allein in einem dunklen Zimmer zu liegen. Wir liefen den Flur entlang, und Madero klopfte leise an die Tür. Die Tür ging auf, und Molly Gage stand mit besorgtem Blick vor mir. Penny stand direkt hinter ihr.

»Mitchell«, sagte Molly Gage. »Wir haben uns solche Sorgen um Sie gemacht, Mitchell.« Sie nahm meine gesunde Hand und hielt sie fest.

»Ich brauche einen Drink«, sagte ich, und ich hatte Schwierigkeiten zu sprechen.

Pennys Gesicht war kreidebleich, und ihre Augen schienen viel zu groß. Sie fragte leise: »Sind Sie schwer verletzt?« Ich sah das Mitleid in ihren Augen. Ich wollte kein Mitleid. Ich schüttelte den Kopf.

»Ein Kratzer«, sagte Madero beiläufig. »Sein Engel hat gut auf ihn aufgepaßt.« Er sagte nicht, welcher Engel, doch ich wußte, welchen er meinte.

Auf dem niedrigen Tisch neben der Couch stand eine Flasche Brandy. Und daneben ein Schachbrett, auf dem Molly Gage ein paar Züge gemacht hatte. Neben dem

Schachbrett lag ein Buch über Eröffnungszüge. Ich stand da und starrte auf das Schachbrett hinab und merkte, daß ich dabei war, mir den nächsten Zug zu überlegen. Dann drückte mir Pennys Tante ein Glas in die Hand und füllte es mit Brandy. Ich leerte es in einem Zug.

»Um Himmels willen, setzen Sie sich doch«, sagte Molly Gage. Ich setzte mich. Penny stand neben dem Tisch und schien nach Worten zu suchen. Nervös und ängstlich, dachte ich. Ich fragte mich, ob sie Magnin gesehen hatte. Ich fragte mich, ob ihr inzwischen klar geworden war, daß Paul Brent die Wahrheit gesagt hatte.

»Sie sind voller Fragen«, sagte Madero, während er sein Glas gegen das Licht hielt. »Wollen Sie jetzt die Antworten hören?«

Wir sagten nichts. Wir warteten. Ich stellte das Glas auf den Tisch und lehnte mich zurück. Ich hatte Schlaf nötig. Schlaf und Dunkelheit.

Madero öffnete sein Zigarettenetui, steckte seinen Daumennagel unter eine Zigarette, schnippte sie heraus, fing sie mit dem Mund auf und wirkte dann sehr zufrieden mit sich selbst. »Das hab' ich in Tucson gelernt«, sagte er. »Ich habe einen Bruder, der in Tucson ein Kino besitzt. Ein Zauberer hat dort mal gearbeitet. Der hat mir den Trick beigebracht.« Er setzte sich und nippte an seinem Brandy. Der Blick in Molly Gages Augen verriet mir, daß sie vor Ungeduld platzte. Ich nicht. Für mich gab es jetzt keine Eile mehr. Mir war alles egal. Arthur war tot, und all die anderen waren tot, und das Wissen nützte mir jetzt auch nichts mehr. »Wir warten auf einen Telefonanruf«, sagte Madero.

»Bitte«, sagte Molly Gage. »Hören Sie auf, Charlie Chan zu spielen.«

Madero kicherte. »Meine Frau nennt mich William Powell. Sie hat ihn in *The Thin Man* gesehen. Ich kann da keine Ähnlichkeit entdecken.«

Ich wußte, daß Penny mich beobachtete. Ich sah auf,

und sie senkte ihren Blick. Sie ging vor mir her zum anderen Ende der Couch und setzte sich. Sie legte ihre Hände in den Schoß, und ihre Finger spielten mit einem verknoteten Taschentuch.

Der kleine Detektiv bedachte mich mit einem Lächeln. Ich wußte, daß er auf ein Zeichen meiner Neugier wartete. Ich sagte: »Meine Geduld ist bald erschöpft. Warum haben Sie John Aldrich gehen lassen, wenn er ein Mörder ist?«

»Aldrich«, wiederholte Molly Gage, und ihre Stimme bebte vor Entsetzen.

»Die Staatskasse hat ein Loch, mein lieber Doktor«, sagte Madero.

»Jetzt hören Sie endlich auf, in Hieroglyphen zu reden«, schnappte Molly Gage.

»Ich werde am Anfang beginnen«, sagte Madero. Er ließ sich nicht hetzen, das war offensichtlich. Die Situation gefiel ihm. Er war der Indio, der in den Hügeln am Feuer saß, und Zeit bedeutete ihm gar nichts. Es gab ja noch morgen und übermorgen. »Vieles weiß ich nicht«, fuhr er fort. »Da ist zum Beispiel ein Buch, ein altes Buch. Es erzählt von irgend etwas, das in einem Tunnel versteckt ist. Doch was? Wir wissen es noch nicht. Bald werden wir es jedoch erfahren.« Die Mystik des Ganzen faszinierte ihn. Dann lächelte er und schwieg eine ganze Weile, als genieße er jede Facette dieses merkwürdigen Falles.

»Bitte«, sagte Molly Gage ungeduldig.

Er warf ihr einen Blick zu. Ich wußte, was er dachte. Keine Geduld, diese Amerikaner. Unfähig, den süßen Geschmack der Erwartung zu genießen. Er sagte: »Dr. Drakes Bruder hat das Buch vor einiger Zeit gefunden. Vielleicht vor einem Jahr, vielleicht ist es aber auch schon länger her. Er hat den Teil einer Seite aus dem Buch herausgerissen und dieses Stück Papier in dem Griff eines Messers versteckt.«

Jetzt wurde selbst ich ungeduldig. Ich wollte, daß er endlich zur Sache kam. Ich wollte ihn über Joe Briggs fragen. Und ich wollte ihm noch eine Menge anderer Fragen stellen. Doch ich verhielt mich still. Ich sah zu Penny hinüber, die ein paar Schritte von mir entfernt saß. Sie hatte den Kopf ein bißchen nach vorne gebeugt und wurde scheinbar völlig von dem Knoten fasziniert, der mal ein Taschentuch gewesen war. Es kam mir in den Sinn, daß ihr Profil etwas von dem klaren Umriß des Kopfes hatte, der auf einer neuen Münze zu sehen war.

»Ich habe das Buch nicht gesehen«, fuhr Madero fort. »Mag sein, daß ich es nie zu Gesicht bekommen werde. Ich kann nur raten. Ich nehme an, daß es vor etlichen Jahrhunderten geschrieben wurde. Und Mr. Drake hat sein Geheimnis gelüftet. Er hat ein Haus gemietet und einen Eingang zu dem Tunnel gegraben. Dann ist auch Mr. Aldrich dem Geheimnis auf die Spur gekommen; er hat Arthur Drake umgebracht und ihn in dem Tunnel vergraben.«

Wieder legte er eine dieser irritierenden Pausen ein, während er dasaß und mit einem Lächeln auf das Schachbrett starrte – ein Lächeln, das keineswegs von Selbstzufriedenheit zeugte, sondern eher von einer stillen Amüsiertheit über die Handlungsweisen der Menschen. »Ich sagte, es gäbe zwei Probleme«, fuhr er in dem Moment fort. »Ich war verwirrt, weil ich mir dieser Tatsache anfangs nicht bewußt war. Zum einen gibt es da eine Organisation, die sich Cortez' Söhne nennt. Die Existenz dieser Organisation, deren Mitgliederzahl für den Geschmack unserer Regierung viel zu schnell gewachsen ist, kam letzten Sommer ans Licht. Ich wurde damit beauftragt, die Anführer aufzuspüren. Sie glauben, das ist eine einfache Sache?« Er winkte mit der Hand.

»Dann unterschätzen Sie die Macht der Konservativen in diesem Land, das sich Schritt für Schritt seinen

Weg ins Licht erkämpft. Mexiko wurde plötzlich von allerlei Literatur überflutet, in der die Regierung angegriffen wurde. Diese Schriftstücke wurden, wie ich entdeckte, in dem Keller eines Hauses in Guadalajara gedruckt. Das Haus stand leer. Nebenan wohnten einige Gentlemen, die für das anthropologische Institut arbeiteten, unter ihnen auch Mr. Drake. Die Druckpresse war in Chicago hergestellt worden. Ich stellte einige Ermittlungen an und fand heraus, daß die Druckpresse mit einer American-Express-Zahlungsanweisung beglichen worden war, die die Unterschrift von Mr. Drake trug. Was sollte ich davon halten? Natürlich mußte ich Mr. Drake ein paar Fragen stellen. Doch plötzlich war er verschwunden. Sie, Dr. Drake, fingen an, nach ihm zu suchen. Aldrich tat angeblich dasselbe. Und Mr. Briggs unterstützte Sie ebenfalls bei Ihrer Suche. Dann wurde Mr. Briggs umgebracht. Können Sie es mir da verübeln, daß ich verwirrt war? Ich kann mir kaum Vorwürfe machen.«

Seine Zigarette war zu Ende. Er drückte sie im Aschenbecher aus und stellte sein Glas auf den Tisch. Dann hob er es schnell wieder hoch und wischte vorsichtig mit seinem Taschentuch über den Boden des Glases. »Mein Haustraining«, erklärte er. »Sehen Sie, ich bin ein Familienvater.«

»Ja«, sagte Molly Gage. Penny hatte mir ihr Gesicht zugewandt und sah mich an. Unsere Augen trafen sich, und sie verzog ihre Lippen zu dem Hauch eines Lächelns. Ich wollte mit ihr sprechen. Ich wollte ihr sagen, daß sie kein Mitleid mit mir haben sollte, daß ich ihr Mitleid nicht brauchte.

»Ich habe also unter einer falschen Voraussetzung angefangen«, sagte Madero. »Meine Ermittlungen beruhten auf der Theorie, daß Mr. Briggs wegen einer Sache umgebracht worden war, die etwas mit Cortez' Söhnen zu tun hatte. Ich spielte« – er warf einen Blick auf den

Tisch – »zwei Spiele auf ein und demselben Schachbrett. Bis zu dem Moment, als wir den Zettel in dem Messergriff entdeckten, glaubte ich, daß Mr. Drake, Aldrich, Miss Allen, Amaro, Ruiz und Magnin alle in eine reaktionäre Revolution verwickelt waren.«

Als er Magnins Namen erwähnte, sah ich, wie Penny errötete, und ich sehnte mich nach ihr. Die Jugend mit ihren Desillusionen, dachte ich. In diesem Moment mußte ihr das Leben sehr düster erscheinen.

Maderos monotone Stimme erfüllte weiterhin das Zimmer. »Als ich die Teile erst einmal getrennt hatte, war es einfach. Was Cortez' Söhne anbelangt, sie haben ihre Zentrale hier in der Hauptstadt im El Toro. Und da wundern Sie sich, daß die Schwarzen und die Weißen alle durcheinandergeraten waren? Ruiz ist der Anführer. Amaro ist sein Chefstratege. Magnin ist ein neuer Rekrut. Es ist Amaro zu verdanken, daß er der Organisation beigetreten ist. Die beiden kannten sich von früher. Als Magnin herkam, ist er Amaro erneut über den Weg gelaufen. Er wurde Ruiz vorgestellt, der in ihm einen wertvollen Verbündeten sah – einen Mann ohne Skrupel und mit einem unerschöpflichen Wissen über revolutionäre Taktiken. Außerdem war er ein Mann mit Todesangst. Also erklärte sich Magnin bereit, sein Wissen gegen Sicherheit zu tauschen. Ein fairer Handel, was?«

»Wir haben allmählich genug von diesem Magnin«, sagte Molly Gage, und ich war ihr dankbar für diese Bemerkung.

»Stimmt«, sagte Madero. »Aber hören Sie mir noch einen Moment lang zu. Sehen Sie, ich bin dabei, mir selbst für meine Begriffsstutzigkeit zu verzeihen, weil die beiden Angelegenheiten so stark miteinander verknüpft sind. Erst heute habe ich erfahren, daß es Ruiz war, der Mr. Drakes Namen dazu benutzt hatte, vor über einem Jahr diese Druckpresse zu kaufen, während

Mr. Drake in Vera Cruz war, um für das Institut einige Recherchen zu erledigen.« Er bedachte mich mit einem Lächeln. »Und das, Dr. Drake, war der Schlüssel zu dem Mord.«

Ich wußte, daß er keinen Kommentar wollte, also schwieg ich. Er sagte: »Sie sind hergekommen, Dr. Drake, und wußten nichts weiter, als daß Ihr Bruder verschwunden war. Sie sind hergekommen, weil Aldrich Sie hergebeten hat, um Ihnen wichtige Informationen zu geben. Was für Informationen? Ein Mädchen war aufgetaucht. Miss Allen. Mit einem Brief, aus dem hervorging, daß sie Ihren Bruder im Februar hätte heiraten sollen. Ein Brief, der aus Vera Cruz abgeschickt worden war. Sie gingen natürlich davon aus, daß der Brief – in dem der Monat, aber nicht das Jahr stand – im letzten Dezember geschrieben worden war. Sie nahmen an, daß Ihr Bruder und Miss Allen vorgehabt hatten, in *diesem* Februar zu heiraten.«

»Ja«, sagte ich, mehr zu mir selbst als zu den anderen.

»Mr. Briggs jedoch nicht.« Madero wiederholte den Zigarettentrick, den er von dem Zauberer in Tucson gelernt hatte, und strahlte vor Freude über sein Talent. »Nein. Er ließ sich nichts vormachen. Aus gutem Grund. Was nun folgt, ist eine Mutmaßung. Eine Vermutung. Offensichtlich wußte Mr. Briggs über die Affäre Ihres Bruders Bescheid. Vielleicht hat er Ihren Bruder und Miss Allen zusammen gesehen. Vielleicht hat sich Ihr Bruder ihm anvertraut. Er hat den Brief gelesen. Er wußte, daß Mr. Drake nicht im letzten Dezember in Vera Cruz war, sondern im Dezember vor einem Jahr. Er wußte, daß die Affäre zwischen Mr. Drake und Miss Allen zu Ende war. Und deswegen hatte er den Verdacht, daß irgend etwas faul war.« Er sagte die Worte mit Genuß. »Irgend etwas war faul«, wiederholte er. »Also nahm er sich Miss Allen vor.

Und sie erzählte Aldrich von Mr. Briggs Verdacht. Daraufhin beseitigte Aldrich Mr. Briggs.«

Wieder sah ich ihn auf der Couch liegen. Wieder sah ich ihn in dem dunklen Raum und hätte am liebsten aufgeschrien. Ich bewegte meine linke Schulter, und der körperliche Schmerz war eine Erleichterung.

»Es war jedoch nicht eindeutig«, gab Madero zu. »Keine Beweise. Man braucht Beweise. Mr. Briggs war tot. Doch die Dienstboten nicht. Mr. Drakes Dienstboten, die nicht er angestellt hatte.«

Ich seufzte. Blind, dachte ich. Ich hätte Sie befragen können.

»Mr. Drake hat ein Haus in der Straße der Weinenden Frau gemietet«, erklärte Madero. »Der einzige Grund dafür war, daß sich das Haus über einem Tunnel befand. Und er wollte unbeobachtet in den Tunnel gelangen. Offensichtlich wußte er nicht, wo die Eingänge zu diesem Tunnel waren. Er wußte nur, daß der Tunnel unter einem gewissen Haus durchging. Also mietete er das Haus und grub einen Schacht. Dann kam es mir in den Sinn, daß ein Mann, der damit beschäftigt war, einen Schacht zu graben, gewiß keine neugierigen Dienstboten um sich herum haben wollte. Daraufhin stattete ich dem Büro für Arbeitsvermittlung einen Besuch ab. Ich muß sagen, daß sie dort bemerkenswerte Akten führen. Ich fand heraus, daß die Dienstboten von einem Mann angestellt worden waren, auf den nicht die Beschreibung von Mr. Drake, sondern die von Mr. Aldrich paßte, der sich jedoch als Arthur Drake ausgegeben hatte. Ich befragte die Dienstboten. Ja, sie hatten Mr. Drake gesehen. Ein Mann in mittleren Jahren mit einem Schnäuzer und einem roten Gesicht. Ein feiner Herr.«

»Warum?« fragte ich. »Warum in Gottes Namen? Sehen Sie sich das Risiko an, das er dabei eingegangen ist.«

»Kein Risiko«, sagte Madero. »Haben Sie den Dienstboten Ihren Bruder beschrieben? Natürlich nicht. Sie haben sie gefragt, wann er abgereist ist, und sie haben Ihnen eine Antwort gegeben. Sie haben die Wahrheit gesagt. Ein Mann, der sich als Arthur Drake ausgegeben hatte, hat die beiden in das Haus gesetzt und sie damit beauftragt, so lange zu bleiben, bis er zurückkommen würde. Ist Aldrich jemals mit Ihnen zu dem Haus gegangen? Nein.«

»Und als ich ihn bat, die beiden zu feuern, hat er sich um die Angelegenheit gekümmert«, sagte ich.

»Sehen Sie«, sagte Madero. »Mr. Aldrich hat den Tunnel untersucht. Er hat einen einfacheren Zugang gefunden. Dann hat er die Dienstboten angeheuert und sie damit beauftragt, auf das Haus aufzupassen. Auf diese Weise konnte er seine Suche ungestört fortsetzen. Doch er wußte nicht, wo er suchen sollte. Der Tunnel ist über achthundert Meter lang. Und er hatte einen Fehler gemacht. Er hatte Mr. Drake umgebracht, bevor er das ganze Geheimnis kannte. Also hat er Sie gebeten, nach Mexiko zu kommen.«

»Und hat mein Zimmer im Ontario durchsucht«, sagte ich.

»Woher hätte er wissen sollen, daß Ihr Bruder sein Geheimnis niemandem, von seinem Messer einmal abgesehen, anvertraut hat?« sagte Madero. »Er hat Sie hergebeten, weil er hoffte, daß Sie, ohne es zu wissen, im Besitz des Schlüssels sind. Heute abend haben Sie ihm den Schlüssel gegeben. Durch Miss Allen haben Sie ihn wissen lassen, wo er suchen mußte. Doch er war mißtrauisch. Er hat in der Dunkelheit auf Sie gewartet, und dann sind Sie aufgetaucht. Er hat versucht, Sie umzubringen, doch das Schicksal –« Er breitete seine Hände aus.

»Nicht das Schicksal«, sagte ich.

»Dann der mit dem Engelsgesicht«, sagte Madero.

Penny starrte ihn an und fuhr sich mit den Fingern an die Lippen.

»Ein tapferer Mann«, sagte Madero mit sanfter Stimme. »Ein sehr tapferer Mann. Er hat die Kugel abgefangen, die für einen anderen bestimmt war.«

Penny stöhnte. Sie vergrub ihr Gesicht in den Händen.

»Eine Kerze brennt für ihn«, sagte Madero. »Meine Frau –« Er machte eine ausdrucksvolle Geste. »Das Leben . . . Wer weiß, warum? Also wußte Aldrich, daß er betrogen worden war. Und er eilte zu Miss Allens Wohnung.«

»Sie haben gesagt, er hätte sie nicht umgebracht«, wandte ich ein.

»Das hat er auch nicht«, versicherte mir Madero. »Sie hat sich selbst umgebracht. Sie war bereits tot, als er dort ankam. Gas. Der Ventilator, Dr. Drake. Die Decke auf der Couch. Das offene Fenster.«

»Nein«, sagte ich. Ich fragte mich, warum sie es getan hatte.

Er schien meine unausgesprochene Frage gehört zu haben. Er zuckte die Achseln. »Warum? Schuldgefühle. Reue. Der Verstand. Wer weiß, was sich im Kopf eines anderen abspielt?«

»Aber warum sollte jemand Mord aus einem Selbstmord machen wollen?« fragte ich.

»Mr. Aldrich hat die Antwort mitgenommen«, sagte Madero. »Die Feder und die Tinte, Dr. Drake. Sie hat einen Brief geschrieben. Aus dem Brief erfuhr Aldrich möglicherweise, daß es doch keinen Betrug gegeben hatte. Oder vielleicht hat er auch erfahren, daß Sie immer noch nicht Bescheid wissen. Erinnern Sie sich, was Ruiz gesagt hat? Er hat keinen Wagen gesehen. Aber Aldrich hat Ruiz gesehen. Er hat sein Klingeln gehört. Er hat ihn vom Fenster aus gesehen. Alles, was er brauchte, war Zeit. Ein bißchen mehr Zeit. Aus dem Brief, von dem ich mir sicher bin, daß sie ihn geschrieben hat, wußte er, daß Sie immer noch im unklaren sind.

Also Mord. Er wollte uns verwirren. Er wollte uns auf Ruiz' Fährte hetzen. Ich tu' ihm den Gefallen. Ich verhafte Ruiz – was ich früher oder später sowieso hätte tun müssen – und lasse Aldrich laufen.«

»Weil die Staatskasse leer ist?« fragte Molly Gage. »Oder weil Sie immer noch Beweise brauchen?«

»Ich habe genug Beweise.« Sein Ton war so flüchtig wie der Rauch seiner Zigarette. »Er hatte ein graues Flanelljackett unter dem Sitz seines Wagens versteckt. Das Jackett war voller Schmutz. Als ich Sie mit ihm in Miss Allens Wohnung alleine ließ, habe ich nachgesehen. Ich habe auch ein Paar Gummiüberschuhe gefunden, die noch feucht waren. Sie haben die trockenen Schuhe gesehen, Dr. Drake. Aber es waren schwarze Schuhe. Man trägt keine schwarzen Schuhe zu einem braunen Jackett.«

Zum ersten Mal meldete sich Penny zu Wort. Ohne aufzusehen, sagte sie: »Doch, das tut man, wenn man Dr. Drake heißt.« Ihre Stimme war so leise, daß ich sie kaum hören konnte. Ich sah auf meine Kleidung hinunter, dann sah ich, wie Madero dasselbe tat, und ich glaubte, einen mißbilligenden Blick von ihm aufzufangen. Doch er sagte nichts. Er leerte sein Glas, dann drehte er sich zu dem Tisch um und fing an, die Schachfiguren aufzustellen. Pennys Tante und der kleine Detektiv waren tief in ihr Spiel versunken, als das Telefon klingelte. Ich saß da und dachte über vieles nach; ich fragte mich, was in Pennys Kopf vor sich ging.

24

Er lag auf dem Boden des Tunnels, 152 Schritte entfernt von dem Stein mit dem Kreuz. Um ihn herum lagen Steine, ein Hammer und ein Meißel. Über ihm, in Schulterhöhe, befand sich ein Loch in der Wand.

Vier Männer hockten an der Wand, rauchten Zigaretten und blinzelten im Lichtstrahl von Maderos Taschenlampe. Einer von ihnen hatte ein Maschinengewehr auf dem Schoß.

»Du bist gründlich gewesen«, sagte Madero. »Ich wußte, daß ich mich auf dich verlassen kann, Jesus.«

Der Mann namens Jesus antwortete: »Es war ein Kinderspiel, Chef, nicht der Rede wert.«

»Erzähl's mir«, sagte Madero.

»Wir haben gewartet«, sagte Madero. »Dann haben wir gesehen, wie er im Kloster zum Altar gegangen ist und wie er den Altar beiseite geschoben hat. Joaquin und ich sind zu dem Schacht gelaufen, der sich im Hof befindet. Wir haben Eulalio und Ruben zurückgelassen, um den Altar zu bewachen.«

»Es war schlimm in dem Schacht«, sagte ein anderer, und ich vermutete, daß es Joaquin war. »Ganz schön schlimm«, fügte er hinzu. »Ein toter Mann, keine zehn Schritte entfernt.«

»Und dann?« fragte Madero.

»Dann ist er gekommen«, sagte Jesus. »Wir haben ihn gehört und das Licht von seiner Taschenlampe gesehen. Aber er konnte uns nicht sehen, weil wir uns gegen die Wand gepreßt haben. Dann hörten wir, wie sich seine Schritte wieder entfernten. Und dann hörten wir den Hammer. In dem Moment sind wir in den Tunnel gekrochen und haben uns auf allen vieren an ihn herangeschlichen.«

»Ich hatte die Taschenlampe«, sagte Joaquin. »Die große. Ich hab' sie angeknipst.«

Joaquin imitierte das Geräusch eines Maschinengewehrs. »Erledigt.«

»Ich bin sehr zufrieden«, sagte Madero. Ich wußte, daß er an das verarmte Finanzministerium dachte. Ich wußte, daß er froh war, auf diese Weise überflüssige Ausgaben für Gerichtsprozesse und Urteilsvollstreckungen zu sparen. Er war nicht grausam. Er war vernünftig. Er war ein Indio. »Habt ihr das Loch untersucht?«

»Äh, ja«, sagte Joaquin. »Aber er war mit seiner Arbeit noch nicht fertig.«

»Dann erledigt ihr das für ihn«, sagte Madero. Er bückte sich und durchsuchte Aldrichs Taschen. Als er sich wieder aufrichtete, hatte er einen Brief in der Hand. Er hielt ihn vor den Strahl seiner Taschenlampe. »Für Sie.« Er gab mir den Brief.

Ich fand eine einigermaßen trockene Stelle an der Wand, hockte mich hin, klemmte mir die Taschenlampe zwischen die Knie und hielt den Brief in den Lichtstrahl. Auf der anderen Seite des Tunnels hämmerte Joaquin auf den Meißel ein und löste so den Mörtel zwischen den Steinen. Und während ich den Brief las, den Dorothy Allen vor ihrem Tod geschrieben hatte, fragte ich mich, ob das, was hinter dieser Wand lag, den Preis wert war, den es gekostet hatte.

Mein lieber, mein lieber, lieber Mitchell,
ich habe Dir gesagt, daß ich herausgefunden habe, was Liebe ist, und Du hast gesagt, daß Du es wüßtest, aber Du wußtest es nicht. Ich habe Dir gesagt, daß Du denjenigen, den Du liebst, nicht verlieren darfst. Ich verliere Dich nicht. Ich nehme die Erinnerung an Dich mit mir, die Erinnerung an Dein schmales Gesicht, Deine wilden Haare und an Deine strahlenden Augen, die so blind waren. Welch seltsames Ende. Doch es kann kein anderes Ende geben. Und es ist ein trauriges Ende, aber nur, weil ich Dir so viel zu sagen habe. Könnte ich einfach nur sagen, Mitchell, ich liebe Dich, dann wäre es ein schönes und ein süßes Ende. Doch das ist nicht alles.
Ich habe gesagt, daß ich hart bin. Nimm das als Erklärung, Mitchell. Ich bin im Leben den harten Weg gegangen, den bitteren Weg. Und als ich vor zwei

Jahren Arthur kennenlernte, war ich immer noch hart.
Ich habe ihn nie geliebt. Er dachte, er liebt mich. Dann hat er zwei Dinge über mich herausgefunden und hat Schluß gemacht. Wir hätten letztes Jahr heiraten sollen, doch in Vera Cruz lernte er einen Mann kennen, und dieser Mann hat ihm einiges über mich erzählt. Er hat mich gefragt, ob es die Wahrheit sei. Ich habe ja gesagt, und das war das Ende.
Es war mir egal. Es war damals einfach nicht meine Art, mich um irgend etwas zu kümmern. Es gab noch andere Männer. Und es gab immer noch John Aldrich. Er hatte seit Jahren eine Rolle in meinem Leben gespielt. Und er war auch derjenige, durch den ich Arthur kennengelernt hatte. Wir sind aus demselben Holz geschnitzt, John und ich. Keine Skrupel. Keine Moral. Doch ich will nicht näher darauf eingehen.
Ich habe Dich über das Buch angelogen, wie ich über so vieles gelogen habe. (Eine Lüge bereue ich sehr – die Blume vor seinem Bild. Das war eine billige Lüge, Mitchell, mein Liebling.) Ich habe das Buch gesehen. Arthur hat es vor anderthalb Jahren in einer Ruine in der Nähe von Guadalajara gefunden. Es ist im 15. Jahrhundert von einem Mönch geschrieben worden – Bruder Hipolito. Du wirst es nie zu Gesicht bekommen. John hat es vernichtet, nachdem er Arthur umgebracht hatte.
Es war, wie Bruder Hipolito es ausdrückt, sein Geständnis. Die Geschichte seines Lebens. Das meiste davon hatte nichts mit dem Schatz zu tun, also lasse ich es aus. Das Wichtigste war die Sache mit dem Schatz – oder zumindest glaubten wir das. Jetzt weiß ich es besser. Wie auch immer, Bruder Hipolito berichtete davon, wie er über den Tunnelbau zwischen seinem Kloster und einer Kirche gewacht hatte und dabei auf eine Reihe von Goldbarren gestoßen war.

Es waren noch zwei andere Mönche bei ihm, und sie schworen einander, das Geheimnis zu bewahren. Sie legten den Schatz in eine Truhe und versteckten die Truhe in einem Loch, das sie in die Tunnelwand geschlagen hatten. Dann hat Bruder Hipolito gesündigt. Ich erinnere mich, daß er von einer äußerst schmerzlichen Sünde sprach: Er hatte seine beiden Klosterbrüder umgebracht. Doch er wurde dafür bestraft. Von Gott, wie er sagte. Er erblindete. Also schrieb er seine Geschichte, die Arthur Jahrhunderte später fand. Versteckt in einer rostigen, alten Kiste unter dem Altar einer Kirche, an deren Rekonstruktion er damals gearbeitet hatte.
Bruder Hipolito war in seinem Geständnis nicht ganz und gar ehrlich gewesen. Er hatte nicht geschrieben, wo der Tunnel war. Er hatte nur geschrieben, daß er sich irgendwo zwischen einem Kloster und einer Kirche befand. Arthur fing an zu suchen.
Ich weiß nicht genau, wie er Bruder Hipolito nach Mexico City zurückverfolgt hat. Er hat nur einmal erwähnt, daß er so eine Ahnung hatte. Er sagte, daß die Spanier auf ihrer Flucht vor den Azteken eine Menge Gold in den Kanälen von Tenochitlan verloren hätten. Außerdem fand er heraus, daß Bruder Hipolito ein Benediktiner gewesen war. Ich habe immer gedacht, das sei ein alkoholisches Getränk, Du nicht?
Wir trennten uns, und ich fing an, mich wieder öfter mit John zu treffen, und eines Abends, als ich etwas betrunken war, erzählte ich John von dem Buch. Er heftete sich an Arthurs Fersen, und von dem Moment an verschwand ich von der Bildfläche. Es wäre nicht gut gewesen, Arthur wissen zu lassen, daß John und ich wieder dicke waren. Arthur war klug. Er behielt sein Geheimnis für sich. Aber als er dieses Haus mietete, machte er einen Fehler. Er beauftragte John, einen Mietvertrag aufzusetzen, und John konnte sich

denken, was er vorhatte. Er spionierte ein bißchen, sah Arthur herumgraben und wartete.
John hatte nicht vor, Arthur umzubringen, das weiß ich genau. Trotz all seiner Fehler mochte er Arthur. Doch er brauchte Geld – brauchte es dringend. Die meisten seiner Grundstücke waren enteignet worden, und er war sehr wütend darüber, wütend auf die mexikanische Regierung und auf die Welt im allgemeinen. Eines Nachts, als er glaubte, Arthur sei weg, schlich er in den Tunnel. Doch Arthur war nicht weg. Arthur überraschte ihn. Sie kämpften im Dunkeln, und er tötete Arthur. Er hat mir jedoch nichts davon erzählt. Schließlich vermutete ich es und fragte ihn. Dann sagte er, daß es ein Unfall gewesen sei. Arthur sei gestürzt und hätte sich den Kopf aufgeschlagen.
John durchsuchte den Tunnel vom einen bis zum anderen Ende, doch es hatte keinen Sinn. Die Seite, auf der stand, wo der Schatz versteckt war, war aus dem Buch herausgerissen worden. Dann kam er zu dem Schluß, daß Du vielleicht im Besitz dieser Seite sein könntest, also bat er Dich herzukommen. Du bist gekommen, und John zeigte Dir den Brief, den Arthur mir geschrieben hatte, als wir verlobt waren, und Du hast ihm geglaubt. Aber Joe Briggs nicht. Er hat mich an diesem Nachmittag aufgesucht und mich nach der Wahrheit gefragt. Ich rief John an, und John fuhr zu Joes Wohnung, wartete dort auf ihn und brachte ihn um.
Ich hätte die Sache durchgestanden. Wenn Du nicht Du gewesen wärst, hätte ich alles durchgestanden. Aber heute abend ist mir klargeworden, daß ich nichts mehr vom Leben will. Mein blinder Junge. So offensichtlich in Deinen Plänen. Ich wußte es, Liebling. Ich wußte nur allzugut, was Du vorhattest. Also habe ich Dein Spiel mitgespielt, und ich wußte, daß Du mit Madero im Tunnel auf John warten würdest.

Er muß inzwischen tot sein. Und ich habe keine Schuldgefühle wegen dieses Betrugs. Wenn es für ihn von Vorteil gewesen wäre, hätte er mich sitzenlassen, ohne zu zögern.
Oh, mein lieber, lieber Mitchell. Ich hoffe, daß Du glücklich wirst. Sehr, sehr glücklich. Und denke hin und wieder an

Deine Dorothy

Ich faltete den Brief zusammen und steckte ihn in meine Tasche. Das war also das Ende. Vor fünf Jahrhunderten war Bruder Hipolito diesen dunklen Weg gekommen, um ein tödliches Erbe zu hinterlassen. Ich blickte zur gegenüberliegenden Wand.

Sie waren gerade dabei, die Steine herauszuziehen und sie auf den Boden zu werfen. Mit eifrigen Händen griffen sie in das Loch, und Madero stand neben ihnen mit einer kalten Zigarette zwischen den Lippen und seinen Händen in den Hosentaschen.

Dann hörte ich das Kratzen von Metall auf Stein. Joaquin brüllte etwas, und seine Worte hallten durch den Tunnel. Sechs Paar Hände langten nach oben und hoben sie aus dem Loch, und als ich auf die rostige Eisentruhe blickte, schüttelte es mich. Sieben. Das Blut von sieben Menschen klebte an der Truhe.

Jesus zerrte an dem Deckel. Er ließ sich nicht öffnen. Er bearbeitete den Deckel mit dem Hammer, lockerte ihn, und der Rost sprang ab und fiel auf den schleimigen Boden. Dann stand der Deckel offen.

Ich ging etwas näher heran und spähte hinein. Bruder Hipolitos Schatz bestand aus einem Haufen von Steinen. Jemand war vor uns hiergewesen. Jemand hatte vor langer Zeit das Geheimnis des Mönchs gelüftet.

25

Zwei Tage später aßen wir im Patio von Maderos Haus gemeinsam zu Abend. Mein Bruder lag auf dem Friedhof bei Mutter und Vater. Der Schacht war zugeschüttet worden, und der Tunnel gehörte wieder den Geistern. Es war ein Abschiedsessen, denn Molly Gage, Penny und ich sollten am nächsten Tag abreisen.

Es gab Hühnchen mit einer dicken, braunen Soße und Tortillas und Paprikaschoten in einer knusprigen, goldenen Hülle. Und danach gab es ein komisches Dessert aus Avocados – oder *aguacates*, wie Madero sie nannte. Auf dem Tisch brannten Kerzen, und nach einer Weile spähte der Vollmond über die Mauer.

Maderos pummelige kleine Töchter, Dolores und Juanita, saßen mit uns am Tisch. Die Señora hatte dagegen protestiert, doch Madero war hart geblieben.

»Wir sind moderne Leute«, sagte er.

»In den besseren Familien essen die Kinder alleine«, sagte die Señora.

»In den spanischen Familien, nicht in den mexikanischen«, antwortete Madero. Er lachte. Dann übersetzte er den Wortwechsel für Molly Gage.

Es war ein warmer Abend. Penny saß mir gegenüber, und Molly Gage saß neben mir. Wir sprachen nicht über Mord. Doch es war nicht leicht, das Thema zu umgehen.

Wir bemühten uns, dieses Kapitel unseres Lebens so schnell wie möglich zuzuschlagen.

Madero bestritt den Großteil der Unterhaltung. Er erzählte uns von seiner Kindheit in den Bergen. Er hatte eine Weile als Maultiertreiber gearbeitet, und hin und wieder vermißte er das alte Leben. Dann hatte er in den Silberminen von Pachuca geschuftet, und später hatte er einem Sargbauer in San Angel bei seiner Arbeit geholfen. Zu dem Zeitpunkt hatte er angefangen, die Schule zu besuchen. Es war ein gutes Leben, sagte er. Ein erfülltes Leben. Jetzt war er so zufrieden, wie man nur sein konnte. Denn niemand konnte jemals völlig zufrieden sein.

Er trug dem Anlaß entsprechend einen seiner zahlreichen Gabardineanzüge, und seine Haare wirkten fast so poliert wie seine Schuhe. Dennoch schien er sich nicht sonderlich wohl zu fühlen. Nach all seinen Worten über das neue Mexiko sehnte er sich scheinbar wirklich nach dem alten Leben – nach *pijamas, serapes* und *huaraches*, nach dem Feuer der Köhler oben in den Hügeln, nach den Maisfeldern und den Bergpfaden.

Wir tranken Brandy unter dem nächtlichen Himmel. Es war mexikanischer Brandy mit scharfem Biß. Ich mochte ihn. Ich habe ihn immer gemocht. Aber das war Mexiko. Dann blickte er hinauf zum Mond und sagte: »Heute abend werden viele in den Parks sein.« Dann wandte er sich auf spanisch an seine Frau. »Erinnerst du dich? Die Musik, der Mond und der Gesang?« sagte er.

»Und das Bier«, sagte Señora Madero. »Immer das Bier.«

»Man kann keine Liebe machen ohne Bier«, sagte Madero. Er langte in eine seiner Taschen und zog eine Visitenkarte hervor. Dann sagte er auf englisch: »Mein Bruder hat ein paar Boote in Xochomilco. Eines Tages werden Sie vielleicht mal da rausfahren, was?«

»Danke«, sagte ich und nahm die Karte.

»Por nada«, sagte Madero. »Was werden Sie tun, wenn Sie in die Vereinigten Staaten zurückkehren?«

»Unterrichten«, sagte ich. »Und schreiben.«

»Das ist auch ein gutes Leben«, sagte Madero. »Und Sie, Miss Gage?«

»Ich weiß es noch nicht«, sagte Penny.

Die Kinder waren müde, und die Señora brachte sie ins Haus. Im Türrahmen drehten sie sich noch einmal kurz um und wünschten uns eine gute Nacht. Als die Señora zurückkam, standen wir ebenfalls auf, um uns auf den Weg zu machen.

»Sie werden uns wieder einmal besuchen?« fragte die Señora.

Molly Gage lächelte und drückte ihre Hand. Ohne ein Wort Spanisch zu können, hatte sie verstanden. Man brauchte keinen Übersetzer, wenn Señora Madero lächelte.

»Mitchell«, sagte Pennys Tante. »Sagen Sie ihr, daß Sie uns besuchen kommen soll. Sagen Sie ihr, daß sie immer willkommen ist.« Ich übersetzte es. Dann waren wir draußen, und Madero stand vor seiner Haustür und nickte mit dem Kopf.

»Mein Bruder«, sagte er. »Passen Sie auf. Er ist ein ganz Gerissener. Zahlen Sie ihm nicht mehr als vier Pesos die Stunde. Er wird zwölf verlangen ohne die Karte. Wenn Sie ihm die Karte zeigen, verlangt er acht. Aber zahlen Sie ihm nur vier.«

Die Tür ging zu. Das war das Letzte, was ich je von José Manuel Madero gesehen habe. Jetzt war die Tür zwischen uns geschlossen, und unsere Wege trennten sich wieder. In dem Moment wußte ich, wie sehr ich diesen kleinen Mann mochte und respektierte.

»Ich bin müde«, seufzte Molly Gage.

»Ich bringe euch nach Hause«, sagte ich.

»Es ist Vollmond«, sagte Penny. »Erinnern Sie sich noch?«

»An was?«

»Im Chapultepec Park«, sagte Penny. »Sie haben gesagt, daß wir eines Tages, wenn der Mond voll ist, nach Xochomilco fahren würden. Und heute nacht ist Vollmond.«

Wir stiegen in ein Taxi. Penny saß in der Mitte, und als ihre Tante vor dem Hotel Reforma ausstieg, machte Penny keine Anstalten, ihr zu folgen. Wir durchquerten die Innenstadt und bogen Richtung Süden. Dann fuhren wir über offenes Land, und oben an den Hügeln konnten wir die kleinen Feuer der Köhler sehen. Wir bogen nach Osten, vor uns die beiden großen Vulkane friedlich schlafend in der Nacht.

Wir saßen dicht beieinander, und lange Zeit sagten wir kein Wort. Es gab so viel zu sagen, doch wo sollte man beginnen? Ich wußte es nicht. Also saß ich da und betrachtete die Felder, die im Mondlicht an uns vorbeirauschten. Am Kanal angekommen, wurden wir von einer Horde Mexikaner umzingelt. Ich zog die Visitenkarte heraus. Ein Mann, der noch kleiner war als Madero, drängte sich zu mir vor und strahlte. Freunde seines Bruders? Ein großartiger Mann, sein Bruder. Ein sehr wertvoller Mann für Mexiko. Ob ich davon gehört hätte, wie er das Rätsel in der Straße der Weinenden Frau gelöst hatte? Was für ein hervorragender Detektiv! Ein Boot? Acht Pesos, Señor.

»Vier«, sagte ich.

»Sechs«, sagte Maderos Bruder. Da sei die Gewerkschaft. Ob ich nichts von Gewerkschaften hielt.

»Vier«, sagte ich.

Er zuckte die Achseln. »Also gut, vier.« Doch der Señor wolle mit Sicherheit Musik.

»Natürlich«, sagte ich.

Das wären dann vier Pesos mehr. Billig. Ein lächerlicher Preis, wirklich.

»Also gut«, sagte ich.

»Ich mach' das nur, weil Sie ein Freund meines Bruders sind«, sagte er. »Und weil sie Señorita so hübsch ist.«

Der Mond spähte über die Pappeln, und die Kanäle verwandelten sich in schimmernde Silberstreifen. Wir lagen hinten im Boot und blickten durch die Baumwipfel in den Himmel. Ein Boot mit einer ganzen Familie glitt an uns vorbei. Wir hörten sie singen und lachen, und es roch nach Picknickkörben.

»Was hat er gesagt?« fragte Penny. »Er hat so schnell gesprochen.«

»Er hat gesagt, daß du sehr hübsch bist«, sagte ich.

»Was noch?«

»Daß deine Augen wie die Kornblumen in seinem Garten sind«, sagte ich.

Dann kamen unsere Musiker. Es waren vier, drei mit Gitarren und einer mit einer selbstgebauten Marimba. Sie fingen an, sehr sanft zu spielen und zu singen. Sie sangen *La Paloma*, doch es störte mich nicht. Ich kam zu dem Schluß, daß das Lied nach allem gar nicht so übel war.

»Mitchell«, sagte Penny. »Ich hab' mich sehr dumm benommen.«

»Nein, Penny.«

»Ich glaube, ich bin erwachsener geworden«, sagte sie.

»Werd bloß nicht zu erwachsen«, sagte ich.

»Nein, bestimmt nicht«, lachte sie. »Ich hebe immer noch Leute in den Himmel.«

»Nur die richtigen Leute.«

»Nur dich«, sagte Penny. »Er hat das gar nicht gesagt, stimmt's? Der Mann am Bootssteg. Das mit den Kornblumen. Du hast das gesagt, Mitchell.« Ihr Gesicht schob sich vor den Mond.

Eines Tages werde ich wieder nach Mexiko reisen. Ich werde die lange, gerade Straße südlich von Laredo entlangfahren, die hinunter in den Dschungel von Tamazanchale führt und dann höher und höher über die Berge bis zu dem breiten Tal, wo Kakteen in graugrünen Reihen über die Ebene marschieren. Zur Linken werde ich die Weiße Frau im Nebel schlummern sehen und dahinter den weißen Kegel des rauchenden Berges. Ich werde Säulenkakteen sehen, in deren Schutz kleine Hütten stehen. Ich werde Männer, Frauen und Kinder sehen, die mit ihren unglaublichen Lasten die Straßen entlangtrotten. Ich werde den Staub, die Sonne und den Wind spüren und auf einem Feld eine Herde weißer Ziegen grasen sehen.

Bitte beachten Sie
die folgende Seite

Ullstein Kriminalromane

»Bestechen durch ihre Vielfalt«
(Westfälische Rundschau)

Andrew Vachss
Bluebelle (22845)

Andrew Vachss
Strega (22982)

Andrew Vachss
Hard Candy (23096)

Andrew Vachss
Blossom (23231)

Andrew Vachss
Kult (23382)

Michael Collins
Die rote Rosa (10730)

Angus Ross
Wettlauf nach Luxemburg (10731)

Bill Granger
Mitten im Winter (10732)

James Lee Burke
Blut in den Bayous (10734)

James Hadley Chase
Mach mir den Pelz nicht naß (10735)

Ed McBain
Priester, Tod und Teufel (10736)

Michael Collins
Freak (10738)

Angus Ross
Ein Auftrag in London (10739)

James Hadley Chase
Einmal zuviel geheiratet (10740)

William Wingate
Die Vergeltung des Fremden (10166)

James Melville
Der getarnte Phönix (10741)

Erle Stanley Gardner
Perry Mason und der wunde Punkt (10743)

James Hadley Chase
Man muß für alles zahlen (10745)

Erle Stanley Gardner
Perry Mason und die feurigen Finger (10746)

Michael Collins
Der Schlächter (10747)

James Hadley Chase
Nach Gebrauch vernichten (10749)

Ross Thomas
Letzte Runde in Mac's Place (23366)

James Hadley Chase
Millionentanz (10753)

Loren D. Estleman
Detroit Blues/Der Tod in Detroit (10754)

James A. Howard
Spezialist für Mord/Generalprobe für Mord (10757)

Ian St. James
Die Balfour-Verschwörung (10764)

William Wingate
Blutbad/Crystal (10759)

James Hadley Chase
Schwarze Perle aus Peking (10760)

Ross Thomas
Wahlparole Mord/Nur laß dich nicht erwischen (10761)

Loren D. Estleman
Die Straßen von Detroit/Frühling in Detroit (10763)

Geoffrey Homes
Mariachimelodie (10766)

James Hadley Chase
Ängstlich sind die Schuldigen/Mord am Canal Grande (10767)